当她是
好女人的时候

Philip Roth

When She
Was Good

[美] 菲利普·罗斯——著　阳红——译

上海译文出版社

献给我的兄弟桑迪；
我的朋友艾莉森·毕肖普，鲍勃·布鲁斯坦，
乔治·埃利奥特，玛丽·艾玛·埃利奥特，
霍华德·斯泰因和梅尔·图明；
和安·玛奇：
感谢他们所说的和所做的一切。

第一部分

1

不图富有，不望出名，不逐权势，甚至不必快乐，但要文明教养——这就是他的人生梦想。不过，那到底是一种什么品质的人生，他一时还说不清道不明，那个时候，他决意离开父亲位于本州北部森林中的房子，叫它棚屋大概更贴切些，他的计划是远行南下，到芝加哥寻找答案。对自己不想要什么，他倒是知道得很清楚，那就是不要像一个野蛮人那样活着。他的父亲就是个狂暴凶悍、愚昧无知的人——一个设陷阱捕兽的猎人，后来做了伐木工，晚年在铁矿场当看门人。母亲是个勤劳、顺服的女人，对不是自己的东西，她连想都不会去想；或者，如果她真有非分之想，真和她看起来的样子有所不同，她会觉得在丈夫面前说出自己的需求有失慎重。

威拉德最深刻的一段童年记忆，停留在那个有着纯正的齐佩瓦族血统的印第安女人走进他家小屋那一幕。那时，他妹妹金妮染上了猩红热，正发高烧，她手里拿着一段草根，要让妹妹嚼。

威拉德那时七岁，金妮一岁，而那个印第安女人，照威拉德今天说来，有一百多岁了。昏迷不醒的小女孩并没有死于那场疾病。可是，威拉德后来才理解了父亲的想法，相信金妮当时倒不如死了更好。没过几年他们就发现，可怜的小金妮不会算二加二等于几，也分不清一周七天的顺序。这是那次高烧的结果，还是她生来就那样呢，没有人知道。

在威拉德看来，那件事残酷的地方，在于他们任由其发生，在于它发生在一个一岁大的婴儿身上，这让他永生难忘。当时所发生的——这更多是他当时的感觉——甚至比他的眼睛还要深邃……这个七岁的男孩儿，近来发现自己身体里有一种吸引力。假如某人一开始拒绝了他，只要他盯着那人的眼睛的时间足够长——为了自己真诚、强烈的愿望得到认可，为了让那人明白，这不光是他想要的更是他需要的——就那样盯着他的眼睛，那人后来就会让步。尽管在家里没人搭理他，但是在艾恩城的学校里，情况就大不一样了。这个生气勃勃、性情温和又很阳光的小男孩儿，很招那位年轻女教师的喜爱。那天晚上，金妮躺在她的婴儿床上呻吟，威拉德拼命地聚集自己的吸引力，想吸引父亲的注意，去为妹妹做点什么。但是那个男人只顾大口大口吃他的晚饭。最后他终于发话了，不过说的却是，别磨磨蹭蹭的，快点吃饭。可是，威拉德一口也咽不下去。他再一次聚集自己的吸引力，再一次把所有的感情都聚集到眼睛里，全心全意地许愿，纯粹无私地许愿，不是为自己——他再也不会为自己许什么愿了。他这次把恳求的目光转向母亲，不过她能做的全部就是哭着转身走开。

过了一会儿，父亲离开了棚屋，母亲把盘子放进了水槽。他赶紧悄悄穿过没有灯光的房间，来到金妮躺着的角落。他把手伸进婴儿床，摸摸金妮的脸，烫得像一只热水袋，顺着往下摸，在婴儿发烫的脚底下，他找到了上午印第安女人带来的那段草根。他小心翼翼地抓住金妮的手指，试着让它握住草根，可是她的手指弯不过去，他只好作罢。然后他又拿着草根，把它紧贴在她的嘴唇上。"这儿。"他说着，像逗引动物到手里来吃食那样把草根往她嘴里喂，这时门打开了。"你——别管她，一边儿去。"没办法，他只好可怜巴巴地离开，爬上了自己的床。七岁的他第一次得到了某种可怕的暗示，宇宙中似乎存在什么力量比他自己的父亲更对他的魅力免疫，更远离他的欲求，疏远人类的需求和情感。

金妮跟父母住，一直到母亲去世。彼时威拉德的父亲正是一个体形硕大的老头，他搬进了艾恩城的一间小屋，金妮则被送到了远处本州西北角的贝克斯敦，州立智力障碍者之家的所在地。差不多一个月之后，威拉德才得知父亲当时干了什么。他顾不得妻子的反对，当晚就钻进汽车，在黑暗中几乎开了一整夜。第二天中午，他带着金妮回到家——不是回到芝加哥，而是回到利伯蒂森特，一座位于艾恩城下游一百五十英里的小镇，那是十八岁的威拉德决心踏足文明世界所能到达的最南边。

利伯蒂森特原本是一个乡村小镇，二战以来，老镇一点一点地让步于温尼萨，最终变成了温尼萨的郊区。威拉德第一次在那里安顿下来的时候，斯莱德河上还没有一座桥来把东岸的利伯蒂森特和西岸的市区连接在一起，要去温尼萨你得乘渡船，或者在隆冬时节从冰面上穿过去。利伯蒂森特有许多掩映在榆树和枫树中的白色小房子，镇的主要街道百老汇中央大道搭有一个演奏台。西界是静静流淌的河水，它向东一直延伸到乳业大国。一九〇三年的夏天，威拉德抵达时，那里满目葱绿，那种绿色使他不禁想起年少时的一则笑料：有一次，野餐会上，他看见一个家伙吃掉了整整一磅变质的土豆沙拉①。

  南下以前，"镇外"对他来讲意味着参天大树一直向北绵延到加拿大，那里气候恶劣，大风，冰雹，暴雨，大雪一浪盖过一浪呼啸而下，而"镇"则指艾恩城。在这里，原木被粉碎，矿石被倒进货车，一个丁零当啷、人声嘈杂、熙熙攘攘、暴土扬尘的边境小镇，是他每天步行去上学的地方——遇到冬天，早上出门时又冷又暗，他得小跑着穿过常有熊和狼出没的森林。因此，一见到利伯蒂森特——它的安静美丽，祥和整洁，温柔的夏日宁静，他感觉自己内心深处被压抑了十八年的秘密重负——有时近乎一种羞耻——此刻开始涌动复苏，溪水般向前汩汩流淌。如果天底下还有那么一个地方，那里的生活比他的童年少一些阴冷、严峻和残酷，那里的人不必牲口般地活着，不必时刻被提醒世界上有

---

① 这里指"他因吃了变质的食物而脸色不好（looks green）"。

些东西要么敌视人类，要么根本漠视人类的存在，那个地方就是这里，利伯蒂森特！噢，甜美的名字！至少对于他，对于终于真正摆脱了可怕的专横暴戾和穷山恶水的他来说是这样。

他找到一间屋子，接着一份工作——他参加了考试，取得了足够高的分数，从而成为一名邮局职员。然后他找到了妻子，一个来自正派家庭的意志坚强的可敬女人；然后有了一个孩子；然后有一天，他买了一栋自己的房子——噢，他发现这是他内心深处最渴望的成就。有前廊后院，楼下是客厅、饭厅、厨房和一间卧室，楼上是另外两间卧室和卫生间。一九一五年，女儿出生六年后，他在一楼背面新建了一个卫生间，接着他又被提拔为镇邮局副局长。一九六二年，他还重新铺设了屋子前面的那条人行道，虽然这对一个领政府退休金的人来说，着实算一笔不小的开销，但也是势在必行，因为人行道缺损了好几块，走来走去很危险。其实，活到今天，他原本出了名的机敏，或者说精神紧张，已经难觅踪影了。好多次下午，他发现自己坐在椅子里却记不起是何时坐下来的，醒来时却想不起自己为什么会睡；晚上解鞋带时发出一声呻吟，但自己甚至都听不见；躺在床上连续几分钟想把手掌攥成拳头却做不到，只好无可奈何地睡去；每个月末看着日历崭新的一页，他明白自己必定会在橱柜上显示的某年某月死去，明白在他眼睛缓缓扫过的那些大号黑色数字中间，有一个数字将会成为他永远从这个世界消失的日子——尽管如此，他还是继续尽量利落地加固他的阳台栏杆，修理卫生间漏水的水龙头或走廊里日久松动的螺丝。这些修修补补，与其说是为了让大家住得舒服些，倒不如说是为了身为男人的尊严，应有的尊严。

一九五四年十一月的一个下午，感恩节前一周，黄昏时分威拉德·卡罗尔开车前往克拉克山。他把车停在栅栏边，沿小路向上步行到自家那一小块地。风越来越冷，越吹越疾，刚下车那会儿，光秃秃的树枝还只是被风吹得咔嗒咔嗒作响，而当他走到山顶时，它们被吹得发出阵阵沉重的哀鸣。头顶盘旋的天空发出奇怪的光亮，然而在下面，夜晚已经来临。回头望望镇上，那条河变成了一道黑线，打着大灯的汽车沿水街驶向温尼萨大桥。

仿佛所有地方中就只有这里是他的目的地那样，威拉德瘫坐在冰冷的长凳上，面朝两块石碑，竖起他那件红色猎装的衣领，拉下耳盖，在妹妹金妮和孙女露西的墓前，在旁边为家人预留的长方形墓地前静静地等待着。这个时候，天上开始飘雪。

等待什么呢？他立马意识到自己的行为有多蠢。他等的那辆公共汽车还有几分钟就要停靠在范·哈恩商店后面了，届时怀迪会从车上下来，手上拎着箱子，管他岳父是不是坐在这冰冷的墓地。回家这事儿早已安排妥当，而且是威拉德自己一手张罗的。可是现在怎么了？退出？改变主意？让怀迪自己去另找靠山或冤大头？对，噢，就是这样——任天变黑下来，任它变冷，就坐在飘着雪的地里……公共汽车会到站，那家伙会下车，一头钻进候车室，满以为又有谁上了他的当，却发现这一次，没有一个叫威拉德的冤大头在候车室里等着了。

不过在家里，贝尔塔正在准备他们四个人的晚餐。在从厨房门到车库的路上，威拉德亲了亲她的脸颊："一切会好起来的，卡罗尔夫人。"但从他得到的回应来看，他恐怕是在自说自话。实际上，他的话也正是对自己说的。他把车倒上车道，往二楼瞧了一眼，女儿迈拉为了在父亲和丈夫进门前梳洗停当，正在自己房间里忙成一团。不过，最让人悲哀、困惑的，要数仍亮着小灯的露西房间。仅仅一周前，迈拉把床从房间一头推到另一头，取下那些年一直挂在那里的窗帘，然后又去买了新床单和床罩，这样至少它看起来不再像露西先前睡过的房间，或者是不再像她试图睡在里面的样子，最后那一夜，她不是在这座房子里度过的。当然，至于怀迪如何、在哪里过夜，威拉德除了保持沉默外，还能做什么呢？他私底下觉得，怀迪以这种方式"接受审判"，也算是一种宽慰——只不过要是在另一张床上就好了。

况且在温尼萨那边，下周一早晨，威拉德的老朋友、友爱会兄弟巴德·多里默斯会等着怀迪，说好怀迪一大早就到他的五金店上班。早在夏天的时候，这个安排就定了下来，当时威拉德同意让女婿再次踏进家门，但只是暂时的。"只是暂时的"是他对贝尔塔保证过的；因为她是对的，决不能重蹈一九三四年的覆辙：某人需要来小住一段时间，结果想方设法呆了整整十六年，靠在另一个人身上揩油为生，而另一个人并非肥得流油。当然，威拉德说，另一个人碰巧是"某人"妻子的父亲，但是这到底算什么呢，贝尔塔问，会是又一个十六年吗？因为，毫无疑问，你仍旧是他妻子的父亲，这一点没变。贝尔塔，首先，有一件事我不敢想象，那就是我还有一个十六年可活。是啊，贝尔塔说，我也不敢想象，那就更有理由不去开这个头。你的意思是就让他们自生自灭，在我还不知道这个男人是不是真的改变之前？如果这次他真的改过自新，脱胎换骨了呢？哼，你想得可真美！贝尔塔说。好吧，嗤之以鼻可能是你的回答，贝尔塔，但我不那么认为。你的意思是，迈拉不那么认为，她说。我会考虑各方的意见，这点我不否认，为什么要否认呢？那好啊，你也该考虑考虑我的意见，贝尔塔说，好避免悲剧重演。贝尔塔，他一锤定音，就到一月一号，我打算给这个男人一个立足之地，让他安顿下来，找到自己的方向。一月一号，她说，哪一年的，二〇〇〇年吗？

独自一人坐在墓地。树枝被风吹得高高扬起，初雪弥漫而下，镇子昏暗的暮色看起来正被吸入天空。威拉德回忆起大萧条时期以及那些夜晚，他有时在黑暗中醒来，不知道对需要他的人正睡在屋子里的每一张床上，自己是该害怕还是高兴。他向迈拉、怀迪还有他们三岁的女儿露西敞开家门时，距离把金妮从贝克斯敦那些低能者中间解救出来才刚过了六个月。噢，他依然记得，活泼的金发小不点儿露西是多么快活、开朗、黏人啊。他还记得她是如何第一次学着照顾自己，如何试着把自己知道的东西教给她的姑婆金妮，但是可怜的金妮，连最简单的肢体动作都掌握不了，更不用说掌握过家家的细节，或者把两只小白袜卷成一个小球的秘诀了。

噢，是的，他记得所有的一切。金妮，一个完全长大、完全成熟的女人，低着头，苍白木讷的面孔，对着露西，听她告诉自己下一步该做什么，而小露西当时比一只鸟大不了多少。金妮紧跟在那个快乐的孩子后面，穿着高帮鞋，迈着八字小碎步，穿过草坪——多么奇特、可爱的画面啊，却又那么令人忧伤，因为那是她们喜爱对方的证据，更证明了一个事实：在金妮的脑袋里，很多真实生活中泾渭分明的东西全都被搅和在了一起。她似乎一直认为露西是她自己——比金妮更金妮，是金妮多出的部分，或是金妮剩余的部分，或是被叫作露西的金妮。露西吃冰淇淋时，金妮的眼睛里充满快乐和满足，就好像她自己在吃。如果露西被罚早些上床睡觉，金妮也一样，抽泣着，大难临头般上床睡觉……那是另外一幅不同的画面，令全家人陷入沉默，闷闷不乐。

露西开始上学的时候，金妮也开始了，只是她不应该去。她总是一路紧跟着露西跑到学校，然后站在一楼幼儿园的外面，喊那孩子的名字。开始的时候，老师调换了露西的座位，希望金妮看不见她，等她喊累了，觉得没意思就回家了。但是金妮的嗓门越喊越大。结果，威拉德不得不专门嘱咐她说，如果她不让露西安静，他就把一个名叫弗吉尼亚的坏女孩儿关在她房间里一整天。但是，惩罚并不奏效，口头吓唬和体罚全都不管用。趁他们放她出来上厕所的工夫,她踮着滑稽的八字步跑下楼,跑到学校去。再说,他也不能把她囚禁起来。他把妹妹带回家,是要让她住在这里,不是把她绑在后院的树上。当妻子建议用一根长绳作为可能的解决办法时,他对贝尔塔厉声说,她是他在世的最亲的亲人,是一岁时就遭到可怕厄运的他的小妹妹。那露西呢,他们提醒他——似乎他也确实该被提醒——她是迈拉的女儿、他的孙女。如果金妮整天都站在教室外面,扯着她又尖又响的嗓门喊"露——西……露——西……",露西在学校还怎么学习呢?

那一天终于还是来了,一切努力都无济于事,因为金妮根本没法停下来。她站在小学教室外面,一个劲儿地大喊大叫那个无辜的名字,威拉德无奈,只好开车把金妮送回贝克斯敦的州立智力障碍者之家。在送走金妮的前一天晚上,校长再次给家里打来电话,他竭尽礼貌地表示,情况已经到了他们能够容忍的极限。威拉德的辩解则是,可能只要再过几周时间,金妮就会明白这个道理。但校长明确地告诉卡罗尔先生,和之前跟小女孩儿的父母说的一样,要么彻底管住金妮,要么露西就不得不离开学校,而那当然是违反本州法律规定的。

开车去贝克斯敦的漫长的路途中,威拉德一次又一次地试图让金妮明白现实情况。但是无论他怎么解释,无论他举多少个例子——看,这是一头牛,金妮,那是另一头牛;这里是一棵树,那里是另一棵树——他就是无法使她明白,金妮是一个人,而露西是另一个人。差不多晚饭的时候,他们才到达那里。他牵着她的手,领着她走上长满杂草的小路,来到长长的一层木建筑前,金妮将在那里度过她余下的日子。为什么?因为她不能明白人类生活最基本的事实,即我是我,你是你。

在办公室里,校长对金妮回到贝克斯敦职业辅导学校表示欢迎。一个护理员把一条毛巾、一条浴巾和一个桶一下子堆在金妮伸开的胳膊里,然后领她到女生部。按照护理员的指示,金妮铺开床垫,开始整理。"但这就是我爸爸干过的事!"威拉德心里想着,"把她打发掉!"……这时校长开腔了:"事情就是这样,卡罗尔先生,大家都以为能把他们带回家,但是回头又把他们送了回来。别难过,先生,事情就是这样的。"

金妮和她的同类一起在那里生活了三年多,倒还相安无事。后来,一个冬天,一场流感席卷了学校,她哥哥还没来得及接到她生病的消息,金妮就死了。

威拉德开车到艾恩城,把这个消息告诉了他的父亲。老头只是听着,对自己亲生骨肉的离去,麻木得没有一声哀叹,没有一句有人性的话,没有一滴眼泪!她在人类社会之外生活,然后死去,孤独地死去,威拉德说,没有亲人,没有朋友,没有家……老头却只是点点头,好像他悲痛的儿子只是在向他报告每日新闻。

那以后不到一年,老头自己摔了一跤,脑溢血死了。在艾恩城,威拉德为他办了一个小型葬礼。站在墓地旁,威拉德突然莫名其妙地体会到一种释然,一种即便对一个敌人的死亦有的恻隐——人的精神无疑比他想象的更深邃,命运也比他想象的更悲哀、更曲折。

他抖掉肩上的雪，跺跺开始麻木的右脚，看看表，已经晚了。"嗯，可能公共汽车也会晚点。就算没晚点，怀迪已经到了，他也可以在那儿等着。不会要他的命。"

他又陷入回忆之中，想到的是艾恩城的独立日集会——差不多六十年前的七月四日，他赢了十二个径赛项目中的八项，创造的纪录一直保持至今。威拉德之所以知道这点，是因为每年七月五日他总能弄到手一份艾恩城的报纸，就是为了确认一下。还记得那光荣的一天结束后，他是怎么样穿过林子往家里跑，冲上那条脏兮兮的小路，冲进小屋，把获得的全部奖牌一股脑儿地往桌子上一丢；他记得爸爸是怎么样用手掂了掂每块奖牌，然后把他领到屋外，招来一帮邻居，让威拉德的妈妈对他们发出"各就各位"的口令，接下来的比赛，全程大概两百码，爸爸把儿子抛在后面足足二十英尺。"但是我已经跑了一整天，"威拉德心想，"我是一路跑回家来的——"

"说说，谁最快呀？"在他回小屋的路上，一个看热闹的家伙逗他。

从屋里传来他爸爸的声音："下次别忘了。"

"我不会忘的。"孩子说……

这是他的故事，可它有什么寓意呢？他的记忆到底在告诉他什么？

呵，寓意？如果有，那也是之后，多年之后才显现。一天晚上，在客厅里，他坐在年轻的女婿对面，后者手持报纸，全身舒展，正要张口啃一个苹果，由此开始享受一个舒适的夜晚。那一瞬间，那副派头，叫威拉德实在消受不了。四年白吃白住！四年得过且过！此刻他就在那儿，背对着他，在威拉德的客厅里，吃着威拉德的食物！一时间，威拉德真想从怀迪手里夺走苹果，告诉他收拾东西走人。"假期结束了！滚！给我滚！滚哪儿都行！"相反，他决定不如利用这个美好的夜晚，好好打理下自己的纪念品。

在厨房的储藏室里，他找到一块柔软的布和贝尔塔的银器光亮剂。接着，从柜子里的羊毛衫下面，他取出装满纪念品的雪茄盒子，坐到床上，打开盒子开始整理。他先把全部东西拨到一边，然后再拨到另一边，最后，把每件东西都摊开放在了床罩上：照片，剪报……奖牌不见了。

他回到客厅时，怀迪已经睡着了。雪花飘飘，纷飞的雪花模糊了玻璃窗，威拉德看着外面，街对面的房子就快要被腾起的白浪淹没。"可是，不会吧。"威拉德心想，"不大可能。我这么下结论未免太轻率了。我这是在——"

第二天午饭时分，他决定到河边散步，并且在返回途中顺路去了趟兰金当铺。一路上哈哈哈笑个不停，好像这一切就是一场家庭恶作剧。奖牌失而复得。

当天晚饭后，他邀请怀迪到镇子里随便走走。他俩一走出自家房子的视线范围，威拉德就对年轻人说，他绝对、实在无法理解,一个人怎么能够拿别人的东西,翻别人的私人物品,然后干脆直接拿走,特别是拿走那些满载情感的东西。尽管如此,如果他能得到怀迪一个下不为例的保证的话,他依然愿意把这件不幸的事归咎于艰苦的岁月和不成熟。可恶的不成熟。是啊,没有人应该因为一个愚蠢的行为而被全世界抛弃——尽管你可能希望这种愚蠢行为是一个十岁的孩子,而不是一个已经二十八岁马上要满二十九岁的人干的。既然奖牌现在已经完璧归赵了,如果他能得到一个铁定的承诺,保证这种事绝对不会再发生,还有,如果怀迪承诺立即戒掉威士忌,他会考虑既往不咎。毕竟,他曾在塞尔扣克中学棒球队当了三年的三垒手,有着职业拳击手般的体格,又很英俊帅气——威拉德一吐为快——他想干什么,想毁了上帝赐予他的这副好身体吗?单是为自己的健康着想,也该戒掉,如果这还不够,再想想你的家人,你的内心,噢,见鬼。这完全取决于怀迪自己,他得做的全部,就是翻开新的一页。对威拉德来说,这件事愚蠢、龌龊、傻气、不可理喻,但它将统统被忘掉。否则他将别无选择,只能采取极端手段。

  年轻人的第一反应是一把抓住威拉德的手使劲地上下晃动,一副羞愧难当、感激涕零的样子,眼里还闪着泪光。接着就解释开了。那是在秋天,有个马戏团到基恩堡的军工厂巡演。露西立刻没完没了地嚷嚷着要看大象和小丑,但怀迪看看自己的口袋,里面全是硬币,而且也没几个。所以他想,如果借了这些奖牌,几周后再把它们还回去……但是等一等,是谁带露西去看马戏的,还有迈拉、怀迪和贝尔塔，威拉德记得可是相当清楚，不正是他自己吗？他指出这个事实的时候，怀迪说是的，是的，他想起来了。他是在，他承认，把最难堪的那一部分留到最后，"你看，我是个胆小的人，威拉德，很难一开始就说出最坏的部分"。"还是说吧，小子，全部坦白出来。"

于是，怀迪开始坦白。他们离开百老汇回到家中，"借"了奖牌的他对自己的行为感到万分震惊和恐慌，他没有按原计划把钱花在马戏团上，而是直接跑到厄尔的防空洞，用威士忌把自己灌得烂醉，希望借此忘掉刚才干的愚蠢下作的事。他不否认自己确实自私得可怕，干了傻事，可是事情就是这么发生了。说真的，他和别人一样，觉得这事是个谜。这件事发生在九月的最后一个星期，是当铺的老掌柜塔克不得不裁掉一半雇员之后的事儿……不，不对——他俩一边在前廊跺掉靴子上的雪，他一边从钱包里面拿出一张日历，在廊灯下细看——事实上，那是十月的第一个星期的事儿，他这样告诉威拉德。而威拉德当天早些时候已经从兰金当铺的店员那里得到了确切的日期，这件事发生在距今仅两周前。

可是那会儿他们已经踏进了家门。在炉子旁边织毛线的是贝尔塔，坐在沙发上、把露西抱在大腿上的是迈拉——她在孩子上床前正给她读一本诗集。露西一见她爸爸，就从妈妈的膝盖上滑下来，跑过去把他拽到饭厅，玩他们晚上的"逃逃"[①]游戏。他

---

① 原文为yump，怀迪的老爸把jump念成了yump。

们玩这个游戏已经有一年了，从怀迪的老爸看见露西从饭厅靠窗的座位跳到地毯上起一直没间断过。"嘿，"当时那个大块头农民对大家喊道，"露西逃了！"尽管成为这个国家的公民都四十年了，但他还是那么发音。那个老头死后，任务就落到了怀迪身上，他得赞赏地站在女儿面前，在她每一跳后高喊她爱听的那些话，"嘿，露西逃了，又逃了，露西——宝贝，再逃两个就去睡了"。"不，三个！""逃三个就睡了！""不，四个！""来吧，逃，逃，不许再多，你这个逃逃小宝贝！嘿，露西要逃了——露西准备逃了——女士们先生们，露西又逃了一个！"

如此一来，他还能做什么呢？此情此景下，他到底有做什么的可能呢？既然经过了一下午的深思熟虑，他已经作出决定，考虑原谅怀迪的偷窃行为，他现在何苦要不留情面，去揭穿女婿的谎言呢？但是问题在于为什么，为什么？如果怀迪拿了奖牌后真的觉得自己卑鄙无耻，他为什么没有把它们放回去呢？那不是再容易不过的事吗？他怎么没想到就这点跟他对质？噢，他一下午只顾忙着想如何表现得强硬、少废话、说一不二等等，以至于这个问题压根就没在他脑子里出现过。嘿，你，如果你当时真的感觉那么糟糕，为什么不把我的奖牌放回去？

可是此刻，怀迪把露西扛在肩膀上，正往楼梯上走——"逃，二，三，四"——他自己则跟迈拉笑着，说是啊，是啊，他俩刚才散了散步，现在神清气爽。

迈拉，迈拉，毫无疑问，她是父母们梦想拥有的最乖巧、最可爱的女孩。说到那些小女孩做的事，迈拉会做的时候，其他孩子还在抱着奶瓶吃奶呢。她喜欢做一些女人味十足的事：钩针编织，练习音乐、诗歌……有一次，她在学校朗诵一首自己独立创作的爱国诗之后，观众席上一些人站起来为她鼓掌。她的举止如此优美，直逗得来家里参加"东方之星"聚会的女士们——那个时候他们还是三口之家，贝尔塔还有社交时间——连连表示，她们一点也不介意小迈拉坐在椅子上观看。

噢，迈拉！真让人赏心悦目——苗条的身材，柔软的棕色头发，丝一般的皮肤，威拉德一样的灰眼睛长在她的脸上真是别样的迷人；有时候他想象，妹妹金妮本该像极了迈拉——体格纤弱，说话轻声细语，性格害羞，举止像公主一般——要是没有那场猩红热的话。回到迈拉还是小女孩的时候，她纤弱的体格几乎让威拉德惊叹到流泪，特别是晚上当他坐在那里从报纸上方望着迈拉练习钢琴时。有好多次他感到，在这个世界上，似乎没有什么比女儿那纤细的手腕和脚腕更能让一个男人如此希望善待人生的了。

厄尔的兄弟防空洞。要是他们多年前把那个地方夷为平地就好了！但愿它根本就没存在过……应威拉德的强烈要求，他们答应制止怀迪在慈善互助会把自己灌得烂醉，在斯坦利酒馆也不例外（镇上的路灯亮起时，他突然想起来酒馆现在易主了），每一个酒保但凡有一点甚至半点人性，不去接受一个丈夫、一个父亲的支票并为他兑现付账，情况可能还不至于此。还有另一个家伙（就是那个叫厄尔的），竟然以接受这种支票为乐！颇具讽刺意味的是，在整个所谓的兄弟防空洞里，可能其他所有人都不及身为工人、丈夫和父亲的怀迪的十分之一——当然那是在他还没有喝醉的时候。不幸的是，那个时候情况似乎总对他不利，通常不到一个月他就要经历一次困境，最后你不得不正视这个困境，对它正确的称谓应该是缺乏毅力。那个周五晚上，如果情况或命运或随便你叫它什么，没有安排他一进屋就看见妻子迈拉那双浸泡在水盆里的纤巧的脚，那么当时最坏的情况可能无外乎是这样：他东倒西歪地回到家，撞开房门，语无伦次地发表一番声明，然后和衣倒在床上。然后他一定是看到了露西俯身趴在餐桌上，以为（如果他相信这里面涉及对他的侮辱的话，按照他在醉酒状态下的理解）她之所以推开带蕾丝花边的桌布，坐在楼下做家庭作业，是为了在他回来的时候，她妈妈不至于单独面对他这个恶魔。

那天晚上，威拉德和贝尔塔正好又出去玩他们的周五拉米纸牌了。开车去欧文家的时候，威拉德答应这次无论如何他们也要像其他人一样，在那里一直呆到享用咖啡和点心的时间。贝尔塔说了，要是威拉德想早点回家，那是他的事。她自己辛辛苦苦地忙活了一个星期，没有享受到一点乐趣，她不愿意缩短晚上的娱乐时间，就因为她的女婿在一天结束时，比起跟家人一起享用一顿家常晚餐，更倾向于在一家发霉的酒吧喝威士忌。解决问题的办法是有的，威拉德自己也很清楚。不过，她会告诉他一点——

放弃周五晚上的拉米纸牌和跟老朋友相聚绝非解决之道。

可是，迈拉这会儿正在泡脚……他预感他不该就这样离开她。不是因为她的脚正痛得厉害，也不是因为近年来偏头痛对她的折磨，而是这幅画面，不知怎么地让他看着别扭。"你该坐着，迈拉。我看你没必要老是站着。""我会坐的，爸，我当然会坐下来。""那么你的脚是怎么回事？""没怎么回事。""就因为你站在钢琴边给他们上了整整一下午钢琴课。""爸爸，没有人站在钢琴边。""那你的脚是怎么弄成这个样子的？""爸爸，别这样，求你了。"他还能做什么呢？于是，他对着餐厅喊道："晚安，露西。"没听见她回应，他便走到她写作业的地方，摸着她的头发："什么东西占着你的嘴了，年轻的女士？不道晚安吗？""晚安。"她咕噜着说，懒得抬头看他一眼。

噢，他知道离开得不是时候，可是贝尔塔已经坐上了车。不，他真心不喜欢那幅画面。"不要泡太久，迈拉。""嗯，爸爸，玩得高兴。"她说。就这样，他最后还是走出了家门，一坐上车就被告知，道个晚安这么简单的事就花了他整整五分钟。

不出他所料，怀迪回家的时候，也不喜欢那幅画面。他冲着迈拉劈头盖脸地说，她至少该把窗帘放下来，免得过往的人都看见她是一个多么痛苦的受难者。惊慌中，她没有动，他就过去给她作示范，猛地拉下一面百叶窗，百叶窗从固定装置上脱落。她收了那么多学生（早在七年前，他忘了说了），就为把自己变成一个黄脸婆，好让他（如果她能做到——这个，挥舞他手中的百叶窗）去结交别的女人，这样她就可以为此而悲痛，就像她为她那可怜的跛脚悲痛一样。同样因为教钢琴课，她不愿跟他一起去佛罗里达，让他在那里开始新生活。对他的人格没有半点尊重！

她试着把刚才和爸爸说过的话解释给他听，说教钢琴和她的脚痛没有什么关系，可是他根本不想听。不，她宁愿坐在那里，露出她那可怜的双脚，听大家告诉她她丈夫是怎么一个烂到家的狗娘养的，就因为他时不时地喜欢喝上两杯。

很显然，所有男人不该对女人——甚至他恨的女人——说的话，怀迪都对迈拉说了。而事实上，怀迪爱迈拉，他爱慕她，崇拜她。接下来，好像一个被扯坏的百叶窗、固定装置和所有那些混乱的辱骂对于一个晚上来说还不足够，他一下子端起装满热水和浴盐的洗脚盆，彻底丧失了理智，把它泼在了地毯上。

接下来发生的事，威拉德大部分是从那位好心的友爱会兄弟那里得知的，他那天晚上正在巡逻车上当班。很显然，警察想尽可能表现得和和气气，让它看起来不像是一次不折不扣的逮捕。他们没有开启警笛，把车停在街灯照不到的地方，站在门口耐心地等怀迪扣上他的夹克衫纽扣，然后领着他走下房前的台阶，沿着小路走向巡逻车。这样一来，对那些站在自家窗前的邻居来说，看上去好像只是三个人出去走走，其中两个人佩戴着手枪和子弹带而已。他们与其说是按不如说是托着他，还试着一路跟他有说有笑，然而怀迪，用尽全身力气，猛地从他们中间冲了出去。那一刹那，没有人能够判断出怀迪要干什么，他的身体对折起来，以至于一时间他似乎要去吃地上的雪；接着他猛地挺直身体，像被风吹得晃了几晃之后将满满一大抱雪砸向那座房子。

雪撒落在她的头发上，脸上，肩上的毛衣上。虽然她十五岁了，但是她那上翘的鼻子和垂直的金发使她看上去顶多十岁。她并没有退缩，仍旧跟先前一样站在那里，一只脚在最下面一层台阶，另一只在人行道上，一根手指夹在课本中间——看起来好像随时准备回到因拨打警察局电话而被中断的学习中去。"石头！"怀迪吼叫着，"纯粹的石头！"他边喊边朝前猛扑过去。威拉德的友爱会兄弟被眼前这一幕惊呆了——他说，让他震惊的是露西而不是怀迪，后者这种人他见多了，回过神来立马回归职责。"纳尔逊，那是你自己的孩子！"接着这个酒鬼，要么是记起了自己是女孩的父亲，要么是希望永远忘掉这层血缘关系，躲开了警察的抓握，往前直冲过去，做了他似乎一开始就想做的：脸朝下栽进了雪地里。

第二天早晨，威拉德做的第一件事是让露西坐下，跟她进行了一番谈话。

"亲爱的，我知道在过去二十四小时里，你经历了太多。我知道迄今为止你已经经历了太多，有些事你没有看见可能对你更好。可是，露西，有些事我得问问你，我得把道理给你说清楚。现在，我问你，在目睹了昨晚这里所发生的一切之后——露西，看着我，为什么你没有打电话到欧文家找我？"

她摇摇头。

"好吧,你知道我们去了那里,对吗?"

她对着地板点点头。

"电话号码就在那本书里,对吧,是这样的吧,露西?"

"我当时没想这个。"

"那么你当时在想什么,年轻的女士——看着我!"

"我想让他停下来!"

"可是向监狱报警,露西——"

"我打电话让人来制止他!"

"可是你为什么不打给我?我要你回答我这个问题。"

"因为……"

"因为什么?"

"因为你做不到。"

"我什么?"

"没错,"她说,转身想走开,"你不……"

"立刻坐下,立刻回来给我坐在这里,听我说。现在首先给我——坐下!不管你知不知道,我不是万能的上帝。我只是我,这是第一。"

"你没有必要是上帝。"

"别顶嘴,你听见了吗?你不过是一个学生,你瞧,也许,只是也许,你还不懂得整个人生是怎么回事。你可能认为你懂,但我可不这么认为。我是谁——你的外公,这座房子的主人。"

"我没有要求住在这里。"

"但你住在这里,这你是知道的!安静点!你决不能再向监狱报警,我们家不需要他们!清楚吗?"

"是向警察。"她咕噜着。

"监狱或警察都不行!你清楚没有?"

她没有回答。

"我们是有教养的家庭,有些事我们不去做,这是头等重要的。我们不是地痞流氓,你记住这一点。我们能够平息自己的争端,管好自己的事情,不需要警察代劳。我碰巧是邮局副局长,年轻的女士,别忘了,在这个社区有着良好的声誉——你也一样。"

"那我爸爸呢?他也有好声誉吗,不管那到底意味着什么?"

"我这会儿没在说他!我会找他谈的,不错,同样不需要你的帮助。我这会儿在说的是你,有些事你在十五岁的时候可能不会懂。我们这个家的处事原则,露西,是对话,是摆事实讲道理。"

"可是如果他不懂呢?"

"露西,我们不会送他去坐牢!这是问题的关键。清楚没有?"

"不清楚!"

"露西,我不是跟他结婚的那个人,我不跟他同住一个房间。"

"所以?"

"所以我现在正在跟你说的很多事,很多重要的事,你连它们的皮毛都不懂。"

"我就知道这是你的房子,我就知道是你给了他一个家,你才不管他怎么对待她，怎么跟她说话——"

"我所做的是，我给了我女儿一个家，给了你一个家。我有自己的处境，露西，我要为我所爱的家人做我力所能及的事。"

"可是，"她说，开始哭起来，"也许不仅仅是你一个人在这么做，你知道的。"

"噢，我知道的，我知道的。亲爱的，可是，宝贝，你不明白吗？他们是你的父母。"

"那么为什么他们没有父母的样子！"她哭着冲出了房间。

这时贝尔塔走进来。

"我听见她是怎么对你说话的，威拉德。听见了她说话的口气。那也是我一贯领受到的。"

"是啊，我也领受到了，贝尔塔，我们都领受到了。"

"那你打算怎么办呢？她这样下去怎么得了？我本来以为，十五岁时成为天主教徒该是她最后一张底牌了。偷偷跑到天主教堂，整个周末都在那儿，跟修女们呆在一起。可是现在竟然闹出了这种事。"

"贝尔塔，我只能说我所能说的话。有那么多的词汇可以组成各种各样的表达，接下来——"

"接下来，"贝尔塔说，"一记暴击！有谁听说过这种事？弄得家丑外扬，满城风雨——"

"贝尔塔，她丧失了理智，她被吓坏了。是他制造了丑闻，他的所作所为，那个该死的蠢货。"

"不管怎么说,一英里外的傻子都知道发生了什么,傻子都知道接下来还会发生什么——可能还会牵涉到联邦调查局。"

"贝尔塔,我来管这事。夸大其词于事无补。"

"你打算从哪里接手呢,威拉德?去拘留所把他弄出来?"

"我现在正在考虑该怎么办。"

"我想提醒你,威拉德,既然你正在考虑,别忘了希格尔家族是本镇的创始人之一。希格尔家族是这里的第一批定居者,这座城镇是他们一手建起来的。我祖父希格尔创建了这座监狱,威拉德——我很庆幸他没有活到今天,目睹它是为谁而造。"

"噢,我知道这些,贝尔塔,谢天谢地。"

"我不允许你藐视我的自尊心,卡罗尔先生。我也是有血有肉的人!"

"贝尔塔,她不会再干这种蠢事了。"

"她不会吗?她房间里放满了珠子、圣像、各种天主教的小玩意儿,现在竟然干出这种事!依我看,她正在接管这个家。"

"贝尔塔,我跟你说过了,她当时被吓坏了。"

"谁不是呢,看见那个野蛮人那样大发雷霆?要是在从前,这种人会遭到严惩,被驱逐出城。"

"没错,可是今非昔比。"他说。

"是的,太遗憾了!"

最后是迈拉。他的迈拉。

"迈拉,我正坐在这儿纠结该怎么办。我真有些拿不准,我要

27

跟你说说。我从来没想过自己这辈子会活着看见发生这种事情。我跟露西谈了。我让她承诺这种事再也不能发生。"

"她承诺了?"

"差不多,可以这么说吧,是的。我刚才跟你妈也谈过了,她已经忍无可忍。迈拉,我不能责怪她。可是我相信,我让她看到了一线希望。因为她的感觉是,我直说吧,让他牢底坐穿。"

迈拉闭上双眼,那双眼睛因私下哭泣而留下了深深的青紫色眼圈。

"但是我已经使她平静下来了。"他说。

"真的吗?"

"差不多,我觉得是这样。她基本上赞成我对事情的判断,迈拉。"他说,"漫长的十二年啊,生活在这里的每一个人都处于长期的煎熬之中。"

"爸,我们要离开这里。所以,一切都结束了,煎熬结束了。"

"什么?"

"我们要搬到佛罗里达去。"

"佛罗里达!"

"在那儿,杜安可以有个全新的开始——"

"迈拉,他没有一天不可以重新开始的,就在这里。"

"可是,爸,他头顶上是别人的屋檐。"

"要怎么重新开始?好吧,答案是什么,迈拉?如果他在佛罗里达能坚持下去,在这里就不能吗?我想知道。"

"他有亲戚在佛罗里达。"

"你的意思是他要到那边去,靠他们为生?"

"不是靠他们——"

"我无法想象昨天晚上的事在佛罗里达或者俄克拉何马,或者其他什么地方重演!"

"不会的!"

"为什么不会?因为温暖的气候,天空美丽的色彩?"

"因为他可以做他自己。那就是他想要的。"

"宝贝,那也是我想要的。是我们大家都想要的。可是有什么证据证明,迈拉,他一个人带着女儿、老婆和数不清的责任——"

"可是,他多好啊,"她抽泣起来,"我晚上醒来——噢,爸爸,我醒来时,'迈拉,'他对我说,'你是我这辈子所拥有的最美好的东西,迈拉,迈拉,别恨我。'噢,只要我们能走出去——"

在大学第一个学期的期中,回家过感恩节的时候,露西宣布自己要结婚了。怀迪一屁股坐在客厅沙发的边沿,屈服了。"可是我想让她读完大学。"他说,低下头,把头埋进手里,从他嘴里发出的声音也许能软化你内心对他的冷酷,如果你怀疑这就是他发出这般声音的动机的话。他像个女人一样静静地哭了一个小时,接着又孩子般抽泣了一个小时,直到即使他想让你原谅他,看着他不得不在自己家人面前那样表现,你也几乎不得不原谅他了。

然后奇迹发生了。起初他看起来像病了,甚至可能要对自己干什么蠢事。那样子看着挺吓人的。一连好几天，尽管每天晚饭时照例坐在餐桌旁，但他基本上不吃东西，傍晚时就坐在门廊前，拒绝说话或进屋避寒。一次深更半夜，威拉德听见屋里有动静，他穿上睡袍走进厨房，看见怀迪端着一杯咖啡赫然耸立在那儿。"怎么了，怀迪，睡不着？""……不想睡。""怎么回事，怀迪？你怎么还穿得整整齐齐的？"怀迪转身对着墙壁，这样当他硕大的身体开始颤抖时，威拉德只能看见女婿宽大的肩膀和强壮的脖子。"什么事，怀迪？你在想什么？快告诉我。"

露西婚礼后第二天，怀迪系着领带，穿着工作服下楼吃了早饭，然后去店里上班。晚上回到家，他拿出一个装着刷子、擦鞋布和鞋油的盒子，擦亮他的皮鞋，样子颇为专业。他对威拉德说："想擦擦吗？我这会儿正好在擦。"于是，威拉德把自己的鞋子递给他，穿着袜子坐在那里，看着眼皮底下发生的这令人难以置信的一幕。

周末，怀迪粉刷了地下室，还劈好了几乎整整一考得[①]的柴火。威拉德站在厨房窗子前，看着怀迪大力挥动斧子，一下一下地猛砍。

一个月过去了，接着又是一个月，尽管他终于不再沉默寡言、死气沉沉，开始像过去那样调侃打趣，但毫无疑问，有什么东西终于穿透了他的内心。

---

① cord，木柴单位，约为3.6立方米。

那个冬天，他留起了胡子。很明显，开始的几个星期，店里的伙计总是拿他开玩笑，但他只管继续留着。到三月份的时候，你实际上已经忘记了他原来的模样，并且开始相信，这个高大健壮、误入歧途的小子在四十二岁的时候决定成为一个真正的男人。越来越多的时候，威拉德听见自己跟贝尔塔和迈拉一样，直呼他的名字杜安。

事实上他开始表现得像威拉德先前期待的那样。那还是一九三〇年的时候，他对这个热切的年轻人充满了信心。那个时候，他就已经是一个一流的电工，而且还是一个相当不错的木匠。他有自己的计划、抱负和梦想，其中之一就是为自己和迈拉——只要迈拉成为他的新娘——建造一座房子，一座由他亲手打造的带篱笆围栏后院的科德角式的房子……那并非是一个离谱的梦。二十二岁的他好像浑身是劲，充满活力，并且也知道该怎么干。他盘算好了，除管道工程外（他的一个温尼萨的朋友已经同意承接管道安装），一座两层楼的房子可以利用晚上和周末的时间在六个月以内就盖好。他甚至已经着手行动了，为北端那块地付了一百美元的定金，那真不失为一个明智之举，因为彼时的林地现今已经成为镇上最高档的地段——利伯蒂园。他缴纳了定金，开始制订自己的建房计划，但新婚头一年刚过半，那场全国性的灾难就席卷而来，紧跟着是女儿的出生。

事实证明，大萧条对怀迪的打击尤为沉重。就好像一个准备迈出第一步的婴孩，站起来，微笑着伸出一只脚，然而一只巨大的铁球——用来推倒整栋建筑的巨型铁球——不知从哪儿横扫过来,正好猛击在他的双眼之间。对怀迪来说,他差不多用了十年的时间,才鼓起勇气站起来,试着重新走路。一九四一年十二月八日星期一,怀迪坐公共汽车到基恩堡,打算应募参加美国海岸警卫队,但是因心脏杂音而被拒之门外。一周后,他又去试了海军,接下来是他最后的选择陆军。他告诉他们自己如何在老塞尔扣克中学打了三年棒球,但无济于事。到头来,他留在温尼萨消防器材厂干活,晚上越来越少呆在家里而越来越多地在厄尔的防空洞鬼混。

但如今他重新站起来了,他告诉迈拉这学期结束后就通知学生家长,说她不再教钢琴了。她和怀迪都知道,教钢琴从一开始就是权宜之计。尽管那确实意味着每周额外的收入,但他绝不允许长此以往。他不在乎迈拉是不是介意借教课打发自己的时间,这不是问题所在。问题在于,他不需要跌倒的时候身后有垫子垫背,因为他不会再跌倒了。从一开始,全部的问题就在于,为重新回到这个世界,他给自己备好了支撑和垫子,可它们立马让他想起他以往的失败,从而妨碍了他前进。不知不觉地,你开始认为自己就是个失败者,做什么都没有用,而等到你意识到时你已经什么都不做了,除了继续失败。酗酒,丢掉工作,找到工作,然后酗酒,丢掉工作……这是恶性循环,迈拉。

也许,他说,如果他当时入了伍,部队经历可能会帮他找回自信,变得和现在不一样。可事实是,那些年,当别的男人在战场上出生入死的时候,他却不得不走在利伯蒂森特的大街上。镇上的人则好奇,像怀迪·纳尔逊这样的壮汉怎么如此贪生怕死、逃避战斗,又闲言碎语地指责他靠岳父为生。没错,没错,迈拉,我知道别人的闲言碎语,我知道他们都在说些什么——而最可怕的是,他们可能是对的!没错,心脏杂音不是谁的错,大萧条也不是谁的错,但你知道现在已经不是大萧条了。看看周围吧。一派繁荣景象。这是一个新的时代,这次他不会被抛在后面,不会眼睁睁地看着汤姆、迪克、哈利等人发达致富,轻而易举地大把捞钱。所以,首先要做的是,本学年结束后她要通知学生家长不再教音乐,接下来是考虑从她爸爸的房子里搬出去。不,不是去佛罗里达。威拉德可能是对的,那是逃避现实。现在他开始考虑的是——他不打算立刻做什么承诺,以免再出洋相,但是他开始考虑的是,可能去看看预制房的生意,克拉克山附近就有。

在向她爸爸转述了从怀迪那里听到的一切之后,迈拉热泪盈眶。威拉德拍拍她的后背,也是满腔感慨,暗想"看来功夫没有白费"。唯一让他开心不起来的是,这一切之所以会发生似乎全赖小露西一意孤行,因为错误的原因嫁给了错误的人。

春天。每天晚上,怀迪从餐桌前站起来——拍拍膝盖,仿佛站立本身就是一种自我壮大,新的自我击退了旧的诱惑——信步穿过百老汇,一直走到河边,八点钟准时回来,擦亮他的皮鞋。日复一日,威拉德坐在对面厨房的椅子里,着迷似的看着这一切,仿佛他的女婿不单单是在辛苦劳作了一天之后擦着自己的皮鞋,而是在他眼前发明鞋刷和鞋油的创意本身。他私底下开始考虑，他不该鼓励这家伙搬出去住，而是应该鼓励他留下来。现在，有他在身边真是不赖。

五月的一个晚上，两个男人在睡觉前进行了一番关于未来的严肃谈话。天快亮时，也不知是谁先提议说，现在也许正是杜安重拾自己建房旧梦的好时机，完全由他自己一手修建。如今恰逢房产生意蓬勃发展之际，像他这样娴熟的电工，用不了几周就会有各种活儿找上门来。问题在于必要的启动资金，其余的就水到渠成了。

几个小时后，一个明媚的周六早晨，刮了胡子，穿上正装，他俩开车到银行去申请贷款。回来打了个盹，吃了顿可口的晚餐，七点钟，杜安照例出去散步。威拉德则拿着铅笔和本子坐了下来，开始计算现有可用的资金，银行说过的贷款数额，加上他自己的一笔积蓄……十一点，他在纸上划了一些圈圈和叉叉。深夜，他不得不重操旧业，开着车去那几个老地方四处寻找。

在奇克理发店后面的小巷子里，他找到了怀迪，和他一起的还有一个陌生黑人以及一个白胎壁轮胎。怀迪两只胳膊紧紧地抱着轮胎，那个黑人则躺在水泥地上不省人事。他拼命想把怀迪和轮胎分开，就差没在他肋骨处踢上一脚了，但是怀迪仿佛抱着恋人般紧紧地抱那只轮胎不放。"真该死，"威拉德说，把怀迪往车那边拽，"放开那玩意儿！"可是怀迪干脆坐在马路牙子上不动，死也不愿和他的轮胎分开。他说这是他和克洛伊德冒着巨大的风险才弄到手的,再说,威拉德难道看不出来,这轮胎是崭新的吗?

他比威拉德重五十磅,年轻二十岁,加上喝得酩酊大醉,在奇克理发店后面的巷子里,威拉德花了近半个小时才把他和这个鬼知道他和他的新朋友从哪里"借来的"轮胎分开。

第二天早晨,尽管脸色跟燕麦片似的,他还是准时下来吃早饭,照常系着领带。不过,直到两周后,银行或个人贷款、电气承包的事才被再次提起,而这次提起的人可不是威拉德。那是周六下午,他俩坐在客厅收听白袜队比赛,怀迪站起来,盯着他的岳父,愤愤不平地说:"看来是没什么好说的了,威拉德,就为一个小小的过失,一个人全新的生活——就彻底泡汤了!"

此后,六月份的一天晚上,他们正要上床睡觉,迈拉说起了一件事,令怀迪大为不快,因为那涉及他的新生活,当然也是她的新生活。那天下午下课后,来接格特鲁德的阿道夫·梅茨问怀迪是否还对电力承包感兴趣,德里斯科尔瀑布那边有家伙马上就要退休了,正在贱卖自己的设备、卡车……怀迪抓起他的裤子朝迈拉挥过去,皮带扣差点打爆她的眼。但他不是故意的,只是想警告她不要再拿不是他的错的事情来取笑他!为什么她还要来喋喋不休他们已经夭折的计划?她不懂这桩事到底是怎么回事吗?现阶段这个计划不需要除了他和威拉德——不管如今她爸爸多想从中脱身——以外的任何人操心。事实上,如果照怀迪的意思,他原本打算那周抽一天再到那家银行去的。是威拉德拆了他的台，在极力鼓动他全力投入之后，又彻底毁掉了他的信心。老实说，是寄人篱下日复一日蚕食了他的自信心，从第一天起就这样了。一个大男人被当成施舍对象！没错，这怪他——全都怪他。可是，是谁多年前因为大萧条他跟全国其他人一样失业了就哭哭啼啼去找她爸爸，该死的！是谁把他们领回到她爸爸和那份安逸的工作那里去的？是谁不愿意跟她自己的丈夫去南方开始新生活的？是谁？是他吗？没错，永远是他！只有他！除了他没有别人。

至于打她——他一边说，一边从厨房为她拿来冰袋——他有为了伤害她而直接打她吗？"绝对没有！"他哭喊着，重新穿上衣服，"一次也没有！"

愤怒的怀迪第二次准备下楼时，威拉德冲进了走廊。"这下好了，你们可以一天到晚站在那里，"怀迪边说边扣上衣服，"议论、嘲笑、数落我是怎样一个失败者吧，因为我要走了！"眼泪从他脸上滚落下来，他那悲痛欲绝的样子让威拉德一时间彻底迷惑了，或者说清醒了。不管怎么说，他现在比十五年来任何时候都看得更清楚：这个男人什么也干不了。他是自作孽。跟金妮一样。

但当怀迪第二次从他面前经过时，——为了去厨房再喝他们最后一杯宝贵的水，如果他们不介意的话——他还是任这个自作自受的家伙走出了门，且为保险起见闩上门，然后在他身后大喊道："我不管你是什么，谁也不能打我的女儿——在这座房子里绝对不能！在外面也不行！"

将近凌晨两点时，怀迪开始敲门。威拉德穿着睡袍和拖鞋来到走廊上，同时发现迈拉穿着睡衣站在楼梯顶上。"外面正在下雨。"她说。

"你脚还没痛够吗？"威拉德冲着楼梯上面大喊，"还想被打瞎吗？"

怀迪开始按门铃。

"但是那有什么用呢，"她说，"让人站外面淋雨？我的脚痛跟他没有关系。"

"我不是他的父亲，迈拉——是你的！就让他淋着吧！我再也不管什么事对他有用还是没用了。"

"但是，我不该惹事，我早该知道。"

"迈拉，能停止责怪自己吗？听见了吗？因为你没什么好责怪的，怪他！"

贝尔塔走进客厅。"如果你有什么过错，那你也出去站在雨里淋着吧，年轻的女士。"

"我说，贝尔塔——"威拉德说。

"这就是解决问题的办法，卡罗尔先生，不管你喜不喜欢。"

她转身走开，把丈夫和女儿留在走廊里。怀迪开始踢门。

"好啊，真聪明，迈拉，不是吗？踢门，真是太聪明了，踢吧。"

他们俩继续在走廊里站着，怀迪则继续踢门和按门铃。

"十六年了，"威拉德说，"十六年如一日，听听，还是跟个傻瓜一样，自取其辱。"

五分钟后，怀迪停了下来。

"好吧，"威拉德说，"这样好一点。我可不会对粗鲁让步，迈拉，现在不会，以后永远也不会。既然现在安静了，我去把门打开吧。我们三个现在就在客厅坐下来，我不在乎是否谈到天亮，我们要把这件事说个清楚。因为他绝不能再打你——或任何人！"

他打开门，但是怀迪已经不在了。

那是星期三晚上的事。星期天，露西回来了。她穿着一件深棕色的厚孕妇裙，衬得她的脸像一个光滑的小灯泡。她整个人看起来很娇小，全身上下除了肚子外，其他部位都很小。

"嗨，"威拉德高兴地说，"露西在想什么呢？"

"罗伊他妈把一切都告诉罗伊了。"她答道，站在客厅中央。

威拉德又说："告诉什么了，宝贝？"

"威尔老爹，别以为你这是在替我着想，你没有。"

大家全都无言以对。

终于，迈拉说："罗伊在学校怎么样？"

"妈，你眼睛怎么了？"

"露西，"威拉德说，用胳膊搂着她，"也许你妈不想说这个。"他让她挨着自己坐在沙发上，"你怎么样，告诉我们你怎么样？你才是开始崭新生活的人。罗伊怎么样？他过来吗？"

"威尔老爹，"她说着，重新站了起来，"是他把她的眼睛打青了！"

"露西，我们对此不比你好受。看着就难受，每次一看见我就气不打一处来——但是还好,没有伤到眼睛。"

"噢,好极了!"

"露西,我对此非常生气,相信我。他也知道。该说的都跟他说了,行了。他已经离开整整三天三夜了,加上今天四天。依我看他现在尾巴夹得很紧,也没脸见人——"

"可是,"露西说,"结果是什么,威尔老爹?现在怎么办?"

嗯,对于这个问题,老实说,他还没有真正下定决心。当然,贝尔塔决心已定,每天晚上睡觉时她都会告诉他她的决定。关掉灯后,他辗转反侧,不得入睡,直到他妻子——他以为她已经在身边睡着了——说道:"没必要这样扭来扭去或者翻来覆去,威拉德,让他走人,如果她也想走,就让她跟他走好了。她已经三十九岁了。""年龄不是问题所在,贝尔塔,你明白这一点。""只不过对你不是问题,你把她当孩子,像宝贝一样看着她。""我没有把谁当孩子。我在用自己的脑子。事情很复杂,贝尔塔。""很简单,威拉德。""当然不简单,从来都不简单,也不是我凭空想象出来的。当牵涉到一个十几岁的学生时事情不可能简单,它关系到全家何去何从——""可露西不再住在家里了。""假设他们离开了,那会怎么样?你告诉我。""我哪里知道,威拉德,到时候他们会怎么样或者现在他们怎么样。但是我们俩有生之年要过正常人的生活,不要每隔一分钟突然出现一个悲剧。""可方方面面都需要考虑到,贝尔塔。""不知道我什么时候有机会成为你要考虑的一方一面,我猜也许要等到我进坟墓那天,但愿我可以活到那个时候。答案，威拉德，再简单不过了。""好了好了，一点都不简单，就是你一晚上跟我说五十遍，事情也不会变得像你说的那么简单。人有时候比你想的更不堪一击。""那是他们自己的事。""我在说我们自己的女儿，贝尔塔！""她都三十九了，威拉德，我相信她丈夫已经四十多了，或者应该是这个年纪。他们是他们自己的责任，不是我的，也不是你的。""好吧，"过了一分钟，他说，"假设每个人都这样想，这个世道该多么美好啊。每个人都说别人的事与己无关，哪怕那个人是自己的孩子。"她没有回答。"假设亚伯拉罕·林肯这样想，贝尔塔。"没有回答。"或者耶稣基督。如果每个人都这样想，那么甚至压根就不会有耶稣。""你不是亚伯拉罕·林肯，你只是利伯蒂森特邮局的副局长。至于耶稣——""我没有拿自己跟他们比，我只是跟你说这个理儿。""我记得我是跟威拉德·卡罗尔结的婚，我没有跟耶稣结婚。""噢，我知道，贝尔塔——""我告诉你，如果当初我事先知道我要做耶稣夫人——"

至于露西刚才的问题，结果怎么样——"结果？"威拉德重复道。

为了整理自己的思路，他把眼睛从露西执着的目光中移开，往窗外看去。猜猜此时谁正沿着前门小路走过来？那人湿湿的头发梳得一丝不苟，鞋擦得贼亮，留着男子气概十足的胡子！

"好啊，"贝尔塔说，"'结果'先生自己来了。"

门铃响了，只一声。

威拉德转向迈拉："你让他回来的？迈拉，你知道他要来？"

"不，没有，我发誓。"

怀迪又按了一下门铃。

"……今天是星期天。"迈拉见没人去开门，解释道。

"然后呢？"威拉德追问道。

"他可能有什么事要跟我们说，有话想说。星期天，他自己一个人。"

"妈，"露西喊道，"他打了你，用皮带打了你！"

此时怀迪开始敲前门的玻璃。

迈拉神色慌张地对她的女儿说道："艾丽斯·巴萨特就是这样到处跟人说的？"

"这难道不是已经发生的事实吗？"

"不！"迈拉说，用手遮住自己青紫的眼睛，"这只是个意外——他不是故意的。我不清楚到底发生了什么，但是全都过去了！"

"一次，妈，就一次，保护好你自己！"

"——依我看，"贝尔塔发话了，"你在听我说吗，威拉德？依我看，听起来他似乎打算用拳头砸穿那块价值十五美元的玻璃。"

不过威拉德却说："现在首先，我要大家都冷静冷静。这家伙之前离家三天，以前还没有过——"

"噢，但是我打赌他找到了某个暖和的角落，威尔老爹——有酒吧椅子的那种。"

"我知道他没有！"迈拉说。

"那他在哪儿,妈,在救世军营吗?"

"露西,等一等,"威拉德说,"没什么好大喊大叫的。据我了解,他一天工也没旷,至于晚上,他睡在比尔·布莱恩特家的沙发上——"

"噢,你们这帮人!"露西喊着,走了出去,来到客厅走廊的前面。玻璃上的敲击声已经停了下来,一时间没有一点声音。然后门闩啪嗒一声锁上,露西喊道:"不行!你明白吗?没门儿!"

"不,"迈拉呜咽着,"不。"

露西回到客厅。

迈拉说:"你都干了些什——什么?"

"妈,这个男人没救了!彻底完蛋了!"

"阿—门。"贝尔塔说。

"噢,你!"露西转向她的外婆,"你根本不懂我在说什么!"

"威拉德!"贝尔塔尖声道。

"露西!"威拉德叫道。

"噢,不,"迈拉一边哭着,一边从他们身边冲到走廊上,"杜安!"

但是他已经沿街跑远了。迈拉打开门冲出去时,他已经拐过弯,从视线中消失了。不见了。

直到现在。露西把他锁在门外,怀迪眼睁睁地看着她对自己这么做。透过门窗玻璃,他看见自己怀着孕的十八岁的女儿插上门闩，拒他于门外。从那以后，他再也没胆量回去了。时至今日，将近五年过去了，露西死了……此刻，他肯定已经在车站等了足足二十分钟——除非他等得不耐烦而决定原路返回，除非他决定这次还是走为上策。

疼痛从威拉德的右腿袭来，从臀部到脚趾往下窜，是那种贯通上下的尖锐灼人的疼痛。癌症！骨癌！来了——又开始疼了！昨天他也感觉到过，灼烧的痛从小腿肚一直往下窜到脚部。前天也疼过。当然了，他们会带他去看医生，给他拍X光片，让他卧床休息，糊弄他，给他服止痛药。然后有一天，在他被折磨得实在不成人样时，把他运到医院，看着他日渐衰弱……不过现在疼痛减轻了，像在文火上慢炖。不，那不是骨癌，只是坐骨神经痛。

但像这样坐在外面能有什么结果呢？雪慢慢堆积在夹克衫的肩部、靴子的顶端。冬天的第一道光辉映照在墓地的小径和石头上。风这会儿停了。这是一个寒冷、漆黑的夜晚……他在想，是的先生，他必须重视自己的坐骨神经痛，不再把它当儿戏。明智之举可能是坐一两个月的轮椅，以缓解坐骨神经的压力。这是埃格伦德医生两年前的建议，也许它并不像他当初所认为的那样荒唐可笑。好好地休息一回。膝盖上搭上一条阿富汗毛毯，坐在洒满阳光的角落，跟报纸、收音机和烟斗呆在一起，不管这座房子里发生什么事，睁一只眼闭一只眼。把注意力放在自己坐骨神经的康复上，不落下病根。确实不错，那是七十岁的你应有的权利，摇着轮椅躲进另一个房间……

43

或许,他可以假装什么也听不见,假装自己耳朵开始不灵了。谁会知道它们灵还是不灵呢?是啊,这可能不失为解决问题的一记妙招,还用不着借助轮椅。眼不见为净,耸耸肩膀,一走了之。接下来几个月,可以时不时地假装力不从心。是的先生,得让他们自己去处理。他们可以暂时住他的房子,对此他没什么意见,但是除此之外——这么说吧,他的脑子已经开始不好使了。也许为了让自己更有说服力,他应该——当然是他故意的,不是受贝尔塔的指使,而是从始至终都很清楚自己在做什么——像他悲伤的老朋友约翰·欧文不幸开始做的那样,开始尿床。

"但是为什么?为什么我要装糊涂?为什么明明头脑灵光却要假装头脑不清楚!"他一下子站了起来。"为什么要让自己得肺炎、担心自己生病,明明自己一直在做好事!"对死亡的恐惧,对可怕可恨的死亡的恐惧使他垂下眼睑,紧闭双眼。"在善待,"他喊道,"他人!"然后一边朝山下走去,一边抖落肩上和帽子上的雪,他的老寒腿竭尽所能地把他尽快带离了墓地。

直到走出墓地,一直走到南水街的路灯下,威拉德的心跳才基本上恢复到自然节奏。仅仅因为又将面临冬天,并不意味着他永远见不到春天。他不光是要活到那个时候,他现在也还活着。那些购着物、开着车的人也都活着;不管他们有没有麻烦,他们都活着!活着!我们都活着!噢,他呆在墓地干什么呢?在这个时辰,在这种天气下!得了,沮丧、病态、杞人忧天,有关人生最后一刻的想法已经够了。还有那么多事可想，况且也不全都是坏事。试想想，当怀迪听到厄尔防空洞所在的那栋楼某天半夜如同自我审判般从房顶开始塌陷，接着被夷为平地时，他会怎样爽朗大笑吧。就算斯坦利酒馆易主了又怎样？怀迪跟其他人一样唾弃那种低级酒吧，当然是在他没有喝醉的时候，而那种时候比看起来的要多，假如你不去刻意回想他人生的低谷期的话。对任何人你都会念念不忘他们低谷倒霉的时候……等到他看见新的购物中心，第一次沿着百老汇散步——当然，他们可以一起散步，威拉德还可以向他指出慈善互助会是如何被改造的——

"噢，见鬼，这家伙快五十了——我还能做什么呢？"当开着车驶入镇子时，他大声嚷嚷起来。"温尼萨那边有活儿等着他。都安排好了，只要他愿意，他想要，他开口要求。至于搬回来住，那绝对是暂时的。相信我，到了这把年纪我可管不了那么多了。我们的计划是到一月一号……""哦，你看，"他仰天长叹，"我又不是天上的上帝，我没有创造世界！我不能预见未来！反正该死的，他是她的丈夫——她爱他，不管我们喜不喜欢，这是事实！"

他不是把车停在范·哈恩商店的后面，而是停在了前面，以便绕远路到候车室，以便多出三十秒的思考时间。他进了商店，在膝盖上拍打着他的湿帽子。他想着，"很有可能他不在那儿"。他没有走进去，开始从外面往候车室里瞅。"很有可能我刚才坐在那边磨蹭没有任何道理。到头来他可能根本没种回来。"

然而怀迪就在那里。他坐在一条长椅上，低头看着他的鞋子。

他头发灰白，胡子也白了很多。他来回交叉着双腿，因而威拉德看到了他的鞋子的侧边，它们苍白而平滑。一个小行李箱，也是新的，放在他身旁的地板上。

"所以，"威拉德对自己说，"他还是来了。真的坐上大巴来了。在发生了那么多事情之后，在酿成了那么多不幸之后，他还好意思登上一辆大巴，然后再从大巴上下来，在这里等了半个钟头，巴望着被接走……噢，你这个白痴！"他想着。他还没有被发现。他端详着他的中年女婿、他崭新的鞋子、他崭新的行李箱——噢，当然，还有崭新的人！"你这个蠢货！你这个耍手段，撒谎，偷窃的无知之辈！你这个懦弱无用的醉鬼，吸食着每一个人赖以为生的心头血！你这个一无是处、低人一等的懦夫！就算你是无能为力，就算你不是有意为之——"

"杜安，"威拉德说着，走上前去，"你好吗，杜安？"

第二部分

1

一九四八年夏天,年轻的罗伊·巴萨特从部队服役回来后,对未来一片茫然,于是整整六个月,他只是闲坐着听别人讨论。在朱利安姨父家的客厅里,他把瘦长的身子往大俱乐部椅子里一扔,半个身子随即滑出来,瘫在椅子外面。这样一来,他的军鞋、军袜和卡其色裤子就成了横在通道上的障碍物,如果你想打那儿经过,就得跨过它们,他表妹和她的朋友露西经常不得不那么干。他总是无精打采地坐在那里,大拇指钩住他没系腰带的裤扣,下巴耷拉在长长的瘦骨嶙峋的胸前,当被问及是否在听对他说的话时,他就点点头,甚至懒得把目光从他的衬衣纽扣上抬起来。或者有时候,那鲜亮、白皙的脸,如白昼般明朗的蓝眼睛,会朝着任何正在向他提议或提问的人看过去,不过,是透过他用手指圈成的框框看过去的。

罗伊服役时喜欢上了绘画,专长是素描。他尤为擅长画鼻子(越大越好),耳朵、头发和某类下巴也还算擅长,还买了本手册自学画嘴巴的诀窍，那是他的弱项。他甚至开始想，何不走得更远呢，成为一名职业艺术家。他知道那并不容易，不过，也许他的人生已经走到该打硬仗而不仅仅满足于现成的、轻而易举的事的时候了。

他打算成为一名职业艺术家，八月底一回到利伯蒂森特就宣布了这个决定。可是，还没等他在客厅里把拎在手里的帆布袋放好，争论就开始了。

你会觉得他是一个刚从安大略湖营地回来的小毛孩，一点也不像从阿留申群岛服役归来。如果罗伊在离开的这段时间里已经忘记了高中最后一年的生活是什么样子，那么劳埃德和艾丽斯·巴萨特没用上半个小时就让他觉得那些日子简直恍若昨日。持续几天的争论，基本上由他父母反复强调他们有他没有的经验和罗伊不断回敬他有他们没有的经验构成。反正，这事没什么好说的，他说，他的意见才是关键，要知道他们讨论的是他本人的职业生涯。

为了证明自己，回家后第三天，他花了整整一天时间临摹一个火柴盒封面上的女郎肖像。从早上开始，一遍又一遍地打磨，只停下来吃了口午饭，接着又在上了锁的卧室门后画了整整一个下午。他相信自己已经大功告成。晚饭后，他写了三个不同的信封，直写到上面的字让自己满意为止，然后寄给密苏里州堪萨斯城的一所艺术学校——他一路步行到镇上的邮局，确保赶上晚上的投递时间。当回信称，罗伊·巴斯克特先生只需付四十九点五美元便可获得价值五百美元的函授课程时,他倾向于同意朱利安姨父的看法,这是个骗钱的学校,然后就把这事抛到脑后了。

但不管怎样,他还是证明了自己想要证明的,而且一点也没有耽搁。他被征兵局招去服两年兵役时,他爸爸说希望部队的纪律对儿子的成熟有帮助。可是,他自己似乎倒更愿意承认会把事情搞砸。结果呢,罗伊确实成熟了,而且成熟了不少。不过他可不认为那是什么军纪的功劳,而是,坦白说,得归功于离开他们这件事本身。读高中时,他或许甘愿在 C 和 C- 之间徘徊,不过只要稍微动用一下他的聪明才智(艾丽斯·巴萨特:罗伊,你有的是聪明才智),就可以轻松拿到 B……甚至 A,前提是他真的想拿到。他现在想强调的重点是,他不再是那个拿 C 的学生了,也不要别人再像从前那样对待他。如果他专心去干什么事,他就能够干成,而且能够干得很漂亮。眼下唯一的问题是确定他要干的是什么。二十岁的年纪正是开始考虑如何成为一个男人的最佳时机,这用不着别人来跟他啰嗦,因为他正在考虑,而且考虑得很多,无需担心。

他继续研究那本艺术手册,在经受了四天从糟糕到更糟糕的画嘴练习之后,出于绝望,他转向了脖子和肩膀。成为一名职业艺术家依然是他的首选,虽然他至今不肯放弃,不过,他开始愿意对父母让步,至少听听他们可能提出的任何建议。他不得不承认朱利安姨父的建议对自己有相当大的诱惑。跟着他干,从头开始学做投币式自助洗衣店的生意,这个主意对他特有吸引力的地方，是沿河一带的镇民会看见他开着朱利安姨父的皮卡转来转去，然后把他当作一个小阿飞，而那些经营自助洗衣店的女人会把他当作老板的侄子，猜想他的日子过得优哉游哉——可实际上他真正的工作晚上才开始，在其他人都熟睡之后，在上锁的卧室门后，他会彻夜不眠，完善他的天赋。

这个主意不太迷人的地方在于得借助家庭力量，而且是在起步阶段。他可受不了下半辈子都得听人说："当然，是朱利安姨父给了他一个开始……"但更重要的是，接受这样的事情可能会有损于他的个性。问题不仅仅在于如果单靠个人特权才能事业有成，他绝不会真正看得起自己，更在于如果他像那些富家子弟一样，终其一生在成功的阶梯上被悉心照料，他将如何实现自己的潜力呢？

再则，也得考虑到朱利安姨父。他说他对这个提议相当认真，前提是罗伊真想按照他会要求的那样长时间地卖力工作。行啊，耗时费力他不介意。有一次，一个特恶毒的中士，蛮不讲理地罚他在部队厨房里连续不断地擦洗了十七个小时的大锅和盆子，从那以后，罗伊便意识到没有什么事可以把他放倒。所以，一旦他拿定主意，锁定自己的人生方向，他就会心无旁骛地——把朱利安姨父的话原封不动地奉还给他——干到干不动为止。

可是，万一跟了朱利安姨父干，拿了工资，然后他又决定九月份去芝加哥艺术学院甚或纽约艺术学院——也不是不可能，那该怎么办？他正在认真考虑父母的反对意见（不管他们领不领情），可是如果他终究青睐以艺术为志业，这样一来，不是不仅浪费了他自己的时间，也浪费了朱利安姨父的吗？对于他姨父，他当然珍惜他对自己的喜爱，不过也许到头来他会辜负他——某种程度上还真有这个可能。忘恩负义的事他可得提防着点。尽管他确信他的同学和战友都认为他为人随和大方，但他的第一位长官有时习惯称他为斯特平·费奇特①——有人告诉他说此人为人自私。当然了，是人都自私，可有些人总乐于夸大其词，他就是不乐意对有关他的猜疑给予一盎司的支持，实际上，不管是谁（尤其是自己的父亲），一开始抱有这种猜疑便是不公平的。

再说，经过前面单调沉闷的几个月之后，接下来他真正热衷的是历险。坦率地讲，你不能真的期待自助洗衣店生意会带来什么兴奋和刺激，甚至乐趣。至于从安稳的角度看，钱对他还真不是什么大问题。他现在有两千美元的积蓄和遣散费，还有退伍军人补助，反正他没有野心成为一名百万富翁，这也正是为什么当他爸爸告诉他艺术家的结局是住顶楼小屋时，罗伊能够回应说："那又错到哪儿去了呢？你以为顶楼小屋是什么？它是一间阁楼，我自己的房间曾经就是阁楼，你知道的。"对于这个事实，巴萨特先生很难再做争辩。

他真正热衷的是历险，是对自我的考验，是某些能让他挖掘出自己到底有多少潜质的方式。如果他面对的不是一个艺术家的

---

① Stepin Fetchit（1902—1985），美国黑人喜剧演员。

人生，那么也许会是国外某份工作，对那些当地人来说，他将是陌生人，人们仅仅从他的言谈举止而不是他们所知道的他的过去来评判他……不过说这种话，通常等于换种方式说你想再次成为一个三岁的小孩儿，艾琳姨妈指出了这一点。他自己倒是愿意承认她可能是对的。他总是愿意听听艾琳的想法。因为（1）她一般会在私下说她不得不说的话，不是为了哗众取宠（朱利安姨父的倾向）；（2）她不插嘴或拔高声调，即使你反驳或不同意她也如此（他爸谦恭有礼的方式）；（3）面对某些他说出来就只是为了让人听听的想法，她从来不会歇斯底里大发作（他妈有此癖好）。

他妈和艾琳姨妈是姐妹，可是在遇事冷静方面，两个人却有天壤之别。比如，当他说，在做出任何关于他未来人生的重大抉择之前，也许他现在应该做的，是背起背包，离开利伯蒂森特，去看看这个国家其他地方还有什么机会。对于这个主意，艾琳姨妈表示很感兴趣；而他妈妈的表现，用他们服役时的话来说，则是惊慌失措、阵脚大乱。她立刻开始喋喋不休，说他才刚刚服役两年回来（好像他理所当然不知道这点），说他应该拿定主意进州立大学（发挥他的聪明才智，因为那是"上帝的意旨，罗伊"），接着最后责怪他油盐不进。

其实他一直在听，一点没错。尽管深陷在椅子里，但他或多或少接受她的反对意见。她先前那些老生常谈，他依然觉得他有权置之不理，不过或多或少理解其中的要领。她希望他做一个乖孩子，能够听话；她希望他成为一个跟其他人一样的人。可是说真的，正是这一点——他妈妈说的那些话和说话的口气——就足以使他在夜幕降临时逃到镇外。也许他应该做的是，一旦打定主意先看这个国家的哪一部分，就立即动身，绝不回头。华盛顿的西雅图有他的安身之处，他最铁的战友威洛比就住在那儿。（威洛比的小妹本来是要介绍给他的。）另外一个好战友亨德里克斯住在得克萨斯，他爸爸在那儿有一个大牧场，如果真的落得弹尽粮绝，也许可以到他那里挣口饭吃。还有波士顿。波士顿应该很漂亮，它是全美国最有历史沉淀的城市。"我可能就试试波士顿。"他这么想着，与此同时，他妈妈已经激动到丧失理智。"是的，长官，我也许该收拾收拾，向东进发。"

可是话又说回来，如果那果真是他最终做出的最佳决定，那么在重新开始艰苦生活之前，何不再好好享受几个月舒适的日子呢。他在加尔各答的黑洞（他们是这样称呼它的）里度过了十六个月，每天从上午八点到下午五点，呆在火星四溅的车辆调配室里——还有那些夜晚，但愿这辈子永远别让他再看到一个乒乓球……还有天气！它让利伯蒂森特比起来就像南美的热带丛林。大风、大雪以及那无边的灰暗天空——就跟看一块擦过的黑板一样索然无味。还有泥巴，食物，狭窄、潮湿、尺寸过小的他妈的（老天啊）所谓的床！实际上他大大地亏欠了自己，有必要哪里都不去，直到把在那张该死的床上丢掉的瞌睡全部补回来，还有使他那一两个味蕾恢复正常。在经历了那一切之后，他确实不能说自己会介意每天早上坐在窗明几净的厨房，享受现成的早餐待候，重新拥有一个自己的房间，房间里的每件物品的摆放不必经过铅锤测量，或者想在厕所里蹲多久就蹲多久（或按需要而定），而且厕所门是关着的，没有其他人挨着你的胳膊肘干同样的事。不瞒你说，吃一顿不完全是洗碗水和硬纸板的早餐，然后拿着一份《领袖》杂志在客厅里安坐下来，空闲时翻翻，不用担心有人直接从你手中扯走体育版面，这感觉真不赖。

至于他妈从厨房冲他喋喋不休，他还不至于笨到不懂她为什么这么做，她关心他，因为他是她的儿子。她爱他。很简单。有时，他练完画后走进厨房，看她在那里忙活，无论她说什么蠢话，他都会伸出胳膊搂着她，跟她说她是一个多么好的孩子。有时，他甚至和她跳上几步舞，对着她耳朵唱些流行歌曲。这对他来说不过是抬抬手的事情，而对她则意味着七重天堂。

她对他呵护有加，不过，那些呵护方式在他这个年龄段着实让人尴尬。比如邮寄马桶垫圈一事。有一天，他收到了一个包裹，里面有一百张大号的白色薄纸圈，每一张都是甜甜圈形状，是她从医生办公室里的宣传广告中看见的，也就是他应该坐在上面的——在部队里！一开始，他想把它们送给他的军士长，他二战时在安齐奥背部受了伤。但是转念一想，希基军士可能会误会，然后不是拿他妈而是拿他寻开心。所以当天晚上，他趁夜深人静时溜到食堂后面，悄悄地把纸圈扔进一个里面装满结了冰的垃圾的桶里面，事先小心地取下并销毁了她附在里面的卡片，卡片上面写道："罗伊，请用这个。不是每个人都来自清洁的家庭。"

这件事完美地证明了，尽管出于好意，但她丝毫没有意识到他已经是一个成年人，而你不能再对一个成年人如此行事。不过，在埃达克岛上，有好多次，他想她，甚至想他爸爸，还有他早年间对他们的感觉，那时候他们还没有开始误解从对方嘴里冒出的每一个字眼。他会忘记他们说他做错了的一切和他说他们做错了的一切，心里想着其实他是一个相当幸运的人，身后有一个如此关心他幸福健康的家庭。他们军营里有一个在内布拉斯加男孩城[①]长大的家伙，罗伊对他很尊敬，对他所缺失的东西——没有自己的家庭，他总是感到难过。他的名字叫库尔茨，虽然他的皮肤挺糟糕——罗伊可真不喜欢在吃饭的时候去看它，但是他发现自己经常对他发出邀请，请他去利伯蒂森特做客（当然得在他们都从这个牢笼中放出去以后），品尝他妈妈的拿手菜。库尔茨说他当然不介意。军营里没有人会介意，毕竟大家都知道"巴萨特妈妈的好东西"的到来已被列为军中大事件之一。罗伊写信告诉他妈，说她是军营里第二受欢迎的海报女郎，仅次于简·拉塞尔，那之后她就开始分两个包裹邮寄饼干，一盒留给罗伊自己吃，另一盒送给他的小伙伴们。

说到简·拉塞尔小姐，她的最后一部电影可是被温尼萨法院宣布禁演的，艾丽斯·巴萨特叮嘱罗伊务必将此事铭记于心。罗伊把她这番话转述给希基军士听，二人都笑得前仰后合。

[①] Boys Town，美国一家全国性的社区组织，旨在救助无家可归的男孩。

从部队退伍之后，有好几个月，罗伊的正事儿之一是恶补瞌睡，之二是狂填饥肠。每天早上十点差一刻左右——他爸爸消失好一阵以后——他才穿着卡其裤和T恤衫下来吃早餐。早餐包括两种果汁，两个鸡蛋，四片培根，四片烤面包片，一堆樱桃酱，一堆橘子酱，还有咖啡——他为了吓唬他妈而称其为"热咖"，因为以前吃早餐时，她从来没看见过他喝过除牛奶以外的任何东西。有好些天早上，在他干掉整整一罐"热咖"之后，他可以看出她的不知所措，不知该为他喝进去的东西而震惊，还是该为他的牛饮而振奋。在吃饭问题上，她乐于尽职尽责，而既然这于他无碍，他也就欣然受之了。

"你知道我还喝什么吗，艾丽斯？"他会一边说，一边从桌子旁边站起来，用手掌拍着肚子，虽则拍不出希基军士——体重二百五十磅——那么大的动静，却也是一样的好声音。

"罗伊，"她会说，"别耍滑头，你是在喝威士忌吗？"

"噢，只是时不时来点儿，艾丽斯。"

"罗伊——"

就是现在！一旦他看见她真的上钩了，他可能就会走过来，用胳膊搂着她说："你是个好孩子，艾丽斯，但是永远不要完全相信你所听见的。"随即，他会在她的前额上来一个大大的响亮的吻，毫无疑问，它点亮的不只是她即刻的心情，还有整整一上午的家务和购物。他当然不会搞错——这一招通常百发百中。凡此种种言谈举止之后，他和艾丽斯的关系很是融洽。

接下来，在从头到尾浏览一番报纸之后，再回到厨房豪饮一杯牛奶。他站在冰箱旁边，只两大口就把牛奶吞下去，然后闭上眼睛，享受那股冰凉犀利的感觉穿透鼻梁。然后，从面包匣里抓了一大把 Hydrox 饼干，那是他最古老的旧爱之一。最后大吼一声"我走了，妈！"，压倒了吸尘器的噪音……

回来后的头几个月，他长时间地在镇子各处散步，最后几乎总会走到他就读的那所中学。很难相信，仅仅两年前他还是那些孩子中的一个，他可以看见他们把头埋在书本里，正遭着罪呢。可同样很难相信，他现在已经不再是他们中的一个了。某天早上，只是为了好玩，他特意穿过校门，走到国旗杆那儿，去听他的老数学老师"十字"（相乘）先生——那个老甜心——单调乏味的声音从一〇四教室敞开的窗子传出来。罗伊这辈子再也不会——永别了——被迫走上讲台，站在全班面前，手里拿着粉笔，痛苦地面对老"十字"给他出的难题。令他震惊的是，这个事实居然引得他相当难过。不过他恨代数，因为他差一点没考过。当他拿着 D 回家时，他爸爸暴跳如雷……小子，他心想，你只有脑子短路了才会怀念这些，随即溜开了。他往南穿过河谷，走到河边，坐在岸边晒太阳，掰开 Hydrox 饼干，先吃了没有夹心的一半，然后吃粘着夹心的另一半，边吃边想："二十，二十岁，二——十——岁，罗伊·巴萨特。"他凝视着流动的河水，心想，河水就像时间本身。应该有人为此写一首诗，他这么想着，进而又想："为什么那个人不能是我呢？"

河水就像时间本身，

流淌着……流淌着……

河水就像时间本身，

流逝着……流逝着……

有时候，还不到中午他就饥肠辘辘，饿得不行。于是，他会走到闹市区，在戴尔奶吧点一份番茄培根烤奶酪三明治，外加一杯牛奶。在埃达克岛的部队小卖部，他们根本不会做这样的三明治。别问他们为什么不会，有一次他这么跟朱利安姨父说道，他们就是不会，他们有奶酪、培根、番茄和面包，但是他们就是不会把它们统统放在烤架上，即使你告诉他们怎么做也不成。你站在柜台后面，对着那个伙计拼命解释，可是他硬是不会做。唉，那就是他×的狗屎部队，他跟朱利安姨父就是这么说的。

下午的时候，他猫进公共图书馆，他的前女朋友贝芙·科里森放学后曾经在那里打过零工。他把绘图本放在膝盖上，翻阅各种杂志上的风景图片，找出其中一些来临摹。他对人头像失去了兴趣，决定与其逼疯自己，费九牛二虎之力使嘴巴看起来像张开的或闭上的，不如专攻风景。他翻阅了成百本《假日》杂志，虽然没找到太多灵感，不过却读到了不少他过去所不知道的各个地方的风土人情，说来时间也没白费——当然，他睡过去的那部分除外。这都怪图书馆太闷，你非得向他们请示，才能打开窗子通通风。简直跟部队一样，最简单的事得耗上一整天才能获得批准。噢，老兄，自由真是太美妙了。整个人生就在他前面，未来他可以成为他想成为的人，做他想做的事。

那个秋天，下午快结束的时候，他一般会再走回学校去观看橄榄球队的训练，在那儿一直呆到天将黑。随着比赛的进行，他在训练场地边沿不停地上下移动。靠得之近，几乎可以听到帆布运动服撞击的啪啪声！卫线队员聚到一起时的那种声音他尤其喜欢。实际上，他可以看见托格·西格森花岗岩般的双腿，它们被称为永不停息的搅拌机，即使被压在人堆下也绝不停息。他们会压十个人在他身上，可是老托格就在那儿，依然奋力多前进一英寸，也许就是那一英寸决定了最后的胜负。或者有时他不得不和一群观众一起突然后撤，因为一个中卫直冲他们飞奔而来，掀起大块大块的泥土，泥土飞得如此高远，以至于罗伊在回家的路上会发现自己的头发里残留着小土块。"好小子，"他边想边用手指捻碎土块，"这孩子简直是个飞毛腿。"

那个你出于审美需求特别想近距离欣赏的家伙是大个子左后卫怀尔德·比尔·埃利奥特。怀尔德·比尔用了三年时间，跟对手玩出其不意的假动作，他是自"巴德"·布隆时代以来利伯蒂森特得分最高的后卫。只一秒钟的工夫，他会佯攻防守队员的右侧，左侧，然后断左，幅线跑动，稳稳接过鲍比·拉克斯托的一记快传，然后只虚晃一下肩膀，再次佯攻右侧，只一转身就直插中场，直到主教练加德纳·多尔西吹响他的口哨，比尔才以他独有的内八字步伐向后跃起,向争球线低手抛出长长一记螺旋球,并大喊:"看球,宝贝。"这时罗伊身旁的某个观众就会说:"比尔这次本来会得分的。"或者罗伊自己可能也会这么说。

棒球场那边传来乐队的声音,他们正在为周六的比赛进行排练。"请注意,乐队,乐——队"他可以听见瓦莱里奥先生正通过麦克风喊话……噢,说真的,那感觉简直跟他记忆中的一样棒,听着乐队从校歌开始——

  一场胜——利
  为了自——由,
  我们必胜,
  一场胜——利

——再看看这边,第一支队伍(连续三年二十四场比赛全胜)正从弯腰围拢成的一圈中站直身来,相互击掌,第二支队伍也蓄势待发。鲍比·拉克斯托,那个腿像蛛腿一样细长的四分卫,踮起脚尖发出信号"一,二",然后就在球被抢断的时候,他抬头看见学校上方越变越深的天空中一轮暗淡的白月。

在这一天最幸福的时刻,在这一生最美好的时光,在这一切和平而自然地发生的美国,他体会到一种情感,它既刻骨铭心又令人振奋,只能用爱来形容。

罗伊从部队退役后的那个秋天，橄榄球队的明星球员之一是乔·"定位"·惠茨通。他跑动快速灵活（一百码耗时九点九秒），是球队的半卫，同时也是本校历史上最棒的踢球手——也有人说是本州历史上。自夏天以来，他一直跟罗伊的表妹埃莉约会。那些个周六晚上，朱利安姨父和罗伊聚在一起聊天，喝啤酒，乔过来接埃莉，带她去参加为利伯蒂森特赛马协会举办的庆功晚会，它实际上已经成为本镇每周一次的庆典。他会跟他们俩一起坐在放着电视机的客厅里，等着"索尔比公主"——朱利安姨父对埃莉的爱称——决定穿什么裙子。起初，罗伊跟乔没有更多的话可说。上高中时，他尽可能避免跟运动员或任何帮派交往。你会在帮派中丧失自己的个性，而罗伊自认为他个性独立。不是不合群，而是个性独立，二者相去甚远。

结果证明，乔·惠茨通一点都不像罗伊想象的那样。你可能会认为，以他的名气和帅气，他会是另一个自以为是的家伙（就像怀尔德·比尔·埃利奥特，罗伊听说，他特别在行的事，就是从牙缝里把唾沫滋在温尼萨电影院的过道上）。可是，乔对索尔比家的人很尊敬，彬彬有礼——对罗伊也如此。过了一阵子，罗伊渐渐开始明白为什么乔正襟危坐，不管罗伊说什么都频频点头，自己几乎不开腔，不是因为他瞧不起他，而是因为他仰慕他。乔或许是本州历史上最棒的踢球手，但罗伊刚从阿留申群岛——几乎横跨白令海峡——服役十六个月归来。乔知道这一点。一个周六晚上，当埃莉蹦蹦跳跳从楼梯上下来，而乔一跃而起时,罗伊看得出来,这位屁股口袋里已经装有六个不同学校的带奖学金录取信的知名人物乔·"定位",跟埃莉可真没啥不同——都不过是十七岁的小毛孩儿。而他罗伊二十岁,是退伍军人……

很快,罗伊开始听见自己在周六晚上这样说道:"他们今天肯定给了你一个措手不及,乔。""巴特的脚踝怎么了?""护锋小子的肋骨伤得多重?"有些晚上,轮到埃莉不得不在那里等待三个男人讨论完多尔西是否应该首先让西格森拦截转换;或者鲍比(拉克斯托)对大学球队来说体型是否过于纤瘦,不管他臂力是不是超强;或者怀尔德·比尔是该去密歇根(它名气很大)还是堪萨斯州立,去堪萨斯州立的话,他至少可以肯定自己会跟一个喜欢空中传球的教练在一起。

罗伊下午去看橄榄球训练时,几乎总会溜达到球门柱后面的木制露天看台上,以便迎面观赏乔的五十码定位球是如何正面直射而来的。

"怎么样,乔?"

"哦,你好,罗伊。"

"定位球练得怎么样?"

"噢,还行吧。"

"好样的。"

在球场的这一端,啦啦队也在排练。乔训练完了——"再见,罗伊"。"再见,老弟。"罗伊说完便会扣上他的野战夹克衫,竖起衣领，胳膊肘朝后一靠，伸直双腿跨过三排木制看台，脸上挂着笑意，多呆上几分钟，看啦啦队表演她们的拿手戏。

"给我一个 L——"

"L。"罗伊会跟着喊，语气略带嘲弄，一点也不在意她们是否听见。

"给我一个 I——"

"给我一个 B——"

高中四年期间，罗伊曾暗恋过金杰·唐纳利。十一年级时，她当上了啦啦队长。不管什么时候在走廊碰见她，他的上唇都会渗出汗水，这反应和上课时突然被喊起来回答一个自己根本没听见的提问时的一模一样。其实，他和金杰连一句话都没有说过，可能永远也不会说。不过，正如俗话说的那样，她确实膀大腰圆，这一点罗伊似乎不能视而不见，也不想视而不见。晚上躺在床上，他一开始想象她向后下腰，做利伯蒂森特的造型，他就会勃起；在比赛过程中，一个触地得分之后，金杰会绕场做侧手翻，每个人都尖叫和欢呼，罗伊坐在那里也会勃起。可是这真荒唐，她根本就不是那种女孩，恐怕从来没跟人接过吻，另外还是个天主教徒。在电影里，对天主教女孩，你连用胳膊搂她们一下都不成，除非你们结了婚，或者至少订了婚，要不然就是你告诉她们，你打算跟她们结婚，毕业后就结，然后，第一次约会时，就像俗话说的那样，她们会为你"张开双腿"。

关于金杰，有不少传说。几乎每个利伯蒂森特的小伙子都会告诉你，没有十英尺的长杆，你不可能够得着她，很多女孩子说她实际上在考虑成为一名修女。但是，后来有个叫米夫林的家伙——二十四五岁的时候，总是在学校附近闲荡，跟那帮小孩子一起抽烟——说某天晚上在河对岸的一个派对上，一个温尼萨的朋友告诉他，金杰一年级时（她还没有变得如此傲慢之前）就跟整个温尼萨的橄榄球队睡过。而之所以没有人知道，是因为真相立刻被天主教神父给封杀了，他还威胁涉事人，如果有谁胆敢把此事声张出去，他就以涉嫌强奸送他们进监狱。

这是典型的米夫林故事，不过还是有些人相信它是真的——但罗伊不在其中。

依罗伊对女孩子的品位，他一般会迷上那种有点认真、遇事冷静沉着型的——比如贝芙·科里森，高年级阶段她或多或少专属于他，现在她是明尼苏达州立大学（罗伊曾考虑过在其他路都行不通时的最终选择）小学教育专业的三年级学生。你周围很少见到贝芙那种女孩子。她不活在没完没了的与别人的竞争中，情愿把卖弄和炫耀留给那些爱卖弄和炫耀的人，不格格傻笑、叽叽喳喳，浪费整个晚上煲电话粥。她的平均成绩是B，放学后在图书馆打工，抽时间参与课余活动（西班牙语俱乐部，公民俱乐部，《自由钟声》杂志的广告经理）和社交生活。她脚踏实地（连他父母都这样认为——太棒了！），而他对她总是尊敬有加。实际上，正是因为这种尊敬，他从来没有强迫她做到最后。

尽管如此，那依然是他前所未有最热烈和最有分量的一次恋爱。开始那阵儿,他们总是站在她家门廊前接吻(一接就是一个小时,不过一直保持衣冠整齐)。后来,有一天星期六,学校舞会结束后,贝芙答应让他进到客厅。她脱掉自己的大衣,把它挂起来,可是拒绝让罗伊脱掉他的,说他得在两分钟内离开,因为她父母的卧室就在楼上,正对着那张沙发上方,罗伊听了只好停止把她朝沙发逼近。又过了几个星期,罗伊才终于说服她应该允许他脱去外套,哪怕只考虑到健康的因素;可即便如此,她与其说是许可不如说是放弃抵抗,而与此同时,罗伊一直在跟她亲热,好让她没有意识到他的外套已经半滑到地板上了。接下来,有一天晚上,经过长时间苦苦挣扎之后,她突然开始哭泣。尽管当时罗伊的第一个念头是他应该在科里森先生从楼上下来之前赶紧溜掉,但他却不断地轻轻拍着她的背部,说一切都会没事儿,他真的很抱歉,他真的不是故意的。于是贝芙问——听起来像松了口气——他真的不是故意的吗?尽管罗伊搞不大清楚她指的到底是什么,但他只管说"当然不是啦,绝不是,不是"。从那以后,让他大为惊讶的是,她开始愿意让他把手放在她腰部以上的任何地方,想放多久就放多久,可惜得放在衣服外面。接下来是倒霉的一个月,贝芙又跟他闹别扭,俩人差一点闹掰。那个时候,罗伊软硬兼施,可全都没用——直到一天晚上,为了挣脱他,贝芙手指甲扎进了罗伊的手腕(不是故意的,她后来眼泪汪汪地解释道),把他扎出了血,那之后她感觉糟透了,允许罗伊把手伸进她的衬衣里,尽管不是伸进贴身内衣里,却足以让罗伊激动不

67

已,弄得贝芙不得不悄声说:"罗伊!我家里人——不要那么哼哼!"然后是某天晚上,在贝芙家黑乎乎的客厅里,他们打开收音机,把音量调得很低,那档名为"约会亮点"的广播节目恰好在放电影《博览会》里的歌曲,这部电影最近在温尼萨重映。这是他们的电影,《也可能是春天》则是他们的歌——这是罗伊跟贝芙说好了的。事实上,罗伊的妈妈说他长得有点像迪克·海默斯[①],不过,依贝芙看,他模仿他唱歌的时候尤其不像。当《这是一个盛大的歌唱之夜》放到一半时,贝芙干脆仰面倒在沙发上,闭上眼睛,胳膊枕在脑后。他迟疑了片刻,搞不懂这是否真的是她想要的,随即得出结论这一定是,必然是,于是,他抓住这大好机会,手向下伸到她的衬裙和乳罩之间。不幸的是,在这来之不易的新进展和兴奋中,他的手表带钩住了她心爱的羊毛衫,她一看,吓坏了,万分心痛,他们不得不停下来,等着她用发夹把钩破的地方补好,以免她妈早上发现后追究原因。毕业前夕的那个周六,他终于等到了那一刻。在漆黑的客厅里,他的两个手指头被允许向下摸到她的一个乳头。赤裸的乳头。可接下来没过多久,她就去了苏必利尔探访她已婚的姐姐,而他则服役去了部队。

他一被运送到阿留申群岛——眼前的景象让他惊魂未定——就立即写信给贝芙,请她把明尼苏达大学的申请表寄给他。申请表寄来后,他开始每晚填一点,可是他很快发现,贝芙的信不再

---

① Dick Haymes(1918—1980),出生于阿根廷的美国演员、歌手。

寄来了。所幸的是，比起那可怕的第一晚，这一次他对自己所处的荒境有了更强的适应能力，所以，他能够对自己坦陈，因为一个曾经认识的女孩碰巧是某大学的学生而把那所大学作为自己的选择确实很蠢，更难以想象的是，如果退役后他走这条路，而当自己出现在明尼苏达大学却发现女孩又交上了新男友，且对所发生的一切无可奉告时，那将是何等的难堪。

因此，那张申请表一直停留在部分完成的状态，尽管它依然放在"他的文件"里，他打算一有一到两天不受干扰的时间就好好整理这些"文件"。

罗伊对一位名叫玛丽·利特菲尔德的啦啦队长有那么一点感兴趣，可是，他很快就发现，大家都叫她"猴子"。她个子小，留着黑色的刘海，对矮个儿女孩子来说，她身材妙曼（你确实不能说贝弗利[①]·科里森也一样，罗伊曾苦涩地形容后者"平得像块木板"，这样的形容也未失公允）。"猴子"·利特菲尔德现在才上三年级，罗伊觉得对他来说，她可能太年轻了，要是结果证明她是一个没有大脑的空脑壳，那么还等不到第一次约会，这个小猴子就该谢幕了。这次他想要的是一个稍微成熟一点的。可是，"猴子"·利特菲尔德的身材确实妙曼，双腿肌肉确实很棒。与两年前的金杰·唐纳利不同，她这个赫赫有名的啦啦队长不再使他惊慌

---

① Beverly，即前文的贝芙（Bev）。

失措。一个啦啦队长算什么,不过是个外向型的女孩子罢了。再说,"猴子"住在利伯蒂园,所以她知道罗伊,知道他是埃莉·索尔比的表哥,乔·惠茨通的好朋友。他猜她已经单纯地从他的着装得知,他是退伍军人。

她和她的同伴们开始练习侧手翻,罗伊则手指交叉放在颈后,两只脚踝叠在一起,一个劲地在那里摇头。"噢,老兄,"他想,"她们真该看看阿留申群岛上是什么样子。"

天渐渐黑了下来,球队陆陆续续离开球场朝更衣室走去,银色的头盔在他们身侧晃来晃去,啦啦队员们也开始捡起她们堆在看台第一排的外套和课本,而罗伊则站直他那足足六英尺三英寸的身体,伸展胳膊,伸伸懒腰,好让看见他的人觉得他是如此的悠闲自在、镇定自若。之后,他大跨一步到平地上,双手插兜,开始往家走,可能还会高高地踢出一脚,仿佛在练习他的弃踢……一边踢一边暗想,如果他有一辆自己的车,就可以顺理成章地对"猴子"·利特菲尔德说:"我正要去表妹家,要载你一程吗?"

他最近还真在认真考虑买车的事儿,不过绝不是把它当作奢侈品。他爸爸现在大概也并不比他上中学时更喜欢这个主意,可是,罗伊服役时攒的钱是他自己的,他想怎么花就怎么花。要用家里的车,你不得不提前几天提出申请,还得晚上在规定时间内把车开回车库。只有拥有一辆自己的车,他才会真正独立。有一辆自己的车,他也许就能拿下这个利特菲尔德——一旦他确认她不光外向,且还有其他可取之处……可是,万一她就只是外向呢?那会阻止他吗?她腿上的肌肉告诉罗伊,"猴子"·利特菲尔德要么已经跟别人睡过,要么很快就会,不过对方得是个年长一点、懂分寸的人。

在阿留申群岛时,兵营里好像每个人都和女孩子睡过,唯独罗伊除外。由于不会伤及他人,夸张一点也算不上是撒谎,罗伊曾暗示自己跟那个明尼苏达大学的女孩子有过相当规律的性事。一天晚上熄灯后,林格尔巴克,一个天生的牛皮大王,谈到和大多数美国女孩交往的麻烦在于,她们认为性交是污秽的,而实际上它可能是一个人所能拥有的最美妙的灵与肉的体验。因为当时很黑,加上他既孤单又气恼,罗伊便附和道,是啊,这就是为什么他最终甩了明尼苏达大学那位,因为她把性交看成是一件可耻的事。

"可是你们知道,"从营房另一端传来一个南方口音,"恰恰是那种人往后会成为最放荡的荡妇。"

接下来是来自洛杉矶的库泽克——罗伊真有点受不了他,他的大嘴巴开始滔滔不绝起来。听他的口气,凡此世上的性爱秘章他无一不知。要让一个女孩向你张开双腿,库泽克说,你要做的全部就是告诉她你爱她,你只要一遍一遍地不断重复,最后("我不管她是谁,哪怕她是玛丽亚·蒙特兹[1]")她们全都顶不住。告诉她们你爱她们,告诉她们信任你。你以为埃罗尔·弗林[2]是怎么

---

[1] Maria Montez(1912—1951),多米尼加演员。
[2] Errol Flynn(1909—1959),澳大利亚演员。

做到的？库泽克问。多数时候，他表现得仿佛他跟好莱坞保持着某种专线联系。你只管不断地说"相信我，宝贝，相信我"，同时照旧拉开你的裤子拉链。接下来，库泽克又开始聊他哥哥，一名圣地亚哥技工，有一回如何操了一个没牙的五十岁妓女。这立马让罗伊觉得自己刚才说出来的那些话实在是太差劲了。贝芙也许瘦弱，也许胆小，但她真的是个好孩子，她爸妈管得那么严，她能怎么样啊？第二天，他想起自己不曾提到过贝芙的名字，才对先前的背叛稍感释怀。

劳埃德·巴萨特早已得出结论，罗伊应该到温尼萨跟一名印刷工当学徒。他爸爸多喜欢说"学徒"这两个字，罗伊就多厌恶听见这两个字。知道儿子厌恶并没有阻止他：无论如何罗伊应该到温尼萨跟一名印刷工当学徒；他对印刷这个行当见多识广，那可是一桩能够让人过上体面生活的可敬的生意；他相当肯定，比奇洛兄弟会为罗伊找到一个职位——不是因为他是劳埃德·巴萨特的儿子，而是因为他这小子实际上有点真才实学。众所周知，艺术家都是饿死鬼，除非你碰巧是伦勃朗，他可不认为罗伊是那块料。至于上大学，从罗伊的高中成绩看，他爸爸难以想象，以他的学习能力和智力，在一所更高学府里他会突然表现得出类拔萃。尽管艾丽斯·巴萨特指出，不可思议的事情时有发生，但她丈夫好像不以为然。

劳埃德·巴萨特是镇高中的印刷课老师——默默无闻的校长

右臂,而校长唐纳德·"巴德"·布隆曾经是威斯康星州最棒的橄榄球端锋。当新的公立高中一九三〇年在利伯蒂森特落成时,人们对唐·布隆在效力四年的大十联盟[①]赛中那些轰动一时的球门区肩头上方跑动接球的画面记忆犹新。在肩头上方接住橄榄球和安排课程或做预算有何相干,这个问题艾丽斯·巴萨特直到死都弄不明白。尽管如此,一直在基恩堡教公民课和体育课的唐,仗着在橄榄球方面的突出表现,竟然在他的老家谋到了校长职位。他可不傻,至少这关系到他的切身利益,他欣然接受。至今已经十八年了——这十八年间,艾丽斯一说起这事,就会因愤怒而变得语无伦次——唐一直当校长(至少他坐在校长办公室里),而劳埃德则一直是艾丽斯口中的"无名英雄"。劳埃德不事先瞧一眼的话,唐连一个清洁工都不大敢雇用。唐拿着校长的薪水,还是社区家长们眼中的守护神,而劳埃德在一般公众心目中则是无名之辈。

每当艾丽斯在这个话题上越说越兴奋时,劳埃德时常觉得有必要引用一位比他们俩都更有智慧的人——诗人鲍比·伯恩斯——的话:

"我可敬的朋友,勿恨、勿怨,
命运本多艰、多难。"

[①] Big Ten,美国第一级别体育联盟,参与美国全国大学生体育协会(NCAA)赛事并内部开展橄榄球、足球、排球等项目的比赛,其中以橄榄球最为出名。

他也认为唐是个二傻子,不过,这是生活中他早已学会接受的事实之一。活到今天,他当然不能终日自怨自艾,指望和祈祷这家伙可能会觉悟并辞职;如果他真能觉悟,可能也就没有理由让他辞职了。你也不能等着他踩到一块香蕉皮滑倒。首先,唐体壮如牛,正常情况下注定比他们谁活得都长,不过这种事艾丽斯想都不会想,更别说大声说出来了。你可以选择满怀妒忌,郁郁终日,或者你也可以提醒自己这世上还有比你处境更糟的人,从而对你就是你,对你现在所拥有的一切心怀感恩,诸如此类。

要是罗伊确实觉得在朱利安姨父家里打发夜晚的时间比呆在家里更有趣,他拿自己有什么办法呢?他倒不认为朱利安姨父方方面面都完美无缺,可是至少他相信人生在世得活得痛快,他的一些想法也没有两个世纪那么老。"醒一醒!"罗伊真想冲着他爸爸的耳朵喊,"现在都一九四八年了!"你一眼就能看出来,朱利安姨父懂得紧跟时代步伐,包括在穿衣打扮上面。罗伊家里的头号杂志是《健康女神》,而朱利安姨父每个月都订购《时尚先生》,从头到脚都参考上面的穿衣指南。或许他在配色上过于花哨,至少依罗伊的品位是如此,但是你不得不承认,无论当下正流行什么,他的穿着打扮总是最时髦的。甚至他对哈里·S.杜鲁门先生的看法("一半狗屎一半共党")也没有妨碍他收集印有哈里·杜鲁门头像的运动T恤,那可真是抓人眼球……不管怎么说,对于不系领带出现在公众场合,朱利安姨父并不认为那是什么丑闻,罗伊到他家的时候，如果衬衣下摆偶尔耷拉在外面，他也不会表现得像世界末日到了。罗伊对仅仅是"外表的"东西缺乏兴趣，朱利安姨父好像也能够理解。"我说呢，"晚上给侄子开门时他会说，"瞧谁来了，艾琳，是邋遢乔。"他嘴上这么说，面上却带着笑，哪儿像罗伊的老爸，在整个服役期间，他儿子最栩栩如生的记忆，就是看见他从布隆先生办公室走出来时的样子——花白的头发梳得整整齐齐，嘴巴紧闭，箭头一般又高又直，还系着那块该死的灰色劳动布围裙，活像镇上的鞋匠。

二战回来后，朱利安姨父开始琢磨，有什么东西是人们需要的，既便宜又实用而自己还可从中获利。他想到了自助洗衣店。就这么简单。不到一年时间，沿河镇上的妇女们投进"爱邻自助洗衣公司"洗衣机和烘干机里的二十五分硬币和五十分硬币，就给朱利安姨父贡献了两万美元。

眼下，罗伊还不是特别期待走商人路线；不光是个人原因使他在朱利安姨父教他做生意的提议面前犹豫不决，还涉及某些原则性的问题。罗伊搞不清楚自己是否还能像从前那样相信自由企业体制，至少是在这个国家践行的体制。

在阿留申群岛的最后几个月，罗伊在自己的小床上听了不少他们营中一些上过大学的人晚上有关国际事务的严肃讨论。他自己很少发言，不过经常会在第二天找个机会，坐在车辆调配室——他是那里的补给员，跟希基军士讨论他听来的东西。其实，他并没有全盘接受林格尔巴克对美国的批判。希基军士完全正确：

任何人都可以制造诋毁言论，任何人都可以随意搬弄是非，不分昼夜。按照希基军士的想法，如果你没有什么建设性的东西可说，那你最好免开尊口，尤其当你穿的制服，吃的军饷，领的支票碰巧都是这个你认为如此可怕糟糕的国家给的。罗伊同意希基军士完全正确：世上就是有些人从来都不知足，即便你整天拿银汤匙喂他们。不过话说回来，他对波士顿来的那个小子（不是超级孤僻的怪胎林格尔巴克，而是贝尔伍德）关于瑞典的一些观点，不得不给予相当的肯定。罗伊完全赞同希基军士和朱利安姨父有关共产主义的看法，可正如贝尔伍德所说的，社会主义跟共产主义的区别就如同白天跟黑夜的区别，且瑞典也没那么社会主义。

罗伊开始想入非非，像他这种人退伍后住在瑞典这样的地方是否不会快乐，因为（1）他们生活标准高，是一个拥有四大自由的真正民主制国家；（2）他们不金钱至上，至少贝尔伍德是这么说的，而美国人却是的（这不是批判，是事实）；（3）他们不相信战争，罗伊也不相信。

老实说，结束了在阿留申十六个月的服役之后，要是他没有回家的话，他可能已经朝那里出发了。登上一艘开往瑞典的货船，找个水手的活干干，一旦到达那里，就找一份体面可靠的工作，不是在斯德哥尔摩，而是在某个渔村，就像他在《假日》杂志上看到的那种。他没准会在那里定居下来，娶一位瑞典姑娘，生几个瑞典孩子，不会再回美国。那不是很像回事吗？试想，如果那确实是他曾经想要的，他现在依然可以重拾旧愿，付诸实践，无需向任何人解释……不过，目前来说，他真有些受不了那种——太阳十点钟才升起，差不多中午就落山，剩下的时间本该是白天却变成了晚上。也许那正是瑞典人感到压抑的原因——因为总归事出有因。希基军士通常会在杂志被放到休息室前先浏览一番，一天早上，他走进办公室，声称《展望》周刊报道说，与其他不折不扣的资本主义国家相比，瑞典有更多的人跳楼。后来罗伊跟贝尔伍德提起这件事，后者除了计较一下数字百分比之外，还真没有太多可为瑞典辩护的。看来，那里有不少贝尔伍德不曾提及的阴暗面，坦率地讲，罗伊很乐意支持他们的政体，只要它是自由选举产生的民主体制。总之，他更喜欢工作一天后，与那些懂得放松和休闲的人一起度过自己的闲暇时光。中庸适度，这是他的座右铭。

到头来他发现，与其闷在家里，还不如在索尔比家消磨夜晚。在家里，他不得不把收音机保持在耳语的音量，因为他爸爸正在楼上为布隆先生写报告，遇到他爸爸在楼下的话，他们就得讨论那个叫罗伊的未来的东西，仿佛它是他在房前草坪上看见的一具死尸：现在来看看，罗伊，你打算拿它怎么办？

说到劳埃德·巴萨特不同意罗伊每天晚上往索尔比家跑（还有反感他妹夫朱利安居然成了对儿子有影响力的人和儿子的知交）这件事，他会掩饰自己真实的反对意图，说他不觉得罗伊应该把自己当作别人家里的一件永久装置，仅仅因为别人家有一部电视机。罗伊说，索尔比家自己都不在乎，他爸爸为什么要介意呢？

朱利安姨父感兴趣战后的军队是什么样子、年轻一代在想什么，所以他喜欢跟罗伊聊天。这又错到哪里去了呢？

不过，朱利安姨父和罗伊之间的"谈话"时不时会围绕朱利安姨父拿罗伊寻开心。朱利安姨父觉得逗罗伊很好玩，而罗伊觉得被他逗也很愉快，二人得以维持一种哥儿们的关系。当然，有时候朱利安姨父的玩笑开得有点过火，特别是有一天晚上，罗伊说，除非有所作为，他真的会抱憾终生。跟以前一样，他只是重复从贝尔伍德那里听来的有同感的东西而并非个人见解。可朱利安姨父却故意无视这点，说，在他听起来，罗伊现在欠缺的似乎就是一个好阴道。罗伊听到后笑了笑，努力表现出若无其事的样子，当时艾琳姨妈就在饭厅，可以听见他们说的每一个字。

朱利安姨父的幽默并不总是对罗伊的胃口。你在营房或者车辆调配室时说操这个操那个也许无妨，但周围有女人时就另当别论了，那会显得很不像话。说到朱利安姨父的语言问题，罗伊觉得那倒是他爸爸的最强项。有时候，朱利安姨父关于艺术的见解同样惹人生气，彻头彻尾的门外汉发言。什么他并非是出于安稳角度的考虑，才劝罗伊在去那种装模作样的艺术学校之前好好想想，而是担心他变成娘娘腔。"你从什么时候开始搞同性恋了，罗伊？是你在北极的时候吗，一边花着纳税人的钱一边搞同性恋？"

总的来说，这些玩笑是温和、善意的，他们的争论也不会持续很久。尽管朱利安姨父身高只有五英尺多一点，二战时，他却是步兵团的长官。数不清多少次，他几乎被子弹打掉左侧蛋蛋。

不管什么年龄和性别的人在听,他都如此照说不误。你不得不对他肃然起敬,因为那是千真万确的事实。他是那个对着敌人大吼"混蛋!",登上了当时所有报纸头条,以"操你的"享誉整个第三十六师的人。多少次,他就是这样对着德国兵大吼的,要是换上别人,早就吓得屁滚尿流,缴械投降了。他被提拔为陆军少校,并被授予银星勋章。为此,连劳埃德·巴萨特也向他脱帽致敬,并在他二战归来后,邀请他到学校向学生们作演讲。罗伊还记得,朱利安姨父在五分钟内用了十二次"见鬼"和"该死"(据劳埃德·巴萨特的统计),不过所幸之后有所收敛。等他演讲完,学生们站起来齐唱《隆隆向前的弹药车》,向他致敬。

朱利安姨父叫罗伊"细高个子""大傻瓜""排条""邋遢乔",很少叫他罗伊。有时候,还没等侄子走进大门,他的拳头就已经擂了上去,接着迈着舞步回到客厅,说:"来吧,来吧,小子——接拳。"罗伊在健身房里学过一套组合拳(不过还没在外面试过),他跟在朱利安姨父后面,从右侧身位开始出掌,朱利安姨父左躲右闪,没等罗伊第二拳跟上便拍开他的第一拳,罗伊左右周旋,却苦于找不到空当,紧接着——每次都能得逞——朱利安姨父右臂往后一收,大叫一声:"呀!"即便罗伊用双拳护住下巴,双肘护着小腹(就像学校教的那样),无奈朱利安姨父的一条腿已经横扫过来,卧室拖鞋的脚尖儿在他侄子的屁股上轻轻一点。"好了,瘦小子,"他会说,"坐吧,放放轻松。"

然而,朱利安姨父最棒的地方还不在于他逍遥乐观的风度,而在于他的军人经历,这使他能够理解一个人退役后立即适应平民生活有多难。罗伊的爸爸对第一次世界大战来说太年轻,对第二次世界大战又太老,所以一名老兵的酸甜苦辣只不过是他无法理解的现代生活的又一个方面。一个人的价值可能会在服役两年后发生改变,一个人其实会从防毒呼吸器中受益,有机会去谈论所学到的东西、去消化它们,对此他却全然无动于衷,认为简直是在浪费他宝贵的时间,是无稽之谈。他确实让罗伊火冒三丈。

朱利安姨父则相反,他愿意聆听。噢,他也提过很多建议,但你知道,提出建议和下达命令之间可大不一样。整个秋天,一直到冬天,朱利安姨父都在聆听。三月的一个晚上,他和罗伊边抽雪茄边看《米尔顿·伯利秀》,在插播广告时罗伊突然说,他开始觉得他爸爸可能是对的,宝贵的时间就这样从他的指缝间溜走了,如流水一般。

"我的老天,"朱利安姨父说,"你是一百岁的人吗?"

"可是问题不在这里,朱利安姨父。"

"得了,别跟自己过不去好吗?"

"可是我的生活——"

"生活?你才二十岁,你是一个二十岁的小毛孩。二十,长条约翰——你可不会永远二十岁呀。看在基督的分上,享受生活,好好玩玩,别跟自己过不去。我再也受不了听你这么说啦。"

因此,罗伊第二天终于采取行动。他搭车到温尼萨,买了一辆一九四六年产的二手双色哈德逊。

2

　　从卧室的窗帘之间,埃莉·索尔比和她的朋友露西看见他又在下面捣鼓他的车子,拆了装装了拆,时不时地停下来,坐在挡泥板上,双膝靠拢在胸前,拿着一罐可乐在眼前晃来晃去。"那位战斗英雄正在思考他的未来。"埃莉诺[①]说,这个想法让她嗤之以鼻。罗伊呢,似乎对她俩谁都不在意,即使埃莉诺在那里敲敲窗户然后又躲开,也引不起他的注意。天气渐渐变暖,有时候可以看见他懒散地躺在哈德逊的后排,两条腿往前一甩,挂在前排座椅的靠背上,读着一本从图书馆借来的书。埃莉就会对着窗外大喊:"罗伊,你打算住在瑞典哪个地方呢?"对此,他的回答一般是砰的一声关上车后门。"罗伊现在读的书全是有关瑞典的。这里的农民中有一半都是从那里来的,他倒是想往那里去。"

　　"真的吗?"露西问,她并没有感觉受到了冒犯,尽管她自己

---

① Eleanor,埃莉(Ellie)的全称。

的爷爷原来也是从挪威来的农民。

"哎呀，我倒是希望他随便去个什么地方，"埃莉说，"我爸爸担心他都快要搬到我们家来住了。他现在差不多已经住这里了。"然后，转向窗外，"罗伊，你妈打电话说她要把你的床卖掉。"

不过这个时候他已经躺进车子底下了，从二楼只能看见他的两只鞋底儿。只有当他坐在客厅里，不愿挪动他的两条腿哪怕半英寸，而两个女孩子不得不跨过他才能穿过法式门到达后院草坪时，他似乎才感觉到她们俩的存在。总的来说，从他的表现看，这里好像分成了两派，他自己和朱利安姨父是一派，两个女孩子和索尔比太太是另一派。

但是，如果真有这么两派的话，露西·纳尔逊并不觉得艾琳·索尔比属于她这一派。虽然索尔比太太面上看来很礼貌热情，露西基本可以肯定，这个女人背地里对她是谁、她是什么样的人很不以为然。埃莉第一次把她带回家时，索尔比太太张口就叫她"亲爱的"，可是一周以后，埃莉就不再是她的朋友了。她从她的生活中消失就跟她的出现一样出人意料，而罪魁祸首就是艾琳·索尔比，露西可以肯定。因为她了解到露西的家庭，或者打听到露西本人的事，索尔比太太便断定，她不是那种埃莉应该在下午带回家的女孩。

那还是毕业那年九月份的事。到二月份（仿佛整整四个月中那些并非一个体面淑女应有的言行根本不曾发生过），埃莉悄悄把一张字条塞到了露西的柜子里，上面写得一派轻松、亲密无间。

结果，放学后她们便一起步行到利伯蒂园。当然，露西本应该回敬她："不，谢谢你。你可以对其他人的感情麻木不仁，但不能对我的，然后当这一切都没有发生过。不管你妈妈怎么认为，埃莉，我并非什么都不是。"或者，她也许压根就不应该给埃莉任何礼貌的回复，就让她三点半到旗杆那儿去，然后发现露西并没有气喘吁吁地等在那里，巴望着成为她所谓的"朋友"。

对于埃莉诺，她觉得内心不是滋味，除了因为她满腔热情地结识她后又冷不丁地抛弃她之外，还因为埃莉的突然示好使她做出了在其他情况下不会做出的决定，随后又追悔莫及。不过，这与其说是埃莉诺的错，更多地要怪她自己（当她重读那张印有EES抬头的蓝色信纸时，她似乎更倾向于相信这一点）。她不应该跟埃莉·索尔比为伍的原因，在于她在任何方面都比埃莉优秀，外貌除外，对此她并不特别在乎；还有金钱，它对她没有任何意义；以及穿衣打扮和男孩子。但是，正像早在九月份第二次接到邀请时她已经知道埃莉比她拙劣但还是跟随她去了一样，在二月份的最后一周，她再一次跟着她走进了她的家门。

她还有别的地方可去吗？回家吗？从二月二十八日算起，她跟那些人共处一室的日子只剩下两百多天（乘以二十四，就是四千八百小时——而且其中六百小时是在床上）。那之后，她就会到州立女子学院基恩堡分院上学。她只获得了专为本州学生设立的十五项全额奖学金中的一项，即"生活补助奖学金"，仅包括每年一百八十美元住宿费，不过威尔老爹说，不管什么，只要拿到就算一种荣誉。全班一百一十七名学生中,她以第二十九名的成绩毕业,不过她现在倒是希望自己当初学习更刻苦些,在拉丁文和物理课上下点苦功,争取得到 A,而当时这些课程能够得到 B 减,她已经感到莫大的胜利了。经济困难不是她上学的障碍。这些年来,她妈妈已经设法攒下两千美元作为露西的教育基金,这些钱加上露西自己一千一百美元的储蓄,再加上生活补助奖学金,暑假继续在奶吧打全工的钱,省下来的额外开销,可以维持她四年的学业。使她感到沮丧的是,她原本想要完全脱离他们,真正独立。从一九四九年九月起,她希望今生今世不再依赖他们。去年夏天,她之所以锁定基恩堡州立女子学院,是因为那是她所能找到的最便宜的好学校,也是她最有希望得到奖学金的学校。尽管她妈妈宣布了她的秘密"大学基金",但她还是拒绝申请其他任何学校。

露西厌恶那笔钱,不仅因为它将继续把她和家里绑在一起,也因为她知道那些钱是怎么支付给她妈妈的,她也知道为什么。差不多一进入五年级,她就感到作为钢琴老师纳尔逊太太的女儿很特别;突然之间,那些天气暖和时在门廊里等候或者冬天坐在外套上等在走廊里的全都是她的同学,这个事实使她感到某种恐惧。不管她放学回家跑得多快,不管她进门时多安静,总有孩子已经坐在钢琴旁,而且一定是男孩子,恰巧抬头瞥见他的同学——露西·纳尔逊——溜上楼躲进自己的房间。

在学校,她之所以声名在外,并非因为她母亲教钢琴课,而是因为她父亲泡厄尔的防空洞,这一点她确信无疑,尽管她觉得自己目前与同学的关系还不允许她去问个究竟,或者去打听他们在她背后到底说了些什么。甚至在她妈妈的学生回去把露西·纳尔逊家的实情宣扬出去之后,在意识到自己的家庭并不正常之后,她依然假装自己的家庭理所当然是一个正常的家庭。

小时候,当她告诉自己的朋友们,事实上是她外公外婆住在他们家而不是倒过来时,她自己几乎都相信了。一有新朋友她就会马上告诉她们,下午不能带朋友回家是因为她外婆,她亲爱的外婆,得睡午觉。当然她经常会有新朋友。有那么一段时间,每个与她年龄相仿的、新搬到镇上的女孩子,都从露西那里听到过她外婆的午觉。可是后来,一个叫玛丽·贝克利的新来的女孩子(第二年又搬走了)开始觉得好笑,露西立即意识到已经有人偷偷地把她的秘密透露给了她。露西气愤不已,眼泪夺眶而出,玛丽害怕极了,她以生命发誓,她之所以发笑,只不过是因为她的小妹也要睡午觉……

不过,露西并不相信她。从那时起,她拒绝再对任何人、任何事撒谎;从那时起,她不带任何人回家,也不对自己的行为做任何解释。于是,从十岁起,尽管没有一个可以作为知己的朋友,但她在意的人再也不曾看见她妈妈从学生那里接过装着钱的信封(并且殷切地说:"非常感谢你")或者最最糟糕的,看见她爸爸从前门进来,醉倒在客厅里。

甚至包括姬蒂·伊根。她是她高中二年级时遇到的,曾经连续四个月是露西从未有过的最亲密的朋友。姬蒂上的不是利伯蒂森特中学，而是圣玛丽教区学校。那时，露西刚开始在奶吧打工，一周工作四晚。她遇到姬蒂是因为一件丑闻：姬蒂十七岁的姐姐芭布丝离家出走了。在一个下雨的周二晚上，甚至等不及周五奶吧的领薪日，一下班就逃走了，可能还穿着服务员的制服。她的同谋是一个十八岁男孩，来自塞尔扣克，在一家包装公司扫地。周末，镇里收到一张从伊利诺伊的奥罗拉寄出的明信片，收信人是"戴尔奶吧的奴隶们"。"奔向西弗吉尼亚，好好干吧，孩子们。"落款是"霍默·'芭布丝'·库克夫人"。

姬蒂被她爸爸派来领芭布丝周一和周二的工资。她又高又瘦，最引人注目的特征是面无血色；尽管刚从寒冷的室外进来，但她的面色不比一个土豆里面的颜色丰富多少。第一眼看上去，她跟芭布丝似乎毫无相像之处，不过露西后来得知，为了让自己看起来像琳达·达内尔[①]，芭布丝把头发染成了黑色（它原本是跟姬蒂一样的橙色）；至于皮肤，考虑到芭布丝脸上涂了厚厚一层垃圾玩意儿，姬蒂说，你决不会知道实际上她患有贫血症。

芭布丝跟家里关系不和，他们对她唯一满意的是她耳朵上的十字架耳环和脖子上的十字架项链，而后者，姬蒂说，无非是为了把别人的眼睛吸引到她的双乳之间——不管怎么说，那挤出来的乳沟可是仅有的一点真东西，至于她的双峰，不过是些塞在她

[①] Linda Darnell（1923—1965），美国演员。

胸罩里的厕纸或她弟弟弗朗西斯的袜子之类。从圣玛丽那座位于温尼萨大桥旁的黑房子一出来,用不了五分钟她就躲进小巷子,抹起粉饼,从染过的头发根部到自制的双峰无一疏漏,而且自始至终叼着好彩牌香烟。姬蒂告诉露西,她在姐姐的钱包里发现了那个可怕的东西——"我有一次在她的钱包里发现了那个可怕的东西"——然后当芭布丝发现姬蒂把那东西冲进了马桶时,她对着她大吼大叫,还扇了她一巴掌。可是姬蒂从未对别人提及此事——除了神父——她担心姐姐会遭到父母的严惩,而她需要的是宽容、谅解和爱,她说。芭布丝有罪过,可是她根本不知道自己在干什么,姬蒂爱她,每天早晨和晚上,她都会为和那个甚至不是她丈夫的男孩住在西弗吉尼亚的姐姐祈祷。

家里还有三个孩子,都比姬蒂小,她也为他们祈祷,特别是为小弗朗西斯,他马上就要做中耳乳突炎手术了。伊根先生在莫勒牧场干活。伊根家就住在牧场附近。他们的房子实在不比一堆废墟强多少。木屋外头露着钉子,尽管已经入秋,捕蝇纸却还挂在那儿,每块未经粉刷的木板都"点缀"着暴露在外的电线。露西一进门就不大敢动弹,怕碰翻什么东西使她感到更加恶心和失望,光是看见姬蒂不得不在这种地方吃饭、睡觉和做作业就已经够受的了。

姬蒂说她妈妈得睡午觉,露西不敢问为什么,怕谎言背后隐藏着什么她不想听见的可怕真相;她唯一想做的就是离开那里透口气,她以为那扇离她最近的门通向院子,就用力把它推开。在一个巴掌大的房间里,一张双层床上,躺着一个苍白的妇人,她正熟睡着,左脚——在床上!——上是一只跛脚者的鞋。接着,她被介绍给小弗朗西斯,他则立即给她看他的耳朵后面,那里好像被一根棍子狠狠打过。然后是约瑟夫,今年八岁,姬蒂不得不把他带进屋里换掉他的罩衫,因为罩衫——"一贯如此。"姬蒂说——湿透了。还有最小的宾——这个名字取自一位歌星——只顾拖着他的睡毯在后院转圈圈,吵着要一个叫费伊的人,而姬蒂说根本就不存在这么一个人。然后,伊根先生出现了,要不是姬蒂早先指给她看过那根挂在敞开的小屋背后被她小声称为"九尾鞭"的东西,露西甚至会有点喜欢他笨重的步态和闪亮的绿眼睛。总之,这是一个露西从未见过、听过、想象过的最悲惨的家庭,也许比她自己的家庭更加不幸。

放学后,她和姬蒂开始有规律地会面。露西会站在圣玛丽学校对面的公园,看着天主教孩子们从各个边门冲出来,想象着他们各自回到与姬蒂·伊根一样的家里。不过,老斯奈德夫妇也是天主教徒,可他们在富兰克林大街往南数第四幢的房子却几乎跟威尔老爹的房子一模一样。

露西把自己的秘密告诉了姬蒂。她俩来到水街的南端,她在一段安全的距离内,指给姬蒂看厄尔的防空洞。姬蒂小声说:"他在里面吗?"

"没有。在上班,至少他现在应该在上班。他晚上才去那里。"

"每天晚上?"

"差不多。"

"里面有女人吗?"

"没有。威士忌。"

"你肯定那里没有女人吗?"

"嗯,没有,"露西说,"噢,太可恶了,真可怕,我恨那个地方。"

没过多久,姬蒂就跟露西说了利雪的德肋撒,也叫小花或者圣徒德肋撒,说她说过"是我们去慰藉我们的主,而不是他来慰藉我们"。姬蒂有一本蓝色封面的小册子,名叫《灵魂经历》,里面记录了她所想到的或说过的精华。虽然天气开始变化,下午晚些时候天就暗了下来,两个女孩子还是坐在圣玛丽学校对面公园的一条长凳上,紧紧裹在彼此的外套里,姬蒂为露西朗诵那些她声称将改变她一生并使她天堂永驻的段落。

一开始,露西好像有些摸不着头脑。她全神贯注地听着,有时会闭上双眼,以便更好地集中注意力,但是很快发现,作为一个非天主教徒,她注定永远不能理解那些如此启迪和激励姬蒂的东西。她自己一半是路德派,一半是长老派,她过去一直去的是长老会教堂,不过那是她妈还做得了主,能够拉她过去的时候。一种精神上的迟钝让她渐渐黯然神伤,直到有一天,怀着鄙视自己及自己狭隘的新教徒背景的心情,她越过姬蒂的肩膀,看到了那本神秘之书的一页,发现它根本不难理解。原来在朗诵的时候,姬蒂——此刻在她看来是如此的不可救药,令人厌恶,愚昧无知——把"一个"读成了"那个","他"读成了"她","什么"读成了"什么时候",并省略掉了那些她不会念的字词,或者把它们替换成了别的。

尽管如此,露西从来没有像姬蒂热爱圣徒德肋撒那样热爱过任何东西,至少她不记得曾经那样爱过。渐渐地,当她开始大致明白圣徒德肋撒的意思,看着姬蒂一次次满心欢喜地大声念着那些几乎完全出自德肋撒之手的字句时,她开始好奇她是不是应该原谅姬蒂·伊根的诵读问题,尝试去热爱圣徒德肋撒。

是姬蒂带她见的达姆罗施神父。放学后,她去神父那里接受一个小时的教诲,每周两次,并在教堂里度过余下的几个小时,为德肋撒点亮那些无尽的蜡烛,她和姬蒂都打算以她为自己的人生楷模。她第一次静修的时候,虔诚的安杰莉卡修女给了她一块黑面纱。安杰莉卡修女又黑又小,肌肤光滑,戴着无边眼镜,关于她鼻子底下那酷似男人胡须的毛,露西没有向姬蒂提及,怕惹恼她,她非常崇拜修女,以至于好像根本没有注意到她那又长又黑的唇毛。姬蒂已经把露西的事写信告诉了安杰莉卡修女,所以,修女知道露西爸爸的一切,应姬蒂的请求,她已经为他做了祷告。安杰莉卡修女也为在西弗吉尼亚的芭布丝祈祷。不过,有什么用呢,那位消失的罪人至今音信全无,仿佛直接从伊利诺伊奥罗拉的餐馆堕入了地狱。

姬蒂和露西互相为对方朗诵她们喜爱的段落。圣徒德肋撒二十四岁就离开了这个堕落的世界,她死于可怕的虚弱、寒冷和咳血。"'……要成为圣徒,必须经受巨大的痛苦,'"姬蒂读道,"'一直寻求至善,无私忘我……'"

她俩都选择遵循安杰莉卡修女口中的"圣徒德肋撒童年的精神之路"。德肋撒唯一关心的,安杰莉卡修女对露西说,是任何人都不应该因她所忍受的事情而感到痛苦甚至不便。"她每天寻找自我羞辱的机会,"(安杰莉卡修女照着一本书对露西读道,表明这不是她自己编造出来的)"比如,找机会让自己受到不公正的责难。她强迫自己表现镇定,总是谦恭有礼,毫无怨言,私下里践行仁慈博爱,遵行克己忘我的人生信条。"德肋撒临终时,给她看病的医生曾说:"我从来没见过任何人用如此超然的愉悦之情,来承受如此剧烈的痛苦。"她垂死中慢慢挣扎着说出的最后一句话是:"我的上帝,我爱您。"

从此,露西便致力一种顺服、忍辱、沉默和受苦的人生;直到那天晚上,她爸爸扯坏百叶窗,打翻她妈妈正在浸泡她纤弱双脚的那盆水,在呼唤了利雪的德肋撒和我们的上帝却没有得到回应之后,她呼叫了警察。

周六,她一个弥撒都没有去做(她通常会出席至少两个),接下来的那个星期,她也没有在"教诲"时间露面。达姆罗施神父并没有选择召唤她本人,而是安排姬蒂某一天获准早点离校,好让她在校门外跟露西会面,因为露西的学校下午比圣玛丽早放学三十分钟。姬蒂说达姆罗施神父已经知道露西的爸爸在拘留所过夜的事。姬蒂说这正是尽快转信天主教的又一个原因。她肯定，只要露西请求的话，达姆罗施神父会每周多见她一小时，并且快速完成宗教转变，这样她就可以在一个月内领受到首次圣餐。"耶稣会宽恕你，露西。"姬蒂说。这话可把露西惹恼了，她厉声说，她不明白她有什么需要被宽恕的。姬蒂不断苦苦哀求，最后露西不得不对她说："别跟着我，你什么都不懂！"于是，姬蒂开始哭泣，说她要给安杰莉卡修女写信，好让她也为她祈祷，让她及时皈依天主教的教诲。

她一度担心自己会在市区碰到达姆罗施神父。他身材魁梧、留着蓬松的黑发，喜欢在附近跟放学后的天主教孩子们踢足球。即使是那些身为新教徒的女孩子，也会被他的嗓音和外貌迷得当街晕倒。他和露西有过一些相当严肃的谈话，其间，她努力相信他所说的一切，"此生不是我们真正的人生"，她竭尽全力去相信他……他怎么这么快就知道了？大家是怎么知道的？在学校，那些她几乎不认识的孩子也开始跟她打招呼，就好像她已经病入膏肓，时日无多，每个人都被告知要善待她。放学后，一群逗留在广告牌后面抽烟的坏男孩，在她身后大喊："嘿，帮派克星！"然后模仿机关枪扫射的样子。他们这样持续喊了整整一周之后，一天下午，她捡起一块石头，猛然转身，狠狠地砸过去，把广告牌砸出了一块黑印。但是，男孩们逃到一块空地，继续讥笑她。

在家里，她坚持单独在厨房吃饭，避免和他一起吃——她外公次日一早就去拘留所把他保了出来。她坐在那里气哼哼地盯着自己的食物，如果桌子旁边的电话响起，她就祈祷那是达姆罗施神父打来的。神父不请自来时她外婆会做何反应呢？但是，他并没有打电话来。她考虑过直接去找他——倒不是去向他寻求帮助和忠告，而是她发现，其中一个喊她"帮派克星"的男孩每周日九点和他家人做完弥撒后会跟他见面。无论如何，她得立刻让达姆罗施神父明白，她没有什么需要被原谅的，没有什么需要忏悔的。姬蒂算什么，竟然跟她提这种建议？一个来自文盲家庭的相貌平平、反应迟钝的家伙，衣服闻起来像炸薯条，连一个句子都读得乱七八糟！她凭什么对露西指手画脚？至于圣徒德肋撒，那朵小花，说实在的，露西受不了她那受苦受难的灵魂。

她把她的黑色面纱、念珠、教义手册、《灵魂经历》以及她在静修时和在圣玛丽学校门厅收集的小册子放在一起，装进了一个棕色纸袋里。阻止她直接把它们统统扔进垃圾桶的，是她担心外婆会看见，并且会认为露西放弃去教堂是因为她反对"天主教那些骗人的鬼把戏"。她才不想让她得到这种满足呢。关于她的宗教，以及她个人生活上的任何事情，她决定怎么做和这座房子里的任何人，尤其是那个爱窥探别人隐私的人一点关系也没有。

那天晚上，她去上班的时候带着纸袋，想在路上把它扔进垃圾桶或丢到一块空地。可是一串念珠？一幅面纱？一个十字架？试想袋子被发现后送到达姆罗施神父那里怎么办？他会怎么想呢？也许他至今不给她打电话，是因为他觉得干预一个强烈反对改宗的家庭不合适；也可能他觉得在请求得到帮助前主动介入一桩私人事务有失妥当；也可能他一直觉得露西对他的说教原本就半信半疑，再也听不进他更多的教诲；也可能他从一开始就没有对她的转变真正感兴趣过，只是把她当成又一个不懂事的孩子。如果她再去找他，只会被重新灌输一堆天主教义，拉进忏悔室，跟愚蠢的姬蒂·伊根一样在那里为并非是自己的罪过而请求原谅，为其他人做那些根本无益的祈祷。他会教她如何热爱受苦，但她痛恨受苦，就跟痛恨那些使她受苦的人一样，永远痛恨。

下班后，她急急忙忙地从百老汇大街出来，向河边走去。到了圣玛丽，她没有施屈膝礼便径直走了进去，把纸袋放在最后一排长凳上，然后就立即跑开了。外面的教区只有一盏灯亮着……是达姆罗施神父正站在一扇漆黑的窗户后面俯视着她吗？她稍作停留，等他招呼她进去。然后告诉她什么呢？此生是来世的前奏？她不相信这个。没有什么来世。只有现世今生，达姆罗施神父，今生！现在！他们不能毁掉我的今生！我绝不允许！我不管哪一方面都比他们优秀！人们想喊我什么就喊什么——我不在乎！我没有什么需要忏悔，因为我是对的，他们才是错的，我不会被打倒。

两周后的一个晚上，达姆罗施神父来戴尔奶吧买一杯黑白冰淇淋苏打。戴尔立刻从柜台后面跳出来打招呼，并亲自为他提供服务，不停地说，这是多么荣幸啊。他拒收神父的钱，可是神父坚持付了，当他离开时，一个服务员对露西说："他简直帅呆了。"

不过，露西只是继续小心翼翼地加满糖罐。

那之后的下一个学期，露西选修了音乐鉴赏课，被老师瓦莱里奥先生说服对小军鼓产生了兴趣。接下来的一年半里，乐队化解了她放学后无所事事的烦恼。他们在礼堂里、操场上进行排练，周六的时候就直接去橄榄球场。孩子们总是在乐队练习室跑进跑出，从后面推推搡搡地挤进校车，或者在乐队区域挤成一团，肩并肩相互取暖，而比赛——露西讨厌的比赛——没完没了地进行着。这样一来，她倒是很难再孤身一人出现在学校附近，被人指指点点，说这孩子干了这个那个可怕的事。有时候，她背着小军鼓匆匆忙忙从教学楼地下一层出来，会看见亚瑟·米夫林出现在篮球场附近，或者跨在摩托车上吸烟。他几年前就被温尼萨中学开除了，是那些喊她"帮派克星"和"约翰·埃德加·胡佛"男孩子心目中的英雄。可是，就算他有什么自作聪明的屁话要发表，她也不会停下脚步去听。她会演练她的行军节奏，一路走向操场，鼓敲得震天响，不管他喊没喊她，她都听不见。

可是，万万没想到，毕业那年刚开始，乐队就成了过去。先是为了跟埃莉·索尔比去利伯蒂园，她连续两周翘了乐队练习。对瓦莱里奥先生，她的解释是（几年来她第一次撒谎）她外婆生病了，需要她照顾——他则信以为真。所以他俩倒是相安无事，她仍然是他"梦想中的女孩"。下午早些时候开始的练习，沿着行进路线，"左，左……左，右，左"，向操场行进直到中场线，行进的节奏渐渐平息,开始奏起国歌,这样的练习依然让她兴奋。这是她一周最期待的时刻,但不是因为荒唐的校园精神或者什么爱国精神,尽管她认为自己不算爱国,也就是普通人的程度。让她起鸡皮疙瘩的,不是迎风飘扬的国旗,而是队伍行至中场时眼前看台上缓缓起立的人群。她从眼角瞥见无数的胳臂此起彼伏地横扫着,帽子挥舞着,她感觉到小军鼓砰砰地轻轻撞击着她腿上的防护带,暖和的阳光洒在她从帽子下面露出的头发上,洒在插在银黑相间的帽顶上的黄色羽毛上,噢,那是真正的荣耀。九月的第三个星期六,那天他们从五十码线转过来面对看台(看台上每个人都安静地站在那里面向他们),她紧紧地握着光滑的鼓槌,瓦莱里奥先生爬上早就为他放在那里的折叠椅,他俯视着他们,"乐队,"他轻声说,面带微笑,"下午好。"然而,就在他举起指挥棒的那一刹那,她意识到(莫名其妙地)整个利伯蒂森特中学校军乐队只有四个女孩子:伊娃·彼得森,吹单簧管的,患有外斜视;拨竖琴的玛丽莲·埃利奥特,她哥哥是个大英雄,可是她自己却是个结巴;新来的法国号手,瓦莱里奥先生的得意门生,可怜的莱奥拉·克拉普——取了这么个名字,才十四岁就已经两百磅,"是净重。"男孩子们说;还有就是露西。

星期一,她告诉瓦莱里奥先生,她晚上得在戴尔奶吧打工,如果下午继续在乐队排练,就没有足够的时间学习。"但是我们四点三十分就结束了。""还是不够。"她说,看着别处。"但是你去年二者兼顾得很好啊,露西,还上了光荣榜。""我知道,真的很抱歉,瓦莱里奥先生。""听我说,露西,"他说,"你和博比·威蒂是我的台柱。我真的不知道该说什么好。大赛即将来临。""我知道,瓦莱里奥先生,可是我不得不离开,我想这样更好。马上就要升大学了,这个你知道,所以我确实必须专心学习,全力以赴——为了我的奖学金。而且我必须在戴尔奶吧挣些钱。如果我可以把那边辞掉,我当然可以接受这边……可是,我确实不能。""好吧,"他说,垂下大大的黑眼睛,"不知道小军鼓部分该怎么处理,我真不愿去想这个。""我想可以交给博比,瓦莱里奥先生。"她没底气地说道。"行吧,"他叹息道,"我不是弗里茨·莱纳①,所谓的中学乐队也只能是这样的吧。""真的很抱歉,瓦莱里奥先生。""只是我很难找到一个人,不论男女,能像你这样对小军鼓这么投入。大部分人,恕我直言,只是拼命地乱敲一气。听好了,你一直是我梦想中的女孩,露西。""谢谢,瓦莱里奥先生,真的很感谢,你的话对我很有意义,我是认真的。"然后她把装着叠好的制服的盒子放在他的桌子上。她手里拿着那顶有着黑色尖顶和金色羽毛的银色帽子。"真的很抱歉,瓦莱里奥先生。"他接过帽子放在桌子上。"我的几个小军鼓,"她弱弱地说,"在乐队练习室里。"

瓦莱里奥先生坐在那里,用手指抚弄着帽子上的羽毛。噢,他人真的很好。他是个单身汉,有点瘸,大老远地从印第安纳州

---

① Fritz Reiner(1888—1963),美国指挥家。

的印第安纳波利斯音乐学校跑过来，他的整个生活就是乐队。他特别有耐心，特别敬业，要么面带微笑要么面带忧伤，但是从不生气，绝无恶意。现在她让他失望了，因为一个自私、愚蠢、无关紧要的理由。"再见，瓦莱里奥先生。哦，我会过来问好的，看看情况进行得怎么样——别担心。"

他突然深深地吸了口气，站了起来，似乎定了定神。他把她的一只手放在自己手中，摇了摇，努力表现出高兴的样子："好了，有你在乐队真好，梦想中的女孩。"

眼泪滚落她的脸颊，她真想去亲吻他，为什么她会这样？乐队是她的第二个家。她的第一个家！

"不过，"瓦莱里奥先生说道，"我想我们会撑过去的。"他拍拍她的肩膀，"你多保重，露西。"

"嗯，你也多保重，瓦莱里奥先生！"

露西跑上自家屋前的台阶时，一个扎着辫子的小姑娘正坐在门廊的秋千上。"你好！"那孩子说。当露西甩上门，一次两个台阶地跨上楼梯时，钢琴旁的人，不管他是谁，突然在旋律中间停了下来。

当她转动卧室门的钥匙时，她听到楼下的钢琴声再次响起。她随即拉出写字椅，站在上面，看着梳妆台镜子里面自己的腿。她太矮太瘦，几乎没什么腿型可言。但是她有什么办法呢？她长到一米五七高已经有两年了，至于体重，她胃口不佳，至少在家里没胃口。再说，如果她体重增加的话，她的腿只会变得鼓鼓的，跟香肠一样——矮个儿女孩子通常都会这样。

她从椅子上爬下来,直视着镜子里的自己。她的脸太方——而且平淡无趣。"狮子鼻"这个词就是为她这种鼻子而发明的。在乐队时伊娃·彼得森就想给她取这个绰号,但露西让她闭嘴,她就立即打住了,因为她自己是个外斜眼。其实,除了鼻头有点肥厚外,狮子鼻也不赖。对一个女孩子来说,她的下巴有点厚。她的头发是一种发白的浅黄色,尽管知道刘海对她的方形轮廓没多大帮助,但如果把它们掀起来(就像她此刻做的那样),则显得她的额头瘦骨嶙峋。好在她的眼睛还算漂亮——要是它们长在别人脸上的话,可问题就在于,它们确实是属于另一个人的。有时候,在乐队练习室里,看着镜子里戴着帽子的自己,她会被吓一跳,她简直就是她爸爸的翻版——特别是上扬的浅色眉毛下面那两只圆圆的蓝眼睛,几乎一模一样。

另外她还有雀斑,不过没有粉刺之类的东西——这算是她仅有的生理优势了。

她向后退了退,好再次看到自己的全貌。她总是穿着前面有一个大大的安全别针的方格裙,灰色毛衣的袖子卷到胳膊上,破旧的平底便鞋。她还有其他三件短裙,不过更旧。然而她并不在意穿着。为什么她应该在意?噢,为什么她要退出乐队?

她从背后抓住衬衫,使它紧紧贴在胸前。她十一岁时乳房就开始发育,一年后就停止了,她当时为此松了一口气。可是它们就不会再发育了吗?她知道有一种练习可使乳房增大。健康课老师菲克特小姐在课堂上演示过,她是从《美国风采月刊》学来的。杂志封面上有一对穿着白色三角裤的孪生小兄弟,头倒立,一脸傻笑。依菲克特小姐看,这没有什么好笑的,做这种练习是为了健康和魅力。人只要年轻时养成锻炼肌肉的习惯,将来就会为自己的身材感到骄傲。菲克特小姐说,学校里有那么多妙龄少女,却佝偻着背,没精打采的。听她的口气,就好像她们撒了谎或者偷了别人的东西。

做这个练习时,双手要放在胸前。先用右拳推张开的左掌,再用左拳推张开的右掌。这样连续二十五次,每一次都跟着菲克特小姐的节奏,反复念"我必须,我必须,我必须尊重我的胸部"。

在镜子前,锁着的门后,露西不出声地试了下。多久才见效呢?"哒——哒,"她默念,"哒——哒,哒——哒,哒——哒,哒——哒。"

唉,她怎么会退出乐队!怎么会离开瓦莱里奥先生!但是,她就是不能再与那些女孩子一起列队前进——她们全是怪胎,而她不是!谁也不能说她是!从现在开始,只有她和埃莉诺·索尔比在一起了。埃莉的房间有一张带白色纱帐的床,一张在桌布上压着玻璃的桌子。下午下雨的时候,她们会在那里做作业;下午天好的话,她们就会到室外后院,一起坐在太阳底下读书,或者在利伯蒂园周围散步,无所事事,只是望着草坪闲聊。如果她们回来时天色已黑,索尔比家多半会邀请她留下来吃晚饭。星期天他们会邀请她一起去教堂，之后，跟他们一直呆到吃晚饭。索尔比夫人是如此的和颜悦色、细心周到，那天下午初次见面时她叫她"亲爱的"——对此，露西差点儿傻乎乎地回一个屈膝礼。索尔比先生五点钟的样子会吵吵闹闹地回到家——"巴老爹①回来啦！"他这样喊着，随后嘴对嘴给他老婆一记响亮的热吻。她已经是一个头发灰白的胖妇人了，埃莉说，不得不穿弹力长袜来压平她的静脉血管。"巴老爹"是埃莉这段时间对他的戏称，而他则喊她"黛西·梅②"，尽管这一切让露西觉得傻气，但她发现自己对这样一个快乐之家，至少看起来是，还是心存敬畏。

她退出了乐队，而埃莉又抛弃了她。"噢，你好！"走廊上碰到时，埃莉这样招呼她，接着便只顾继续走路。一周以来，露西告诉自己，这是因为埃莉正在等她回请自己。可是她连和她说话的机会都没有，又怎么能够邀请她呢？就算她能邀请她，她真的想邀请她吗？在整整两个星期形同陌路之后，有一天在学校餐厅，她看见埃莉和学校最浅薄、最愚蠢的几个女孩子坐在一起，于是她心想，好吧，如果她真想和那类女孩相处的话，诸如此类。

到了二月下旬，她发现一张纸条从她的储物柜的通风口塞了进来。

---

① Pappy Yokum，一个虚构的乡巴佬形象，美国1950年代畅销连载漫画《莱尔·阿布纳》（*Li'l Abner*）中的主要人物之一。
② Daisy Mae，《莱尔·阿布纳》中的女主人公。

你好，陌生人！

我已经被西北大学录取了（棒极了），压力解除，现在可以放松了。三点三十分在升旗台见（求求你来吧）。

同受煎熬的毕业生
埃莉
利伯蒂森特公立中学　四九级
西北大学　五三级（！）

这次露西不以为意。回想九月份的时候，为了成为埃莉·索尔比的朋友，超级白痴地退出乐队——没错，像十岁孩子一样。她违背了自己的原则。她太软弱、愚蠢、天真。她一度瞧不起埃莉，相当地瞧不起，但她更瞧不起自己。首先，对她来说，谁住在利伯蒂园她毫不在乎，这是事实。曾经没有什么比周日和家人一起开车路过那里更能激怒她的了（那时她还小，不得不去他们想让她去的地方），她妈妈会指出她爸爸差一点就买下的那块地——现在上面已经建起了房子，好像至关重要的是你住在哪里或者有多少钱，而不是你是一个怎么样的人。索尔比家有一个全职女仆，一座价值三万美元的房子，足够多的钱送女儿去西北大学这样的地方学习四年，但是事实就是事实，露西·纳尔逊依然是他们的女儿永远无法企及的。

对埃莉来说，生活中的头等大事就是衣服。除了温尼萨的米歇尔商场外，露西从来没有见过任何地方有埃莉衣柜里的裙子多，她的推拉门大衣柜占据了整整一面墙。有时候，下午下雨，她们在埃莉的房间里一起做功课（和她想象的情景分毫不差），她抬起头发现有些衣柜门半开着，经常是几分钟过去后她才回过神来，又低头回到书中，努力找到先前的位置。天气变暖的时候，到下午三点钟，穿着早晨上学时的衣服，露西感觉热得很。埃莉就会对她说，随便从抽屉里拿一件旧毛衣穿，下午就穿着它吧，不过抽屉里没有一件毛衣是旧的。

一天下午，她拿出来的是一件百分之百的羊绒衫，不过她当时并没有意识到。走到外面的草坪上时，她瞥了一眼标牌，这才惊得喘不过气来。可就在这时，埃莉喊她到槌球门那儿帮忙，索尔比夫人已经看到她穿过客厅，而她下楼时也注意到了夫人在第一眼看到她松垂的格子裙上面套着那件柠檬色的羊绒衫时脸上掠过的不满。"玩得开心。"索尔比夫人说，但这决不是她当时心里想说的，可惜露西意识到这一点时已经太晚了。再回到楼上换件棉的或者羊毛的，就等于承认她故意选了这件，承认她罪有应得，而实际上她完全是无意的。从最上面一层抽屉里拿出它的时候，她没有想到羊绒，只是觉得好柔软。她不是贪求埃莉的好东西，她只是不愿意再一次从索尔比夫人面前经过，证实她对自己的怀疑。她再也不想因为别人而体会那种低人一等的感觉，不管那人是埃莉还是她家其他任何人……这就是为什么她一直让自己穿着那件柔软的柠檬色羊绒衫，直到离开前最后一分钟才重新换上自己厚重的冬装。

那之后没过多久,埃莉帮她修剪刘海。露西一个劲地说:"别剪多了,真的,我的额头,埃莉。"

"大不一样了啊!"她们俩都望着卧室的镜子,埃莉说,"我现在可以看见你了。"

"你剪掉太多了。"

"没有啊,看看你的眼睛。"

"怎么了?"

"它们非常漂亮,颜色简直棒极了,只要把它们露出来。"

"是吗?"

"嘿,把刘海弄上去怎么样?让我们看看。"

"我的额头太方了。"

"只是看一看嘛,露西。"

"别再剪了。"

"不会的,傻瓜,我只想看一看。"

同样,埃莉只想看一看露西的格子裙下摆放下三英寸会是什么样子。

允许这种事在她身上发生真是太可笑了,简直让人难以置信!她根本就看不起埃莉,那么埃莉是从什么时候开始把她当成自己的小跟班的?她对埃莉的父母也不再像先前那样敬重了。除了势利小人外,索尔比夫人算得上什么?至于索尔比先生——嗯,她还没把他摸透。威尔老爹喜欢开些老式玩笑,而露西爸爸觉得自己叫小时候的露西"小笨妞"就很是幽默了,可是索尔比先生几乎是玩笑不离嘴,还总是扯大嗓门。每当他呆在客厅时,露西都会花时间往返于埃莉的卧室和走廊尽头的卫生间。"瞧这个,"他冲着厨房向他老婆喊,"瞧瞧!"接着就用最大的声音开始朗读报纸上哈里·杜鲁门干的激怒他的事。有一次,他喊道:"艾琳,过来,艾琳。"她来到客厅,他便把一只手放在她的屁股上,说(声音轻柔,但定在走廊前方的露西屏住呼吸时听得见):"身体怎么样啊,宝贝儿?"她怎么可能不反感他对索尔比夫人说话的方式,还有他的措辞?以索尔比夫人一贯的架子,她当然也不相信她会欣然领受。她本能地觉得,面对这样的拥抱和亲吻,索尔比夫人只得勉强忍受。这几乎让露西为她感到难过。

话又说回来,索尔比先生曾是利伯蒂森特赫赫有名的二战英雄。他二战归来的时候,市长还领着一支汽车仪仗队到火车站去迎接他。他到学校发表演讲时,露西还是高中一年级的学生,可是她记得他的演讲,它使社区里那些满以为最惨淡的日子已经结束的人幡然醒悟。他的主题是"如何让这个世界更适合人类居住",后来换成男孩子们的话就是"到底如何让这个该死的世界更他妈的适合人类居住——见鬼!"。主要探讨的是在今后几年,要保持警惕,抵制索尔比先生所谓的共产主义的威胁。讲演次日,温尼萨的《领袖》报头版呼吁索尔比少校参加一九四六年的国会竞选。埃莉说,他之所以决定不去,是因为如果他们搬去华盛顿特区,她妈妈会觉得让埃莉再一次离开就读的学校很不妥当。因为二战,她已经不得不辗转去了北卡罗来纳州、佐治亚州(埃莉说,那就是她为什么无意间会冒出南方口音的缘故)的不同学校。埃莉特别热衷于转述州长当时在电话里是如何对她爸爸说的,她爸爸当时又是如何回应的,他不希望州长认为他视家庭责任高于国家责任,如此等等。不过,埃莉转述的对话每次都不一致,有一次,对话甚至发生在州长的"府邸",不过她每次讲故事的腔调倒始终一致,都是一样的洋洋得意。

当然了,露西感谢埃莉在个人物品使用方面的慷慨大方,也很难说她有什么恶意,可是她不能原谅的是她那副高人一等的架势。一天,埃莉又开始为她的服装大惊小怪,惹得她怒火中烧,真想立刻转身走掉。要不是埃莉已经拆下她衣服的镶边,正忙着缝上一条新的,而她自己正穿着衬裙和衬衫,坐在埃莉堆满衣服的桌子旁边,从窗帘之间往外观望埃莉的表哥——那位退伍军人——摆弄他的哈德逊,她真会抬脚走人。

罗伊,她还从来没有这样喊过他,或喊过他别的什么。他压根儿就不知道她的名字,也没联想到她就是那个在戴尔奶吧柜台后面打工的女孩。从九月份她第一次在埃莉诺家见到他,到二月份命运的再次垂青,她已经坐在戴尔奶吧的柜台后面观察过他很多次了。有时候,她看见他背着素描板往百老汇方向走去。在没有乐队和埃莉的那几个月,她每天下午泡在公共图书馆里。有几个星期,她刚走进图书馆,就碰上他从里面走出来。他对戴尔很友好。有一次,她还看见他跟图书馆员布鲁克纳小姐很认真地谈着什么。看来,羞怯不能解释他的独来独往,他似乎更喜欢独处——正是因为这一点,她开始觉得他可能很有趣。不仅如此,她还知道他爸爸是巴萨特先生,负责主持全校师生的晨会,介绍演讲者,据说也是全校最严格但又最公正的老师之一。她还知道他最近刚服役两年回来,而且是从海外。

埃莉总是取笑他。"他觉得自己长得像迪克·海默斯,你觉得他像吗?"

"我不知道。"

"如果他不是我表哥,我猜我可能还会觉得他挺可爱的。可是我太了解他了。"她诡秘地加上一句。然后,对着窗外:"罗伊,学迪克·海默斯的样子来一首,来吧,露西还没有听过你模仿他呢。还是学沃恩·门罗①吧,罗伊,我真心觉得你更像他哦。你现在好成熟。就唱一首《芭蕾舞者》吧,罗伊,或者《二次告白》。噢,罗伊,求你了,我们跪下来求你了。"

露西满脸通红,罗伊则摆出一副臭脸,回敬了一些"成熟点,好吗""真的,埃莉,你什么时候才能长大"之类的话。

他快满二十一岁了。她看见他总是慢悠悠地闲逛到百老汇,素描板啪嗒啪嗒重重地敲打着他的大腿,或者傍晚时分坐在戴尔

---

① Vaughan Monroe(1911—1973),美国歌手、演员、作曲家,代表曲目《芭蕾舞者》《二次告白》。

奶吧柜台前咔嗒咔嗒地来回搅动可乐饮品里的冰块,或者周末瘫在俱乐部椅子里和朱利安姨父一起探讨他未来的人生之路。他正处于真正的转折点,这是她某个周六听到的他的原话。它一直留在她的脑海里。

罗伊将会成为什么呢?一个艺术家?一个商人?他会漂洋过海到瑞典去闯荡吗?他会干出什么出人意料的事?有一次,她听见他提醒他姨父,他不仅有退伍津贴,他还能得到退伍安置贷款,只要他想,他实际上可以去买一栋自己的房子,住在里面。他大笑起来,可是罗伊说:"你尽管笑吧,老兄,可这是事实。我不必为任何人卖命,除非我想那么做。"

从床上传来埃莉的声音,她正坐在那里缝她的裙边。"你在看什么呢?"

露西放下窗帘。

"不是罗伊吧?希望不是。"埃莉说。

"我只是看看外面,埃莉。"她冷冷地说。

"别把你的精力浪费在那位身上,"埃莉说,咬断线头,"你知道他喜欢谁吗?"

"谁?"

"'猴子'·利特菲尔德。"

让露西吃惊的是,她的心奇怪地跳了一下。

"这些日子罗伊的主要兴趣是性——爱。看来,他是选对人了。"

"谁?"

"利特菲尔德。"

"……他带她出去吗?"

"他还在考虑是不是该自降身份,起码他是这么说的。他对我说:'她是个小孩子呢,还是她脑子里有点货?我可不想浪费我的时间。'我说:'别担心,罗伊,她不是小孩子了。'然后他就问:'那是什么意思?'我就说:'我知道你为什么喜欢她,罗伊。'他的脸一下子就红了。我的意思是,每个人都知道她的名声。可是罗伊假装不知道。"

露西装出一副她已经知道的样子。

埃莉接着说:"我说:'并不是她的个性使她出名的,罗伊。'他就说:'嗯,我要问的就是她到底有没有个性。''那好啊,你去问问比尔·埃利奥特就知道了,罗伊,你还没问过他吧。'他就说:'我根本不知道她和他约过会。''不再约了,罗伊,甚至连他也瞧不起她,剩下的就留给你自己去想象吧。'我说。你知道他接下来说了什么吗?'去玩你的抓石子游戏吧,埃莉。'他和我爸爸讲了好多他在部队时性爱方面的壮举,我爸爸纵容他,那当然是不对的。你知道他们在那里一起大笑吗?"

"不,我想我不知道。"

"他们在一起大笑。你认为他们在笑什么呢?"

"性?"

"他满脑子都是那个,罗伊,我是说。"

到了四月份，罗伊军袜的袜沿渐渐变松了。两个女孩子每次跨过他的时候——"对不起，表哥，让一下，好吗？"埃莉诺说——露西看见他皱缩褪色的卡其裤和松垮的袜子之间那截白皙细长的腿。月初，整整一个星期，温暖、宜人、夏天般的天气席卷了中西部地区，几乎一夜之间就催开了索尔比家的连翘花。一天下午，她走到埃莉的卧室窗口，想瞄一眼外面——当然是新开的花儿，恰逢罗伊从头顶脱掉他的T恤衫。也不过几秒钟的时间，她就转身回到埃莉那里，埃莉正在抽屉里找一条短裤给她穿，可是他修长光滑的圆柱形上半身俯向敞开引擎盖的情景，整个下午都停留在她的脑子里，挥之不去。

快到月末的时候，罗伊买了一架照相机，开始接触摄影杂志。他来找埃莉，说他想学着拍些黑白照片，以下面的码头为题材。他挑选了一棵树，需要一个女孩子坐在下面，最佳人选当数埃莉。

埃莉的肌肤呈玫瑰色，赤褐色的头发闪闪发亮，淡褐色的眼睛有时候会变成猫眼灰，安静的时候，她不仅是露西见过的最漂亮的女孩，而且看上去也算从容伶俐。她很容易就被当成十九或者二十岁，她也知道这一点。

"听着，罗伊，"她说，不经意间变成了南方口音，"为什么你不把'猴子'·利特菲尔德搞定呢？她没准儿还会喊'茄子'呢。还有那个简·拉塞尔——你最爱的女明星。"

"我说，"他说，一脸阴沉，"我根本就不认识那个利特菲尔德，而且我这辈子都没看过简·拉塞尔的电影，真的。"

"噢，可不是吗。你在部队的时候把她的小照片钉满墙，却没看过她一部电影。"

"我说，埃莉，你以为你是谁，'乱世佳人'吗？我想学着拍黑白照片，所以就给个干脆利落的答复吧，行还是不行，我可没那么多时间。"

埃莉说她得考虑考虑，然后就上楼换上了一件崭新的白色亚麻裙子，一边换一边不停地跟露西说，罗伊服役时，她姨妈艾丽斯收到他好多信，全是关于性的，那可是写给他家人的啊。

他们驾车去河边。露西和他们一起坐进了车里。她说她还是回家吧，但罗伊向她发出邀请："如果你愿意，你可以坐我们的车一起去，我不收钱哦。"他一边说，一边忙着用自己带来的压力表检测前胎的气，他觉得轮胎好像没多少气了。

摆拍的地点是老码头附近的一棵大橡树下（她只是他的拍摄物，他希望她能够理解这意味着什么）。埃莉老是想从侧面看向温尼萨，而罗伊则想让她向上直接看着树。每拍几张他就会走过去，用力拉一下树枝，好让阴影落在正确的地方。

埃莉说她倒是想知道，他所说的"正确的地方"是什么意思。

"我说的是技术问题，埃莉诺，能住嘴吗？"

"好吧，罗伊，鬼知道这些日子当你说'正确的地方'时，你脑子里想的是哪里？"

"噢，求求你看着树枝行吗？拍摄想要表达的全部，埃莉，是春天的奇迹，所以往上看，不是看着我。"

"我晚上听见你了。"

"听见我什么?"

"大笑,而且我也知道你在笑什么。"

"好吧,什么?"

"猜猜看。"

那天下午临近结束时,埃莉说:"你怎么不给我的朋友照几张呢?"

他长叹了口气:"噢——好吧,就一张。"他转过身找了一圈:"嘿,她人跑哪儿去了?我可没有那么多时间。"

埃莉指着河岸,有黑色的桩子伸到水面的地方。

"嘿,"罗伊喊道,"想照张相吗?我得走了,你要照的话,我们就开始吧。"

露西往上望了一下。"不照。"她说。

"露西,照吧,"埃莉说,"他需要一个金发的。"

罗伊拍了一下自己的额头。"谁说的?"他追问。

"她喜欢你。"埃莉悄悄地说。

"谁告诉你的,埃莉诺?谁跟你说的这种事?"

露西站在树下,立正姿势,直直地看着镜头,他就此按下快门。只拍了一张。她注意到他事先连光圈都没有调整。

照片冲印出来后,他拿给她看。她当时正沿着索尔比家的停车道往家里走,他从房子里出来,在她后面喊道:"嘿。"

尽管她不想,但还是转过身来。他沿停车道大步慢跑过来,有点内八字。

"给你,"他说,"想要吗?"

她勉强从他手里接过照片。他加了一句:"要不然,我把它扔掉,反正不怎样。"

她盯着他,说:"你以为你在跟谁说话,你!"然后把照片狠狠地塞到他胸前,气呼呼地往家走去。

那天晚上,他出现在戴尔奶吧。她周一、周二和周三晚上从七点到十点在那儿打工,周五和周六晚上得从七点干到十一点半。他坐在她不得不接单的地方,点了一份番茄培根烤奶酪三明治。

她把三明治放在他面前的时候,他说"嘿,今天下午的事儿"——咬了一口三明治——"对不起",她转身只管接着干她的活儿。

当她终于回来问他是否还需要点别的什么时,他再次道歉,样子颇为诚恳,而且这次没有满嘴食物。

"去收银台付账。"她回答道,把账单递给他。

"我知道。"

她观察了他好几个月。他老是若有所思地想着自己的事,心不在焉地把钱留在柜台上就离开了。"你根本就不知道。"她厉声答道,走开时才意识到自己说岔了。

果然,他跟着她到了柜台,笑得无比灿烂,嘴都咧到耳根子去了。"我不知道吗?"

"请付账。"

"你什么时候下班?"

"永远不下。"

"嘿,我真的很抱歉,我只不过是说,那张照片照得不好,技术问题。"

"请付账。"

"嘿,我是在真心实意地道歉。你看……我没撒谎,"她没有回应,"我没必要撒谎。"他说着,往上提了提自己的裤子。

打烊时,他的车停在外面。她拒绝搭车回家,对他的好意也不理不睬。

"嘿,"他一边说,一边在她身旁慢慢地开着,"我只不过是想表示友好。"她拐过百老汇,走上富兰克林,那辆车一路跟在她旁边。

就这么着走到另一条街之后,他说:"嘿,说真的,表示友好有什么错呢?"

"我说,你这个人,"她说着,如临大难般心狂跳不止,"你,"她重复道,"别跟着我!"而从那以后,他就没法不再跟着她了。

他给她拍了几百张照片。有一次,他们花了整整一个下午开车到乡下,想找到一个合适的仓房,好让她站在前面。他想要一个有着下垂屋檐,感觉阴暗的仓房,可是他们只找到一些刚刷过漆的红色大仓房。还有一次,他让她站在学校的白色水泥墙前面,午后耀眼的光线把她的刘海映衬得像发白的干草,她的蓝眼睛好像雕像上的眼睛，那张严肃的方脸的骨骼仿佛是皮肤下面的石头。他把那张照片命名为"天使"。

他开始拍摄一系列露西头像的黑白照片，他称之为"一个天使的各种角度"。起初，他不得不告诉她别皱眉头、别瞪眼睛或别不知所措之类，不要每两分钟说一次"这真可笑"；可是过了一阵儿，她不那么尴尬了，他也就不必再告诉她停止什么样的举动。相反，他每天都告诉她，她的脸部角度很棒，她是比埃莉那种虚有其表的类型好得多的拍摄对象。他说像埃莉那样的女孩子比比皆是——看看那些杂志就知道了，而她的脸蕴含着个性。每天下午三点半，他就到学校接她，然后踏上他们的摄影之路。晚上，他把车停在戴尔奶吧外面，等着送她回家。

至少头一个星期，他是在外面等着接她的。一天晚上，他提出到里面去等，她说绝对不行。谢天谢地，他并没有再次要求，她松了口气。有一次，她同意他把车开出利伯蒂园以外，开到可以俯瞰那条河的树木茂密的悬崖上，温尼萨公园委员会把这里称为"野餐天堂"，而高中的孩子们则称之为"激情天堂"。在那儿，罗伊关掉车灯，打开收音机，接下来便想方设法和她亲热。

"罗伊，我现在想走了，真的。"

"为什么？"

"我想回家，走吧。"

"我差不多爱上你了，你知道的。"

"别这么说，你没有。"

"天使。"他说着,抚摸她的脸。

"住手。你的手指差点戳到我的眼睛。"

"你叹息,便是歌声,"他跟着收音机唱着,"你说话,我听见琴声,多么神——奇。"

"罗伊,我什么也不会干的,所以现在就回家吧。"

"我没有要求你干什么,我只是请求你相信我。只管相信我。"他说着,再次把手指放在她的制服纽扣之间。

"罗伊,你要把它扯坏了。"

"我不会。你不反抗就不会的,相信我。"

"我不明白这是什么意思。你那么说,我照着做了,然后你就得寸进尺。我不要,罗伊。"

然而,他对着她的耳朵唱道:

"无需金色的魔杖,

或者神秘的魔力,

美妙开始降临,

当我依偎在你的怀——里!"

"噢,露西!"他说。

"这里不行。"她叫起来,因为他唱完"怀里"后,一只胳膊肘滑到了她的大腿处,好像那只是意外。

"噢,别反抗,别反抗,露西,"他低声说着,来回摸索着,

"相信我。"

"噢，住手！不要！"

"可是，只不过在你衣服外面——只不过一只胳膊肘！"

"送我回家！"

三个星期过去了，她说，如果他每天晚上约会感兴趣的就是这个，她认为他们不应该再见面了。他说，他的兴趣不限于此，可是他是一个成年人，他真没想到，结果她不过是另一个不知人生为何物的女孩；他真没想到，结果她不过跟埃莉一样，是一个专职处女——一个 c.t.①，但愿她知道它的意思。她对此一头雾水。他说，他有多少话要说，有多么尊重她，而最关键的是，他压根儿就不会和一个他不尊重的女孩有任何开始，也不会开车带她出去，除非他认为她成熟到了可以应付一些婚前的爱抚。她说，爱抚是一回事儿，可是他另有所图。他说，他本来会满足于爱抚的——如果她放轻松的话；她说，一旦她放松，他就不老实了。她说，她不是"猴子"·利特菲尔德；他说，那好吧，那可能对她来说太糟糕了；她说，那好，你回去找她吧——如果那就是你真想追求的；他说，我也许会的。就这样，第二天下午，当她从学校出来的时候，没有车等在那里，也没有埃莉。几周前，自从罗伊和露西忙着他的"一个天使的各种角度"系列，她就不再等她了。露西怅然若失，不知自己该做什么。又一次，她无处可去。

---

① 疑指cunt，有"贱人"之意。

那天晚上，当她从戴尔奶吧出来，正要步行回家时，一辆汽车开了过来，在她身旁跟着："嘿，小姑娘，想搭车吗？"

她目不斜视。

"嘿，露西，"他按按喇叭，把车停在路边，"嘿，是我，上车。"他说着，打开车门，"嘿，天使。"

她盯着他："你今天下午去哪儿了，罗伊？"

"附近溜达。"

"我在问你，罗伊，我等过你。"

"噢，来吧，别生气了，上来吧。"

"别告诉我该做什么，罗伊，"她说，"我不是'猴子'·利特菲尔德。"

"是吗，我以为你是的。"

"什么意思？"

"没什么，没什么，开个玩笑。"

"你今天下午真的是在她那儿吗，跟她在一起？"

"我一直苦苦想你想得要命。好了，来吧，我送你回家。"

"除非你为今天下午道歉。"

"可是我做了什么啊？"

"你毁约了，就为这个。"

"但是我们吵架了，"他说，"记得吗？"

"好啊，如果我们吵架了，现在你为什么在这儿呢？罗伊，我不要被这样——"

"好吧，好吧，对不起。"

"你是当真的吗，还是说说而已？"

"是的！不是！噢，上车吧，上吗？"

"那么你是真的在道歉。"她说。

"是的！"

她上了车。"你这是在往哪儿开，罗伊？"

"我随便转转，还早呢。"

"我想直接回家。"

"你会回到家的，哪一次你没有回到家呢？"

"掉头，罗伊，求求你，别再犯傻。"

"没准儿我有话想跟你说，没准儿我有更多的歉要道呢。"

"罗伊，这一点都不好笑，我想回家。别再开玩笑了。"

车一驶出利伯蒂园，他便拐上了一条土路，随即关掉前车灯（"激情天堂"的不成文规定），一路开进一块空地，那里一辆车都没有。

他啪的一声关掉车灯，打开收音机，调到"约会亮点"。多丽丝·黛正在唱着《多么神奇》。

"嗬，好家伙！这要不是巧合的话，那就注定是我们的歌。"他一边说，一边想把她的头拉近些。"'无需金色的魔杖，或者神秘的魔力'——"他唱着，轻轻地拽她的后颈，她抗拒着，他便低下脸去，贴近她紧闭着的嘴巴和圆睁的双眼。"天使。"他说着。

"你这话听起来像在演电影，别这样。"

"噢，老兄，"他说，"你真能败兴。"

"对不起。我只是希望你送我回家。"

"我会送你回家的！起码你这会儿可以移开一点。"他说，"我说，你稍微移一下，好吗，这样我的胸就不用抵着方向盘了。"

她正想往右侧转，可是还没等她反应过来，他已经把她压在车门上，亲吻着她的脸。"天使，"他低声地说，"噢，天使，你闻起来像奶吧。"

"噢，我碰巧在那里干活，对不起。"

"可是我喜欢呀。"不等她再次开口，他已把自己的嘴压在了她的上面，直到那首歌放完才松开，随后叹了口气。他等待着，想听听下一首放什么。

"别反抗，露西。"他轻声说着，抚摸着她的头发，"不要，那不值得。"然后跟着玛格丽特·怀廷[①]一起唱："有一片草地，溪水潺潺——"手滑到她的衬裙下面，"别动，"见她开始挣扎，他说，"相信我，我只想摸摸你的膝盖。"

"我才不信呢，罗伊，太荒唐了。"

"我发誓，不会再往上去了，来吧，露西，只是膝盖而已。"

"我会永远记住

你眼中的爱——

---

① Margaret Whiting（1924—2011），美国1950年代的流行歌手。

从刻在那棵树上的那一天,

我爱你至死不改。"

他们亲吻着。"看,"几分钟过后,他说,"我没有动,对吧?我动了吗?"

"没有。"

"我不是告诉你可以相信我吗?"

"是的,"她说,"但是别把你的舌头放在我的牙齿上好吗?"

"为什么,那样痛吗?"

"罗伊,你刚才在舔我的牙齿,那有什么意义?"

"有太多的意义,那是激情!"

"可我一点也不想要。"

"好吧,"他说,"好吧,冷静点,对不起,我以为你喜欢。"

"没什么好喜欢的,罗伊——"

"好吧!"

"有一个男孩,

一个古怪、着魔的男孩,

人们说他四处流浪,

直到海角天涯。"

"我喜欢这个,"罗伊说,"外面的世界。写这首歌的人,应该就过着那种生活。"

"这首歌叫什么?"

"《自然之子》。就像写歌的人一样。真的很受启发,听听这些歌词。"

"这是他对我说的:
'你不曾知道的最美的事,
就是给予爱,和收获爱。'"

"露西,"他轻声说,"我们坐到后排去吧。"

"不,没门儿。"

"噢,真见鬼,你一点都不顾及氛围——你知道吗?"

"可是我们不止是坐在后排,罗伊,我们试过,你其实是想躺在后排。"

"因为后面没有方向盘,露西,舒服得多——也很干净,我今天下午已经清理干净了。"

"可我不到后面去——"

"可我要去!如果你想一个人坐这里,就坐这里吧!"

"噢,罗伊——"

但是他已经下了车,钻进了后排座,随即躺了下来,头顶着一端车门,脚搭在另一端开着的车窗上。"对呀,我躺着,为什么不呢,这是我的车。"

"我想回家。你说过会送我回家的。这真荒唐。"

"对你,当然。我的天,难怪你和埃莉是朋友,你们是真正的一丘之貉。"他嘟囔着什么,露西没有搞明白。

"我想知道你刚才说了什么,罗伊。"

"我说你们是两个 c.t.。"

"那是什么?"

"噢,"他哀叹着,"什么也不是。"

"罗伊,"她说着,转过身跪在前排,这会儿真生气了,"我们上个星期和这一模一样。"

"是的!是的!我们坐在了后面,可发生了什么可怕的事吗?"

"是因为我不允许发生。"她说。

"那么这次也别允许。"他说,"嘿,露西。"他坐起身,想捧着她的脸,可被她躲开。"我尊重你想要的,这你知道。可是你想要的全部,"他说着,往后一仰,"就是出去拍拍照,晚上被送回家,可是别人的感受……好吧,我确实感受到了!噢,忘了这些乱七八糟的吧,真是的。"

"噢,罗伊。"她打开前门,下了车,和上周那个不堪回首的晚上一样。罗伊猛地推开后门,用力过猛,合页都撞上了。

"上来。"他轻声说。

在后排,他告诉她他多么爱她,他开始解她的制服纽扣。

"为了得到自己想要的,每个人都会这么说,罗伊。住手,请住手。我不想这么做,真的不想,行吗?"

"可是我是认真的。"他说着,手已经熟练地摸到了她的膝盖,好像就要往上摸到她的大腿了。

"不,不要——"

"要!"他叫着,愈发来劲,"求你!"

接着他开始说相信我、相信我,一遍又一遍,说求你、求你,她实在不知道怎么才能让他停下来,除非抬头用牙咬住他的喉咙——它此刻正贴在她的脸上。他不停地说求你,她也不停地说求你,她几乎不能呼吸和动弹,他全身的重量都压在了她身上,说别反抗,我爱你,天使,天使,相信我,可是突然一个名字钻进了她的脑海,芭布丝·伊根。

"罗伊——!"

"可是我爱你,我现在是认真的。"

"可是你正在干什么?"

"我什么也没干,噢,我的天使,我的天使——"

"可是你是要干什么的。"

"不,不,我的天使,我不会。"

"可是你正在这么干,此时此刻!停下!罗伊,停下!"她尖叫着。

"噢,见鬼。"他说着,坐起身,让她把腿从他身下抽出去。

她从她那一侧往窗外看,玻璃上全是雾气。她不敢看他。她不知道他的裤子是脱下一点,还是完全脱掉了。她几乎说不出话来。"你疯了吗?"

"你是什么意思,疯了?我是人,我是一个男人!"

"你不能那样——强迫人!明白吗!反正我不想要。罗伊,回到前面去,穿好衣服,送我回家。马上!"

"可是你刚才想要的,你刚才已经准备好了。"

"你把我的胳臂定得死死的,你把我卡得死死的!我什么都不想要!再说,你根本就不——小心!你彻底疯了吗?我可不会那么干!"

"可是我是要用那个的!"

她吃了一惊:"你要用?"

"我今天想去弄一些的。"

"你弄了?你的意思是你一整天都在盘算这事儿?"

"没有!没有!好吧,我没有弄到——我弄到了吗?哦,我弄到了吗?"

"可是你试过。你一直想着这件事,计划了一整天。"

"可全都是白费劲!"

"行了,我真搞不懂你——而且也不想懂。送我回家。请把你的裤子穿上。"

"是穿上的,一直是穿上的。真扫兴,你根本不知道我今天是怎么度过的。你就知道你自己那一套,算了。天啊,你就是另一个埃莉——另一个 c.t.!"

"那到底是什么?"

"我不在女孩子面前使用那种字眼,露西!我尊重你!这对你就没有一丁点意义吗？你知道我今天下午是在哪儿度过的吗？我告诉你吧，我也不再羞于承认——因为这恰恰关系到对你的尊重，不管你理不理解。"

随后，她拉下她的衬裙，重新整理好短裙，而他把那天下午的故事告诉了她。他在福里斯特小店外面等候，等了差不多一个小时，想等福里斯特太太上楼留下她那位又老又愚的丈夫单独在柜台。可罗伊一走进去就发现，福里斯特太太刚刚只是去了下储藏室，这会儿已经站在柜台后面准备好为他提供服务呢，他甚至来不及转身走掉。

"所以我能怎么办呢？我只好买了一包黑杰克口香糖，还有一盒安诺星。噢，我有别的选择吗？镇上每家商店都知道我爸爸，凡是我去的地方都是'你好，罗伊，我们的大英雄怎么样？'。大家都看见我跟你在一起，露西。我是说，他们知道我们俩在一起，你懂吧。所以，他们会猜到那个东西是为谁用的？你以为我没想过这些吗？我得考虑到你的名声，难道不是吗？有很多事我都想到了，露西，而你整天坐在学校里对此一无所知。"

不知怎的，他把她弄糊涂了。她想让他做的到底是什么？去买那个东西？他当然不能把它用到她身上。他休想把提前几个小时策划的事变成好像是一时激情。她不会被利用或戏弄，也不可以被当成站街女来对待。

"可是，你到过海外。"她说道。

"阿留申！阿留申群岛，露西——横跨白令海峡和苏维埃社会主义共和国联盟！你知道岛上的口号是什么？'每棵树后面都有一个女人。'问题恰恰在于，那里根本连一棵树都没有。明白吗？你以为我在那里都干了些什么？我整天填写订单，我打了一万八千场乒乓球。你到底是怎么回事儿！"他说着，沮丧地倒在座位上，"海外，"他酸溜溜地说，"你以为我住在妻妾成群的后宫吗？"

"可是，你和别人的那些事呢？"

"我根本没有和任何人做过这种事！我这辈子都没有过，从来没有！"

"好吧，"她温和地说，"我不知道这些。"

"可惜这就是倒霉透顶的事实。我已经过二十岁，马上二十一了，可是这并不意味着我和看见的每个女孩都做这种事。我得喜欢这个人，这是首要的。你听信没脑子的埃莉说的话，可埃莉根本不知道自己在说什么。我不约'猴子'·利特菲尔德出去的原因，如果你想知道，露西，恰恰是我不敬重她。我也不喜欢她，甚至连认都不认识她！噢，算了吧，我们走吧，我放弃。如果你选择相信你所听到的关于我的每一件事，如果你看不到我是什么样的人，那么恕我直言，露西，就让它见鬼去吧。"

他喜欢她。他其实是喜欢她的。他刚才说，人们知道他俩在一起。她还没有意识到这一点。她跟罗伊·巴萨特在一起，他二十岁，服过役，大家都知道。

"——在温尼萨那边。"她说。噢，她为什么老是揪住这个话题不放？

"没错,我猜他们把它传到了温尼萨,可能传遍了温尼萨的大街小巷。"

"不过,你可以旁若无人地一驶而过,我觉得没什么大不了。"

"可是我凭什么该那样呢?在你看来,传到百老汇的福里斯特小店已经算是传得太远了。想想,这有什么意义呢?我在跟谁开玩笑,我自己吗?我花了整整一个下午,四处游荡,等着那个老巫婆消失,可是不管怎么样,反正没有任何区别。你只不过更加恨我,对不对?我得到了什么?你想怎么说,露西?如果我手里有那东西,你会说好吗?"

"不!"

"好吧,现在我明白我们是怎么个情况了!好得很!"他猛地推开他那一侧车门,"我们回家吧!我再也受不了啦,真的。无奈我是个男人,碰巧有正常的生理需求,也有情感需求,你知道,我没有必要从某个高中生那里得到满足。我们之间除了讨论我的每一个动作,一步一步地纠结之外,什么也没有。这对你来说很浪漫吗?这就是你的恋爱观吗?可惜这不是我的。性是人类可以拥有的最高体验,不管男人还是女人,身体上还是精神上。可你只不过是另一个典型的美国女孩,认为性是猥亵肮脏的。好吧,我们走吧,典型的美国女孩。我算得上一个善良随和的人,露西,能让我如此焦虑不安实属不易——但我深陷其中,好吧,我们走吧!"

她没有动。他是真的生气了,不是像别人那样做做样子,为了骗你或耍你。

"你这又是怎么了?"他问,"我说,我现在又做错什么了?"

"我只是想让你知道,罗伊,"她说,"那并不表示我不喜欢你。"

他一脸的苦涩。"是吗?"

"是的。"

"那么我只能说你太会掩饰了。"

"我没有。"她说。

"你有!"

"可是,要是你实际上不喜欢我怎么办?真的?我怎么知道你讲的是真心话?"

"我跟你说过,我不说谎!"

见她没有反应,他向她凑过来。

"你说爱,"露西说,"可是你的意思不是爱。"

"我是有点情不自禁,露西,可那不是撒谎。我被情绪左右。我喜欢音乐,受音乐感染。可那不是'撒谎'。"

他刚才说的什么?她根本就搞不明白……

他爬回汽车后排座,一只手放在她的头发上。"不管怎么说,情不能自已有什么错呢?"

"可是,当这种情绪离开你的时候呢?"她问道,感觉自己身在别处,云里雾里,似乎这一切发生在久远的过去,"明天,罗伊?"

"噢，露西，"他说着，又开始亲吻她，"噢，天使。"

"那么'猴子'·利特菲尔德呢？"

"我跟你说过，我跟你说过，我连认都不认识她——噢，天使，求你，"他说着，把她推倒在他装好的新沙发套上，"是你，是你，就是你，只有你——"

"可是明天——"

"明天我也会见到你的，我保证，还有后天，大后天——"

"罗伊，我不能——噢，停下。"

"可是我没做什么啊。"

"可是你有做！"

"天使。"他在她耳边呻吟。

"罗伊，不要，求你。"

"不会有事的，"他低声说，"这是安全的——"

"噢，这不是的！"

"是的，噢，是的，我发誓。"他说着，并向她保证，他会使用一种在阿留申岛上听到的技巧，叫做中断。"相信我，"他恳求着，"相信我，相信我。"而她呢，唉，她也如此渴望着，毋庸置疑。

露西毕业前的一个星期，传来罗伊被不列颠摄影与设计学校录取的消息。宣传手册上面说该校成立于一九一〇年。他们对他九月秋季学期入学不胜愉快，同时寄还了罗伊随他的申请表附上的一打关于露西的习作。

那天晚上,在朱利安姨父为罗伊举办的即兴小型庆贺晚会上——有埃莉和乔、罗伊和露西,巴萨特先生和太太——朱利安姨父对大家说,他们欠露西·纳尔逊一个恩情,她那么上照,理应得到奖赏,因此,他给了她一个吻。他依然是她还没想好是否该接纳的人,她看见他的嘴唇朝她凑过来,感觉很别扭,那一刹那她几乎想推开他。导致她轻微反感的,既不是因为索尔比先生对他妻子的所作所为或者他一贯的讲话风格,也不是因为一个身高五点五英尺满身烟草味的男人在她看来并非特别有魅力,而是因为上个月有好几次,她觉得自己恰好看见他正盯着自己的大腿,看了那么久。罗伊会告诉他他俩正在干的事吗?她简直不敢相信;他可能知道他们把车停在"激情天堂",可是埃莉和乔·惠茨通也一样啊,不过,他们只是搂脖子接吻,起码埃莉是这么说的——她父母肯定也信以为真。不,谁知道呢。她以为索尔比先生在看她的腿,可也许他只不过是在看地板,或什么也没看。毕竟她只有十八岁,而他是埃莉诺的爸爸,且她认为她的腿又没型,没什么好看的。这种胡思乱想简直太可笑了。某个周六下午,她发现自己碰巧单独遇到他时也有过类似的想法。当时他正跟在她身后往楼上埃莉的房间走,她以为他要对自己做点什么。如今她满脑子里想的也是性爱。她和罗伊必须停止,她很清楚这一点。他已经走火入魔,每天晚上都把她拉到那里,也许,她也喜欢,不能自拔,可是喜欢并不是问题所在……那么,什么是呢?这正是罗伊问过的,每当她开始说"不,不,今晚不行"的时候。可是如果昨晚行,为什么今晚不行呢?

反正,索尔比先生的亲吻落在她的脸颊上,声音很响,大家都大笑起来,索尔比夫人在那里看着,也试图跟着大家一起笑。露西的表现则判若两人——某种程度上,这是她从来没做过的、最匪夷所思的事,一方面在这种场合下被公然告知有魅力让她感到困惑,另一方面成为这个庆祝晚会、这个家庭、这座房子如此重要的一部分又让她激动不已——她耸耸肩,脸涨得通红,给了朱利安姨父一个回吻。罗伊鼓起掌来,"棒极了!"他大叫,索尔比夫人则不再强颜欢笑了。

看来,情况对她很不妙。想让索尔比夫人满意,露西基本上无计可施。她思想保守、为人势利,似乎对露西很不满意,因为明摆着的一个既成事实是,露西终于成为了对罗伊最有影响的人。尽管看似与她毫无干系,但事实情况确实是,罗伊之所以决定去不列颠——一所位于基恩堡的摄影学校——跟那里的教学质量或者他的摄影天赋没多大关系,他选择那里是因为露西正好也要到那座城市上学。

罗伊的决定被这种考虑所左右这一事实,要说让露西觉得不愉快,实在很难。而另一方面,这一事实又驳斥了她在没认识他之前对他的看法:他是一个严肃的年轻人,摆在他面前的是真正重大和有分量的选择。是的,他并不完全是她原来想象的样子——但这也并非对他的全面否定。至少有一点可以肯定,他确实不像当初表面上看上去那么粗鲁和无礼，他对别人的感受也不是漠不关心，起码对她的不是。等到最初的卖弄过去之后，等到他不再对她感到畏惧（她已经意识到了这一点）——如同她一直以来对他的那样，他总的来说还算是一个甜蜜和体贴的人。他和蔼可亲的程度堪比瓦莱里奥先生，这当然是一种赞赏。

他不居高临下，而她以为，以他的年龄和经历，有优越感是理所当然的。他从来没有随意指使她——除了做爱，但即便是做爱，她知道也是她觉得够了就够了（那天晚上也不例外），他无法强迫她继续下去。同样的，他也无法强迫她开始。可是为什么她当初没有意识到呢？可能出现的最坏情况无非是他不再和她见面了。可那会是一场悲剧吗？说实话，在很多重要的方面，她发现自己确实不喜欢罗伊。有好多次，她觉得好像她比罗伊大两岁半，而不是相反。她简直受不了他对着她的耳朵唱那些歌，这是其一。虽然他已经二十一岁，可以投票选举了，正如他逢人便说的那样。可是有时候，他实在太孩子气了，他说的那些话简直不比傻瓜强多少。比如，在车里，他不停地说他多么爱她……可是那很愚蠢吗？万一那是真的呢？或许他那么说只是出于害怕，一旦他不那么说，她就不让他和她亲热做爱了？噢，她知道，她知道，她知道——他们一开始就不应该在车里那么做。如果你们不打算结婚，那么做是不对的，而如果对象又是某个你绝不会嫁的人，那么做就是错上加错。我们必须停止！可是，从某种意义上说，现在叫停已经开始的事并不比当初让它发生更有意义，她真正应该叫停的是这整件蠢事！

是的，她非常、非常困惑——即使在索尔比家那个美妙、欢乐的夜晚也是如此。那晚以朱利安姨父（罗伊鼓动她这么叫他）的亲吻开场，仿佛她就是这个家庭的一员，以罗伊从冰箱里拿出一瓶真正的法国香槟，弹出去的软木塞等收尾……噢，当他们都站在那里围着他高举酒杯，齐呼"为罗伊的未来！"时，她怎么可能去相信心中的那日渐积累的疑虑，即他可能根本就没有打算和她有任何结果。

毕业后，她开始了在戴尔奶吧的夏季日程表：每天从十点到六点，星期三和星期天除外。到了七月中旬，一个星期三，她和罗伊开车去基恩堡，打算为罗伊九月份入学找住处。在查看了所有的出租屋后，他回到车里——露西坐在那里等候，他说这个地方不行，至少不适合他。要么房间小得可笑，要么房东令人生疑，要么床太短，他在阿留申群岛上可是受够了这个。不过，有一个地方比较理想——一个很大的房间加一张大床，它以前是房东的丈夫睡的（他有六英尺五英寸高），卫生间干净得无可挑剔，而且房东还确保在冰箱里留一格供房客使用——但没有私人进出通道。

露西说，反正肯定有更合适的。

下午四点钟，他们有了从没有过的最可怕的争吵，比罗伊和其他任何人，包括和他爸爸曾有过的都糟糕得多。罗伊觉得还是先前的大房间各方面最合适，她一个劲地摇头，说不行，如果他希望再到她，就必须有一个私人进出通道。后来他突然大叫道："好吧，我不在乎——要住在里面的人是我！"接着就把哈德逊开回到了那个有一张大床的房子。

回到车里后，他从仪表盘下的储物箱里拿出一份地图，在上面仔细地画了一个长方形。"这就是我的房间。"他说着，努力不去看她。房间在一楼拐角处，两边各有两扇很高的窗户，四扇窗户都通向外面被灌木围着的开阔的门廊。晚上，人可以像进门一样从窗户跨进跨出……那么，她想说什么呢？她打算从此不再和他说话，还是有什么意见要发表？

"我已经提出过我的意见，"她说，"它对你没有任何意义。"

"有意义。"

"可是不管怎么说你还是租了那个房间。"

"因为我想租，就租了！"

"我没什么可说的了，罗伊。"

"露西，只是一个房间！只不过一个房间！为什么你要这样？"

"你干的，罗伊，不是我。"

"干的什么？"

"又一次表现得像一个小孩子。"

在启程回利伯蒂森特前，罗伊把车开到了基恩堡女子学院。他把车停在路边，好让露西再看看她的新家。学院位于彭德尔顿公园的对面，公园毗邻基恩堡主要商业区。从一八九〇年代开始，它一直是一所男子预备学校；一九三〇年代，学校倒闭，校舍一直闲置，直到二战时被陆军通信兵团占用。对日战争胜利后，州政府买下了这块土地、营房及其他一切，用来发展教育项目。它可不是你在电影中看到的或在书中读到的那种爬满常青藤的大学校园。部队遗留下来的营房，那座长长的淡黄色的建筑，被用作教室，行政楼和学生宿舍则是一座碉堡般的灰色石头建筑，差不多直接矗立在街道上，有点像温尼萨的法院大楼。然而看到它时，露西心里想的是："还剩下五十九天。"

"哪儿是你的房间？"罗伊问，从车窗往外望着。

她没有回答。

学校对面有一排小商店，其中一个叫老校园咖啡馆。罗伊说："嘿，想到老校园咖啡馆喝杯可乐吗？"

没有回答。

"噢，天使，我真的在乎你的想法。这你知道。你的想法对我至关重要。可是我得有个地方住，对吧？露西，讲点道理好不好——不是吗？这并不是什么小孩行为，或随便你叫的什么。"

"是的，罗伊，"她终于说，"你是得有个地方住。"

"别这么挖苦人，露西，真的，有时候我只需要一个简单的回答，但你真的太爱挖苦人了。如果想好好利用课堂学点东西，我得睡够八小时吧，因此我也需要一张够长的床。这也是蠢话吗？"

她心想，你说的一切全是蠢话！"不是。"她说道，因为他握住了她的手，并且看起来真的很痛苦。

"那你为什么还在生气？露西，别这样，吵架有什么意思呢？

我们过去喝杯可乐,好吗?别生气了,来,跟我说已经吵完了。为什么要把今天毁了?你看,要么我可怕的罪孽已经被原谅,要么你就让这愚蠢的争吵没完没了下去?"

他实际上几乎要掉下泪来。她也看出好像没有什么继续吵下去的必要了。因为就在那一刻,她打定主意——要是她早这么做,就可以省掉这场恼人的争吵——她这辈子绝不会踏进他的房间一步,不管它有多少扇窗户,或者多少个门。就是这么简单。

"好吧,"她说,"去喝杯可乐。"

"这才是我的好姑娘,"罗伊说,亲亲她的鼻子,"这才是我的宝贝小天使。"

从那天下午开始,她就清醒地认识到罗伊不适合她。那天晚上她不愿跟他去"激情天堂"。他立即开始生闷气,沉默不语,好像又要掉眼泪的样子。她告诉他,她只是觉得身体不适,而那碰巧也是真的。随后在家里,她用一支黑色的碳素笔在日历上画了一个圈,标记了她宣布他们的罗曼史终结的那一天(同时在另一天画了一个X,在利伯蒂森特余下的时间还剩五十八天)。

不过,这个坏消息看来要到星期天才能够向罗伊宣布。接下来的那天晚上,他们已经跟埃莉和乔约好开车去塞尔扣克集市,如今露西只用白天打工,他们至少可以一周一次四人约会。星期五晚上,罗伊期待和她一起去温尼萨看《玉女嬉春》。接下来星期六,索尔比家将会为他们那些成年朋友举办一场烧烤聚会。朱利安邀请了"细高个子"参加,并让他带上他的"金发美女"——

这个称谓让露西和罗伊一样（暗地里）开心不已。她越来越喜欢索尔比先生，钦佩他的某些品质。正如罗伊所说，他确实不去迎合他人的观点，说话做事随心所欲。不过她依然觉得他的语言有点粗野。他称她为"金发美女"，尽管俗气，可她并不抵触，而且它好像已经成了他对她的昵称。有一天晚上，他甚至搂着她的腰说（当然是以开玩笑的口吻，同时对着罗伊使眼色）："告诉我，金发美女，什么时候你才会厌倦了仰着脑袋去看这个大傻瓜，想低头看看我这个小傻瓜呢？"

要不是索尔比家的烧烤聚会，要不是她已经被主人特邀出席并实难推却，她会圈住星期五而不是星期天。她想，等到星期天不会有任何损失——事实上，还增加了不呆在家里的三个晚上。毫无疑问，不管什么消遣，哪怕有罗伊在场，也好过坐在她那闷热的房间听着楼下走廊摇椅的响动，或者醒着躺在漆黑的卧室，在听见她爸爸上楼的脚步声，确认（纯粹为了记录一下）他是否在清醒状态下上床睡觉之前夜不能寐。

夏天之所以特别讨厌，是因为所有的门窗都敞开着，她总是能感觉到自己难以容忍的人的存在，这的确是一种痛苦、可怕的折磨。碰上情绪不好的时候，光是听见她讨厌的人打哈欠，就可以让她心烦意乱。而今，她每天晚上都出去，直到深夜十二点半才回来，那时候他们通常都睡着了（听见你讨厌的人打呼噜并不令人愉快，它会提醒你他们的存在）。在最炎热的晚上，与其关在家里，还真不如和罗伊一起坐在河边长凳上，在微风的吹拂中，凝视着温尼萨大桥下漆黑平静的水面。她会想着她的大学和基恩堡——离开，离开——而罗伊就开始为她唱歌，他的歌声差强人意，至少在憧憬即将属于自己的未来的愉悦中，她愿意承认这一点。他的歌声像沃恩·门罗，像迪克·海默斯，他可以模仿纳京高①唱《自然之子》，模仿梅尔·布兰科唱《啄木鸟伍迪》，还有雷·博尔格（他觉得自己是他的翻版）唱《一旦爱上艾米》。他们看完《一代歌王》后，他就为她模仿无与伦比的艾尔·乔森②。在那些夜晚，那些露西艰难而不幸的青春期的最后一个夏天的夜晚，他们手拉手坐在河边，罗伊是这样介绍自己的："女士们先生们，有请无与伦比，独一无二的艾尔·乔森。"

"噢，我们载歌载舞，
美妙的夜晚挥汗如雨
尽情舞蹈，永不停息——"

五十八天。五十七天。五十六天。

星期六，索尔比家的烧烤聚会上，她和罗伊的爸爸进行了一次严肃的长谈，这是他们之间第一次真正的对话。其间，她听见自己向巴萨特先生保证，真的不必再担忧或者怀疑罗伊的未来。巴萨特先生则说，他依然想不通罗伊突然的摄影兴趣从何而来，

---

① Nat "King" Cole（1919—1965），美国传奇抒情爵士歌王。
② Al Jolson（1886—1950），俄裔美国歌手和戏剧演员。

而以他多年来对年轻人的经验,他认为不能过于指望年轻人的一时热情,这样的热情通常遇到压力就会退散。他承认,由他称为"一堆半吊子想法"所导致的数月无所事事的终结让他松了口气,但现在他所关心的是,在遇到挫折的情况下,罗伊能不能坚定自己的选择。露西对此怎么想?噢,露西说,他真心热爱摄影,她对此深信不疑。

"是什么使你深信不疑?"巴萨特先生平静地问。

她飞快地想了一下,说,罗伊对摄影感兴趣实在不足为奇,只要你想想罗伊现在的新欢——素描,和往日的旧好——油画,那么摄影真可以说是二者一个绝妙的结合。

巴萨特先生回味着露西的话。

她也回味着,脸变得通红:"我觉得这是真的,从某种意义上可以这么说,巴萨特先生。"

"一个聪明的回答,"他说道,没有笑容,"不过,这到底是不是真的,我还得好好想想。你自己的计划呢?你自己的教育目标是什么?"

在她专为聚会买的崭新的棉布上衣下面,她开始冒汗,她对他说……培养有逻辑的头脑……自我约束……积累知识……更多地了解世事……更多地了解自己……

很难说该在什么时候停下来(就跟申请奖学金一样),但当巴萨特先生终于插嘴道"这些目标都很不错"时,她相信她这次已经赢得了足够的认可,便就此住嘴了。

另外，她后来才意识到，他丝毫没有问及她的背景，他似乎并不比朱利安·索尔比对这个问题更感兴趣。男人们判断你时不喜欢看你的家族历史，而是看你本身，只有巴萨特太太（好像立刻就被她妹妹影响了）和艾琳·索尔比似乎因那些甚至不该由她背负的责任而对她抱有成见。其余的人倒是值得称赞，因为他们不屑于流言蜚语和陈年旧账，其中包括罗伊。

自从入夏以来，每天晚饭后，罗伊就到她家接她。他到达的时候，她总是已经做好准备立刻动身，希望借此扼杀他逗留和搭话的念头。偶然有过一次，他似乎想让她透露点自家的事，她的回答异常严厉，致使他再也不敢提及。那是在第一次和她家人见面之后发生的。那天晚饭后，所有的人都被召集到了客厅，年轻人到时露西简短地介绍了一下，然后径直拉他出了门。

开车去电影院的路上，罗伊说："哇，你妈妈真是个大美人，你知道吗？"

"知道。"

"你知道她让我想起谁了吗？"

"不知道。"

"珍妮弗·琼斯[①]。"没有回应。"听我说，你看过《圣女之歌》吗？"

她看过，和姬蒂·伊根一起，看过三次。可是改宗是她自己

---

① Jennifer Jones（1919—2009），美国电影演员。

的事，而且它根本不曾开始。

"当然，你妈妈比珍妮弗·琼斯老一点儿……"他说，"你外公是邮局的卡罗尔先生，我到现在才知道。埃莉从来都没提起过这事。"

"他退休了。"她说。噢，当初他是时候把他介绍给她"家人"时，她到底为什么要让步啊？

他们驶过温尼萨大桥。"那个，你爸爸好像很不错。"

"我不想说他，罗伊！我永远不想说他！"

"老天，不说，好的。"他说，一只手放到胸前，"只是找个话题。"

"行了，别找了。"

"好，好，我不说了。"

"这个话题我一点儿兴趣都没有。"

"好了，好了。"他笑着说，"你是老板。"她逼视着他，整整一分钟一声不吭，要他把车停在路边，她要下车，他只好灰溜溜地打开收音机开始唱起来。

从此以后，无论巴萨特还是索尔比都绝不敢再问及她的家事。埃莉对此则是漠不关心。所以，现在只有艾琳·索尔比和罗伊他妈为伍，而这让露西对通常能够保持镇静的事——这些年磨炼的结果——又变得神经过敏起来。近来，很难有什么东西（家门之外的）引得她再去想，自己是一个干过这个的小孩，或者这个小孩的爸爸干过那个。对那个星期六她在索尔比家第一次打交道的人——其中包括布隆校长和他妻子——来说,她就是罗伊·巴萨特的女朋友。"看来,"布隆先生说,"这就是那位年轻女士,我听说近来是她管着我们的老校友呀。"

"噢,是谁管着谁,布隆先生,这个可就见仁见智了。"罗伊说。

"那么,九月份你就去上学了,亲爱的?"布隆太太问道。亲爱的。简直跟索尔比太太一模一样。

"是的,"露西说,"基恩堡女子学院。"

"他们那边布置得不错,"布隆先生说,"很不错,很不错。"

"露西今年是以第二十九名的成绩从班上毕业的,布隆先生,我先替她告诉你。"

"噢,我认出露西了——我知道她名列前茅。祝你好运,露西,保持我们的荣誉,我们有几位女孩子进了那所学校,她们很优秀,我肯定你也不例外。"

"谢谢你,布隆先生,我会竭尽全力。"

"好,肯定没问题。再见罗伊,再见露西。"

这样一来,那天深夜在"激情天堂",她能怎么办?还没有到星期天,她打算到那时才和他说分手,现在还是星期六晚上。可是如果她现在就告诉他,又会怎么样呢?"我们不能再见面了。""什么?""因为我们在一起真的没什么意义,罗伊。""可是,你这是什么意思?这几个月对你来说没有任何意义吗?你想想看,我还有别的理由去基恩堡上学吗——除了为了你,我还能为谁?""行了,你得去找个比这更好的理由。""有什么比爱更好的理由?""但那不是爱情——只是性。""是什么?""性!""对我可不是……难道对你而言就是吗?因为对我来说……噢,不,"他会泪眼汪汪,"这太可怕了……"所以她敢肯定他之后绝不会去基恩堡。如果她现在就和他分手,他就会放弃不列颠,放弃所有的计划,可能也会放弃摄影,尽管她还在他爸爸面前为他慷慨陈词,然后又会陷入他那一堆想法当中……可那是他的事,不是她的……真的如此吗?他待她那么好,那么温柔体贴,比谁都甜蜜,这辈子从来没有谁对她那么甜蜜过,况且也称得上始终如一。她现在怎么能够转身走开,如此残酷无情?特别是只不过再等几周而已。这可能关系到他的整个职业生涯。因为他依赖她,他听她的,他爱她。罗伊爱我。

至少他是这么说的。

"我爱你,天使,"他站在门边说,吻了吻她的鼻子,"你今天晚上让人印象深刻。"

"让谁?"

"让布隆先生,让他们每一个人,"他又亲亲她,"让我,"他说,"好吧,睡个好觉。"站在最后一级台阶上,他轻声说,"再见。"

她陷入深深的困惑中。十个月前,她还在军乐队,在莱奥拉·克拉普身后列队前行。而现在,她开始有稳定的关系,每天晚上都做到最后!

她从七月份圈出六天，八月份十天，然后拿出碳素笔在九月的第一个星期一（劳动节）的后一天圈了四下，她本来打算圈在劳动节当天的，可是她想起那天她要和罗伊、埃莉、乔·惠茨通一起去划独木舟，这是罗伊几周前就安排好了的。要是一切不是提前这么久定下来就好了！要是他不那么需要她，那么依赖她，那么爱她就好了！可是他果真如此吗？

劳动节那天早晨，他们来到索尔比家，罗伊的姨妈出来说，埃莉昨天晚上生病了，还在睡觉。她建议最好他们三个自己去。正当她说话时，可怜巴巴、病恹恹的埃莉出现在二楼过道的窗口前，穿着睡袍。她挥了挥手。"你们好。"

"埃莉，"索尔比夫人说，"我建议他们今天自己去，亲爱的。"

"噢，不。"

"埃莉诺，你身体不舒服，确实不该去划独木舟。"

"你妈妈说得对。"乔说。

"可是我想去。"埃莉有气无力地向下喊道。

"以防万一，埃莉，"乔说，"真的。"

"乔说得对，埃莉诺。"索尔比夫人说。

"可是我早就安排好了的。"埃莉说，突然一下子拉拢窗帘，好像要哭了。

大家商量的结果是，三个年轻人先进屋，等埃莉梳洗、更衣再吃一份茶加烤面包的早餐之后，看她状态如何，没准这个小妹可以按原计划跟他们去呢。埃莉的毛病是从头一天晚上开始的，当时索尔比夫人出去参加绗缝协会的一个非正式集会。索尔比夫人一走，埃莉和她爸爸就围坐在电视机旁，吃了三磅樱桃，接着是一夸脱的香草软糖冰淇淋，外加晚餐剩下的半个巧克力坚果蛋糕。

朱利安·索尔比倒是安然无恙，他声称埃莉的胃痛跟那一小盘冰淇淋和一小块蛋糕毫不相干，她只不过是对两个星期后就要去学校有那么一点神经紧张。罗伊说，她可能继承了她爸爸的漂亮模样（每个人都大笑起来，朱利安姨父笑得最响），可是非常不幸地没能继承他的铁胃。

"大有可能，索尔比先生。"乔附和道。乔向索尔比夫人保证，如果让埃莉跟他们一起去，他决不让她沾甜食。巴萨特夫人为他们准备了一个大野餐篮子，不过罗伊说，他和乔会严格监控埃莉那份，不会有问题的。

几分钟后，埃莉穿着白色短裤、白色polo衫和白色便鞋走了出来，她棕褐色的皮肤是每天在后院草坪和码头上晒出来的，看起来好不耀眼，还有她的头发，在经过了一个夏天后看上去多了一层铜样的光辉。可惜今天早晨，她的脸看起来瘦小而憔悴，她那一声"你们好"微弱得几乎听不见。她边说边走进厨房，想弄点什么填进她那修长匀称的身体……她的身体，她修长匀称的身体！猛然间，露西明白过来埃莉的状况，我的上帝，事情真的发生了，就发生在埃莉·索尔比身上。

朱利安·索尔比带着他的球杆开车去温尼萨的高尔夫球俱乐

部了。年轻人采纳了索尔比夫人的建议，同意放弃划独木舟，转而找一个舒服的阴凉地儿野餐。可即便躲在树荫下，奈何气温不断上升。大概一点钟的样子，埃莉感到眩晕，所以他们就钻进罗伊的车，回到了索尔比家。屋里很安静，卧室前面的帘子被放了下来，显然索尔比夫人在那里睡午觉。家里的车还没开回来，这让埃莉感到恐慌，看得出来她希望看到爸爸已经回家了。

"要我叫醒索尔比夫人吗，埃莉？"乔问道。

"不，不，我没事。"

乔和罗伊决定到后院去听索尔比家的便携收音机里播放的白袜队棒球联赛。埃莉就叫露西和她一起去她的房间。门一关上，她就一头扑倒在自己的床上，在白色纱帐下面大哭起来。

露西看着她的朋友哭得撕心裂肺。在下面的草坪上，她看见该为此哭泣负责的那个人捡起一根板球棒，在三柱门周围把球打进打出。还有两天乔就要去亚拉巴马大学报到，作为一名大学新生为校队效力。埃莉对二战初期南方生活的记忆似乎多多少少影响到乔最终接受了亚拉巴马的奖学金。明天乔就该上路了——但是他还会走吗？或者埃莉现在会跟他一起走？

为了给乔·惠茨通饯行，罗伊特意安排了这次一日游。他让妈妈准备了野餐，因为乔已经算是他最铁的哥儿们了。露西则一直认为，乔是个榆木脑袋。没错，他是个很棒的运动员，她这么想，如果你喜欢那种类型的话。你不得不承认他帅气而粗犷，可是他对事情没有一丁点自己的主见，不管你说什么他都表示赞同。

有好多次，她都想当着他的面背诵独立宣言，就是为了看他频频点头，听他在每一句名言后面随声附和："我敢说，你说得一点不错，很有道理，我妈就是这么说的……"有时候，尤其是当罗伊有心为了乔的缘故，讲一些在阿留申岛上遇到的趣闻，或者讨论某个他和乔称之为"红潮风暴"的大学橄榄球队（通常罗伊根本不会对此感兴趣）时，这种揭穿乔为低能儿的冲动最为强烈。不过她还是抑制住了这种冲动，甚至没有把她对乔·惠茨通的看法告诉埃莉。可是现在太晚了。乔现在已经给埃莉造成了麻烦，对一个女孩子来说可能是最坏的麻烦，尽管他本人看起来毫不知情。

罗伊对乔喊道："艾普林①上了，二垒跑动，没有得分。"

"冲啊，卢克。"乔说着，把木球干净利落地打进了草坪尽头的球门。"好样的，铁臂乔。"他喊道。

"噢，老天，"罗伊郁闷地说，"挥棒，没中。一振。"

"加油啊，卢克宝贝。"乔说着，摆出击球手的姿势将他手中的板球棒挥出。"嘿，"乔说，"男子汉斯坦②。"他改变击球位置，对着假想中的球一击，"飞啊，飞啊——"

"犯规。"罗伊说。

"没用的家伙，"乔说，"打得太重了。"

"嘘。"罗伊说，往房子那边瞥了一眼，乔则倒在草坪上大笑。

---

① Luke Appling（1907—1991），美国职棒大联盟球员，1930年至1950年效力于芝加哥白袜队。
② Stan the Man，指斯坦·穆夏尔（Stan Musial，1920—2012），美国职棒大联盟球员，绰号"男子汉"。

……现在大学该怎么办呢？索尔比家以及埃莉的未来该怎么办呢？她是不是得跟乔·惠茨通结婚？如果他已经知道可满不在乎怎么办？也许他想娶埃莉，而她哭是因为她不想嫁给他！

"我要——我必须要说出来。"埃莉说着，转向露西，抓起枕头紧紧地抱在胸前。

"说什么？"露西轻声问道，"到底什么事，埃莉？"

埃莉把头埋回枕头中，又开始哭起来。她干了一件蠢事。一件可怕的蠢事。她的整个人生就此改变。

"……为什么？怎么回事？"

她听到了别人在电话中的对话。"而且不止一次。"埃莉说，抽泣着。

那么她没有怀孕。

下面罗伊喊道："安打！"

"冲啊，白袜队！"乔喊道，"加油，宝贝。"

"跑动得分！"罗伊叫道，"又得一分！二比零。"

露西有些烦躁："你在说什么啊，埃莉？我听不懂。"

"我听到了别人在电话中的谈话……真是太可怕了。"

"谁的？"

"噢，露西，我不想让我妈妈知道。永远不！"

"知道什么？"

"门是关着的吗？"埃莉问道。

"你锁上了。"露西不耐烦了。

"那……你坐过来。坐在床上。我不想大声说。噢,我不知道该怎么办。这太可怕了……我早就想告诉你了。我需要别人的建议,需要跟别人聊一聊……可是我不可以,我不应该。噢,可是我必须说出来——可是,露西,你要向我发誓你不对任何人说,即使对罗伊也不能,特别是对罗伊。"

"埃莉,我连你在说什么都不知道——"

"我爸爸!"埃莉说,"露西,永远保密——你发誓?你必须向我发誓,露西。求求你了,这样我才能告诉你。"

"我发誓。"

"我爸爸有女人!"埃莉爆发出来,"在外面!"

露西平静地听着,就好像她一直以来心中有数的真相现在终于被埃莉诺坦白了出来。

"还不止这些,"埃莉说,"露西……他给她们钱。"

"你肯定?"

"是的。"

"你是怎么知道他给的?"

"我是在电话里听见的。"她闭上眼睛,"给的是钱。"她说着,眼泪从脸颊上滚了下来,落在她的白色网球衫上。

此时,她们听见索尔比夫人房间的门打开了,从走廊传来她的声音。

"亲爱的,你在上面吗?"

"是的,露西也在。我们只是在聊天,妈妈。"

"你还好吗?"

"天太热了,妈妈。"埃莉说着,疯狂地擦着眼睛,"可是我没事,我保证,百分之百没事。好多虫子,挤死人了,温尼萨各种各样的人都去了。"

过了一会儿,她们什么动静也没听见,接着传来索尔比夫人下楼的声音。她们谁也没吱声,直到下面的纱门打开,乔说:"白袜队领先,索尔比夫人,四比零。"

"当然了,"罗伊说,"你真是找对人了,说吧,嘿,艾琳姨妈,告诉乔,卢克·艾普林在哪个队效力?不,不,告诉他短打是什么意思?来吧,给他解释一下什么是短打。"

可以听见罗伊和乔在下面后院草坪上玩儿,拿索尔比夫人开心,笑她对运动一窍不通,也可以听见索尔比夫人非常乐于配合,引得他们哈哈大笑……而楼上,埃莉诺开始向露西讲述整个故事。

差不多一年前,夏季的一个晚上,只有她和她爸爸在家。过了十一点,她已经上床了,可是突然想起忘记告诉朱迪·罗林斯,一定要对埃莉对她说的事守口如瓶,所以她伸手去拿旁边的电话。当然了,她知道在她听到她爸爸在楼下打电话的瞬间就应该立马放下电话。只是,她从电话另一头的声音听出对方是迈尔霍费尔夫人,她是老爸在塞尔扣克自助洗衣店的主管,他总是向妈妈抱怨此人。他说,迈尔霍费尔夫人反应有点慢,凡事得向她解释十次她才能做正确。她被丈夫遗弃后,他雇用了她,基本上只是出于同情,她还要供养一个未成年的孩子;另外,她不同于她的前任,了不起的贾维斯夫人,迈尔霍费尔夫人不大会背地里捣鬼。

电话里,她爸爸说周末以前他确实不能去塞尔扣克,因为他在利伯蒂森特这边脱不开身,然后迈尔霍费尔夫人就说,她觉得自己等不到周末了。埃莉记得当时自己还在想,"老天,真是个白痴",直到她听见她爸爸一边笑一边说,他不在的时候她就只能用热水瓶凑合了。迈尔霍费尔夫人也笑了起来。埃莉说她的骨头、血液还有体内的一切瞬间石化。她把话筒塞进枕头底下,压在那里好像一辈子那么久。当她终于重新拿到耳朵边时,里面没声音了,她这才打给了罗林斯。她还能怎么样呢?

这件事发生在她和露西初识对方之前,埃莉说。实际上自那时起,她就一直按捺不住,想告诉露西自己在电话里听见的,只不过她觉得太羞愧、太尴尬了,一时间也不大确定她听到的是不是她以为的那个意思。所以,她决定宁可暂时不见露西,也不愿冒险毁了她们的友谊,使她自己和家庭蒙羞。

此时此刻,埃莉的话让露西感到困惑,不仅仅是因为她朋友的解释语无伦次。她不得不在脑子里弄清楚埃莉刚才所说的一切的意义——就是说,对她自己的意义。

她醒着躺在那里——埃莉继续说道——后面几个小时,她只能睁着眼睛躺在那里,害怕再听见电话里的对话……然后又情不自禁地悄悄拿起话筒。这真是一场噩梦,她不想再撞见他,可是又忍不住去试试。接下来的那个冬天,一天晚上,他爸爸回家说,迈尔霍费尔夫人("那位超级天才"是他的原话)突然不辞而别,直接从她塞尔扣克的公寓消失了——孩子、行李等等全都不见了。第二天,他开车去约见并雇了另一个人来接替她。受雇的那个女人叫埃德娜·施帕茨。

这就是一切。她再也没有在电话里听见他和迈尔霍费尔夫人的对话,也没有任何理由怀疑埃德娜·施帕茨。每次她爸爸去塞尔扣克洗衣店,埃莉知道他是背着她妈妈去的——不过她也知道,埃德娜·施帕茨在塞尔扣克有丈夫和两个很小的孩子。大概在这段时间,她和露西又开始见面了,数不清有多少次,埃莉想对她和盘托出迈尔霍费尔夫人骇人听闻的故事。只是迈尔霍费尔夫人其人简直愚蠢、无知得可怕,所以他不可能和她在一起,根本不可能,他甚至连想都不会那么想。

直到昨天晚上,她已经使自己相信了这一点。可是昨晚,电话铃响时她正在楼梯上,她以为是乔打来的,他说过九点左右给她打电话的,于是她快速跑回卧室。与此同时,她爸爸拿起了楼下的电话。"没事儿,公主,"他朝她喊道,"是找我的。"她回答道:"好的,爸爸。"随即进了自己的房间,关上门,下意识地,她轻轻拿起听筒。一开始她甚至听不见里面在讲什么,仿佛她的一颗心在脑袋里跳动,另一颗心提到了嗓子眼,其余的她根本不存在。电话另一端,一个女人在说话。是不是埃德娜·施帕茨,她无从知晓。不过她想象施帕茨夫人跟迈尔霍费尔夫人一样蠢,可是问题在于,电话另一端的声音听起来很机灵……而且很年轻。那个女人说,如果她不能把账单付掉,接下来不知道会发生什么。

她爸爸说他回头会关照这事儿——但不是在电话里。他对着电话生气地低语。女人开始哭起来,说中介威胁要把她告到法庭。她喊他朱利安,朱利安,不停地抽泣。她说对不起,她知道不应该打电话来,这个周末她拨了又挂断六次,可是除了朱利安,朱利安,她还能求助于谁呢?

那一刻,埃莉觉得自己再也听不下去了。女人的声音听起来那么忧伤——那么年轻!她又一次把听筒塞进枕头底下,呆呆地坐在那里,不知道如何是好。过了大约一分钟,她爸爸朝着楼梯上面喊她。她以最快速度把电话放回原位,然后,一边兴高采烈地说着话,一边急急忙忙地走下楼来。她知道他在察言观色,看她是否在偷听。埃莉确信自己的言行绝对没有出卖自己。她不停地说着乔这样乔那样,当听到"陪陪我,黛西·梅"时,她便立即挨着他坐在沙发上。在他们一起看电视、吃樱桃的时候,甚至还让他握着她的手。这就是为什么她胡乱地往肚子里塞了那么多垃圾食品,她害怕一旦停下来,他就会察觉到她心里有事。就在他们坐在沙发上看电视期间,她产生了一个最荒唐的想法:她有一个姐姐,对此她毫不知情,是她姐姐在电话里向她爸爸要钱。不用说,这个姐姐只是她的臆想,她心里清楚。然后她忍不住开始想,也许这整件事都是自己臆想出来的。

"露西,我真的好困惑——好痛苦!因为我什么都搞不清楚。你觉得这是真的吗?"

"什么是真的?"

"我听见的那些。"

"当然,你听见了,不是吗?"

"我不知道。是的,我听见了!可是那是谁呢?可能是谁呢?还有我那可怜的妈妈,"她说着,又开始大把大把地抹眼泪,"她什么都不知道。没有任何人知道。没有任何人,除了你和我——还有他……和她!"

年轻人全都被邀请留下来在索尔比家草坪上吃晚饭:烤牛肉三明治、煮玉米棒、苹果派和冰淇淋——埃莉除外,她只喝了清汤,而且还剩了一半在碗里。索尔比先生给每个小伙子发了一瓶啤酒,对索尔比夫人的反对置之不理。"喝吧,他们一个星期后全都上大学了,罗伊还肩负着为我们赢得北极之战的重任呢,一点啤酒对他有好处,让他长点胸毛出来。"

乔呷了一口,把杯子放在旁边。罗伊则把整瓶啤酒喝了个底朝天。他解开 T 恤的第一颗纽扣,往里看了一看。"什么也没有长出来。"他说。

天黑下来好一阵子了,他们依旧坐在草坪上。埃莉平躺在一张沙滩椅上,身上严严实实地盖着一条阿富汗毛毯,只有脑袋露在外面,它看上去小得可怜。罗伊坐在草地上,手上拿着啤酒瓶;他的头枕在露西的腿上,每对着瓶子喝完一大口,便将头又落回到露西的腿上。乔·惠茨通伸直腰杆,双拳托着下巴。他仰望着天空,时不时地说:"哇,噢,真棒,看啊!"

罗伊说，他服役时认识一个家伙，他信仰星星。乔说："别开玩笑了。"

"绝对不是开玩笑，"罗伊说，"对有些人来讲，这本身差不多就是一种宗教信仰。"

"别逗了，"乔说，"我可不信真有这种人。"

朱利安·索尔比问他的公主现在感觉怎么样。

"好一点。"她迟疑了一下说。

"依我看，你只不过是恋家，"朱利安·索尔比说，"还没离开就想家了。"

"没错，我打赌是的。"乔说。

"是的，肯定是的。思乡病，加上香草冰淇淋，据可靠资料表明，一点点奶油糖浆，外加核桃仁——"

"罗伊！"埃莉叫起来，依然有气无力。

罗伊和乔大笑起来。

"罗伊，别逗她。"索尔比夫人说。

"对不起，埃莉-儿。"罗伊说。

朱利安点燃一支雪茄。"来一支，乔？"

"噢，不，先生，"乔说，"得保持状态。"

"不会影响到你的脚，小子。"朱利安说。

"不了，不过谢谢，索尔比先生，我也不打算浪费了啤酒。"

"别心疼我的钱。"朱利安说，拿乔开心。"你要吗，将军？"他问罗伊。

"当然要，"罗伊说，"既然是好东西，扔过来。"

朱利安扔过一支雪茄给他。"十四块五一盒，可不是那种臭草，机灵鬼。"

烟雾从罗伊的雪茄中升腾起来，缭绕在他的头顶上。"不算太差。"他说着，伸直胳膊，远远地举着它，抑制住一声咳嗽。

"很在行啊。"姨父说。

一般来说，露西受不了看见罗伊抽烟和喝啤酒，幸好他对那种东西也没什么兴趣。不过今天晚上，与罗伊在他姨父面前卖弄相比，让人担忧的事要严重得多。朱利安本人的秘密终于被揭穿了，埃莉知道这个秘密，索尔比夫人依然蒙在鼓里，还有她自己的情况。这几个月以来，她一直深信不疑，埃莉对她的过去漠不关心，而突然间再清楚不过的是，除了她的过去，没有什么能够使得埃莉在九月份成为她的朋友，然后又在二月份重续她们的"友情"。这个发现真是太惊人了。这么长时间以来，她是何等愚蠢，何等天真，何等马虎，以为对埃莉·索尔比来说，她并非那个父亲整日泡在厄尔的防空洞，因报警抓走自己父亲而声名狼藉的孩子，而那就是埃莉眼中的她，就是她的全部。今天下午她看出来了，她对埃莉的全部吸引力，恰恰在于她的过去，那个她自己这辈子都不愿去回想的过去，这使她陷入极大的痛苦之中。

这也使她异常气愤。下午早些时候，她的冲动就已经上升到愤慨和不吐不快的程度。"原来我对你来说是这么回事，埃莉？那就是为什么你要我做你的朋友的原因？当着我的面，你居然有胆量承认，你抛弃我是因为你觉得你不再需要我？总之，你到底觉得我会为你做什么，作为对你让我穿你那件宝贝羊绒衫的回报？"

如此种种，不过仅仅是在她的脑海里。她一开始克制住自己的愤慨，以便听完朱利安·索尔比的丑事，但甚至在埃莉讲完之前，她开始明白她对埃莉诺的吸引力完全是另一回事。埃莉实际上崇拜她。崇拜她的勇气，她的自尊，她的力量。难道这不是一种更深刻、更真实的认识方式吗？埃莉·索尔比，拥有华服、男孩、美丽和金钱的埃莉·索尔比，来求助和求教——向她！

那么，埃莉接下来可能做什么呢？她开始在脑袋里搜索各种可能性。

"嘿，金发美女今晚怎么了？"朱利安问，"小可爱怎么这么沉默寡言？"

"哦，没有。"

"在想大学的事，是吗，露西？"索尔比夫人说。

"是的。"

"它对你们大家都将是一种精彩的体验。"艾琳·索尔比说，"将是你们人生中最美的四年。"

"我妈也是这么说的，索尔比夫人。"乔说。

"是啊，离开家庭，你们会从中受益匪浅。"索尔比夫人说。

可怜的索尔比夫人，可怜的女人。多么令人心痛，多么不应该，多么不公平……她的内心开始第一次向埃莉的妈妈敞开。她最终明白她不再只是自己潜在的敌人。去理解索尔比夫人所承受的痛苦，某种意义上也是去理解她的存在，她的人生，她有跟为难和反对露西·纳尔逊毫不相关的动机和理由。其实，她从来没有反对过她。九月份的时候，埃莉做出不再与露西见面的决定，如她自己承认的那样，绝非受她妈妈指使。而现在露西可以说，过去这几个月中，索尔比夫人一直待她很友善。她的方式可能有些过时，态度可能有点疏远，可是这真的那么糟糕吗？她有伤害过露西吗？我的上帝，心胸狭隘的不是索尔比夫人，而一直是她自己！她应该为自己的猜疑感到羞愧。即使当她穿着埃莉的羊绒衫现身时，索尔比夫人的恼怒可能与埃莉诺不加掩饰的傲慢态度有关，而非不满露西垂涎她女儿的衣服。她真是一个有耐心、温柔和善良的人——看看她的待人接物，不光是对露西，还有对罗伊。在他的整个家族中，似乎只有她严肃看待他的问题和困境，只有她给予他名副其实的尊重。谁有索尔比夫人这种尊严和泰然自若？她想不出其他任何一个人。

这就是尊严得到的回报吗？这就是朱利安·索尔比选择的、对一个如此文雅高尚、宽宏大量的女人表达尊重和感激的方式吗？就因为她现在不得不穿的弹力袜，开始中年发福，头发开始变得花白？这些难道就是一个像她这么好的人被一个轻浮放纵的大嗓门猪猡背叛、羞辱、抛弃的充足的理由？金发美女！小可爱！一个多么不齿的人！一个多么让人恶心的骗子！

而于内心深处，她早已心知肚明，这正是最不可思议的地方。

埃莉该怎么办呢？向妈妈告密？向劳埃德求教？也许她应该

直接跟老爸摊牌,避免让妈妈知道?是的,去找他,假如他发誓断绝与那些女人交往,发誓永远不再拈花惹草……要不然,也许她应该先弄清楚那个女人是谁,然后去找她。对,告诉她必须立即和老爸断绝关系,假如结果发现(这有可能)她是一个出售性服务给像朱利安这种男人的妓女,或许她会被曝光——甚至坐牢也难说。或者埃莉也许该守口如瓶,等待时机,等电话再次响起时拿起电话,而不是把真相埋在枕头底下,像个笨蛋一样坐在那里忍受他的背叛,应该快刀斩乱麻彻底了结此事:"我是埃莉诺·索尔比。我是朱利安·索尔比的女儿,请告诉我你的名字。"

忽然间,一股几个月来久违了的凉爽、清新的空气,向索尔比家和他们的年轻客人们扑面袭来。

"哇,"乔轻轻地说,兴奋地挺直了腰杆,"秋天到了,秋天真的到了。"

"嘿,我们送公主进屋吧。"朱利安说。他站起来,伸展了一下身体,雪茄在他的头顶上方晃动着,好像某种信号。

"好嘞。"乔说。他和罗伊对索尔比夫人自告奋勇道,鉴于晚上用人已经下班,收拾脏盘子的活儿就包在他们俩身上。两个人又吵又闹,折腾了半天才没让她沾手,然后直接把她赶进了屋。

朱利安先生折起椅子,罗伊吹着《秋叶》的旋律,来回忙着收拾银器。乔一边把盘子摞在一起,一边对他说:"想过没有,罗伊老兄,明天的这个时候——"

埃莉突然来到露西旁边,悄悄对着她的耳朵说着什么。

"什么?"露西说。

"……忘了一切。"

"你什么意思?"

"我的意思是——别管它。"

"可是……它不是真实发生了吗?"

"嘿,我的两个小姑娘,"朱利安喊道,用的是一种爱尔兰口音,"叽叽喳喳够了吧,现在乖乖进屋。"

她们起身迅速穿过草坪。埃莉打了一个寒颤,把阿富汗毛毯拉到头顶,正要抬腿往那扇开着的门跑过去。

露西轻声说:"可是,埃莉,你打算怎么办?"

埃莉停下来:"我要——我要——"

"要什么?"

"噢,我只要去上西北大学就好了。"

"可是,"露西小声说,拽住埃莉的胳膊,"你妈妈呢?"

罗伊和乔这时从后面推搡着她们:"让一让!小心烫!当心,女士们!"这样一来,她再说什么都会被听见。紧跟着,朱利安·索尔比突然伸出两只胳膊,一边一个把她们搂过来,大笑着,夹着她们俩跑进了屋里。

第二天,乔去了亚拉巴马,埃莉自己则疯狂地忙着购物和打包,基本上不离她妈妈左右,后者好像对背着她发生的一切仍然一无所知。有几次,她们呆在一起的时间够充足,可没等露西开口,埃莉就说"嘘,过一会儿",或者"露西,我说别管它,真的",到最后变成"露西,我当时弄错了"。

"你弄错了?"

"我误解了,我敢肯定,弄错了。"

"可是——"

"求你了,让我上学去吧!"

到分别的时候,她们好像很难再继续做朋友——倘若她们曾经是的话。九月的第二个星期,埃莉和她全家开车去了埃文斯顿。接下来的那个星期一,就是露西在日历上画了五个黑圈圈的那一天,她和罗伊把塞满行李的车开到了基恩堡,开始了他们的大学生活。

3

十一月份的第二个星期,她晕倒了两次,第一次是在老校园咖啡馆的电话亭子里,接着是第二天下午,她上完英语课起身站起来的那一刻。她到学生医务室,那座被改造成医务室的营房,告诉医生自己可能患了贫血。她的皮肤一直没有血色,冬天天冷的时候,她的脚趾和手指尖就变得苍白、冰冷。

她检查完毕,穿上衣服,坐在医生拉过来的一张椅子里。他说,他不认为问题出在她的四肢循环系统上。他眼睛望着窗外,问她最近是不是例假出了问题。她说没有,接着又说有,随后一把抓起她的外套和书,把它们抱在怀里冲了出去,在狭窄的走廊里,她又感到一阵眩晕,不过这次这种感觉只持续了一秒钟。

她一关上咖啡馆里电话亭的门,就立刻意识到罗伊此时正在上课。他的房东布洛杰特夫人接的电话,露西一句话没说就挂断了。她想过打到学校去,让他到那里接电话;可是她跟他说什么呢?她开始有某种奇怪的感觉——反正此事跟罗伊无关,这种感觉一阵一阵、前赴后继地向她袭来,越来越强烈。她承认自己这么想问题就像一个不明事理的小孩,认为怀孕是女人自己造成的,或者是她祈祷足够虔诚就会直接发生的。

在自己的房间里,她看着日历上那些荒唐的标记。就在上个星期六,罗伊开车把她从电影院送回宿舍后,她还在感恩节那一天画了一个厚厚的黑圈。可怕的感觉又一下子涌了上来;她冲到马桶旁边,张着嘴,但只能吐出一股股褐色的液体。恐惧持续着。

那天晚上,值班的女孩来敲门,说罗伊打来的电话,她没有去接。

早晨八点钟,女孩子们鱼贯而下到饭厅吃饭,然后又一窝蜂拥向课堂,露西则匆匆返回医务室。她不得不坐在走廊的长凳上一直等到十点钟,医生才终于出现。

"我昨天来过,"露西说,"露西·纳尔逊。"

"进来,坐下吧。"

露西开始讲话之前,他走到门边,结结实实地关上了门。他回到他的桌子跟前,露西告诉他她不想要这个孩子。

他把椅子往后挪了一点,跷起二郎腿。仅此而已。

"医生,我是一个大一学生,一个大学一年级第一学期的学生。"

他什么也没说。

"我打了几年的工才上的大学。打晚工,在一个餐饮小卖部,在利伯蒂森特那边,我就是从那里来的……夏天也打工——打了整整三个夏天。我有生活助学金，要不是进的这所学校，我可能根本就上不了大学——因为钱的问题。"可是她不想哭穷，或者求助。他得知道她不软弱，她很坚强，她承受了那么多磨难，那么多痛苦——她可不是随便哪个十八岁的女孩。她不只是需要他的帮助；她也是应得的。"这是我第一次真正离开家庭，独立生活，医生，我等它等了一辈子。别毁掉它。我盼了这么多年。"

他继续听着。

"医生，我不是生活不检点，我发誓。我才十八岁！你得相信我！"

医生坐在那里，眼镜一直架在前额，这会儿他把眼镜调整到鼻梁上。

"我不知道该怎么办。"她说，努力想重新控制住自己。

他依旧面无表情。他的头发灰白柔软，目光平和，他只是伸手挠了挠自己的鼻翼。

"我不知道怎么办，"她又说，"我真的不知道。"

他交叉双臂，在椅子里轻轻地晃着。

"医生，我以前从来没有交过男朋友，他是第一个。这是真的——真的是。"

医生转了转椅子，看着窗外，面朝着那座"巴士底狱"——女孩们是这么称呼那座学校主楼的。他又把眼镜推到前额上，开始在那儿揉眼睛。也许他昨晚通宵都在出夜诊，累了。也许他正在想怎么说，或者他根本就没有听她说话。他每周有四个早晨到学校来，只不过呆上两个小时，所以他有什么好在乎的？他有自己的医务要操心，那可是一大笔外快。也许他只是在那里拖时间，直到把她打发掉，让她自己去面对自己的麻烦。

他转过身来："那个年轻人呢？"他问。

"……在这儿。"

"大点声，露西。在哪儿？"

她感到自己变得温顺了，这或许算是一种自我防卫？"在基恩堡。"

"他现在正在找乐子呢，我猜就是这么回事。"

"什么？"她小声地说。

他用指尖揉着太阳穴。他正在思考。他打算帮忙！"你们这些女孩子，不知道他们在干什么吗？"他用一种平缓、厌烦的口气说。"你们不能想象出了这种事后，他们会怎么样吗？像你这样聪明、漂亮的女孩子，露西，你在想什么？"

一听到自己的名字，泪水就从她的眼睛里涌了出来。这可能是她平生第一次听见这种话。我是露西，我聪明，我漂亮。噢，她的人生才刚刚开始！过去的一年——过去的一个月，发生了这么多事。已经有一个住在同层的女孩想把认识的男孩介绍给她，只不过碍于罗伊每天晚上都在附近转悠，她还没有找到和他见面的机会，要是能和他见个面，打声招呼就好了。她好不容易终于离开了家，而且开始越长越漂亮了！为什么，为什么她一开始就跟他搅在一起？因为他叫她天使？因为他拍的照片？因为他对着她的耳朵唱愚蠢的歌？那个大笨蛋根本就不了解她。整个夏天，他表现得好像她不是她而是别的什么女孩——好像她和"猴子"·利特菲尔德是一路货色。而她却听之任之。她一直放任他的愚蠢！现在闯出了这种祸事。可是，这种祸事只有那些村妞，那些没文化、辍学、离家出走的女孩才会闯出来，只有芭布丝·伊根才会闯出来，她不会。先前发生在她身上的乱子还不够吗？

"医生，我真的搞不清当时脑子里在想什么。"她开始哭起来，尽管她不想那样。"我是说，最近，有时候，我真的搞不懂自己在干什么。"她用手捂住了自己的脸。

"那么那小子呢？"

"那小子？"她无望地说，擦掉眼泪。

"他打算怎么办？逃之夭夭？"

"噢，不，"她嘟囔着，更加悲伤，"不，他明天就会娶我。"话一出口，她就意识到已经太迟了，她说错话了。话是真的，可是她不该把它说出来。

"但是你不想嫁给他。"医生对她说。

她顺着膝盖往上看，半抬着头："我没那么说。"

"我得直截了当，露西，事实恰恰在于，他想娶，而你不想嫁。"

她从椅子上站了起来。"可是我来这里连三个月都不到，我只是一个一年级第一学期的新生！"

他再次把眼镜推了上去，他有一张如此硕大、布满皱纹、和气的脸——一望便知他有一个他爱的家,一座漂亮的房子,一种平静而愉快的生活。"假如那个年轻人愿意娶你——"

"那又怎么样?他愿意又怎么样?"

"那么,我觉得你至少应该认真加以考虑。你不考虑吗?"

她茫然地说:"我不明白。"她确实不明白。

"他的感情必须认真加以考虑。他对你的爱。"

她坐在那里一声不吭,只顾摇头。他不是爱她,他只是对着她的耳朵唱愚蠢的歌。

"——还有他想怎么样,"医生说道,"他希望怎么样。"

"可是他并不清楚他想怎么样。"

"你说了他想娶你。"

"噢,我说的不是这个。他说这说那,可是他根本就不清楚自己说的是什么!医生——求你,你说得对,我不想嫁给他。我不想对你撒谎,我恨撒谎的人,我不撒谎,这是事实!求求你,成百上千的女孩子都在这么干,而且和不同的人!"

"也许她们不应该。"

"可是我真的不坏!"她克制不住要说出真相,"我是个好人!"

"哎,冷静一点,我没说你坏。我当然知道你不坏。在我没说完之前,你不可以对我说的一切仓促下结论。"

"对不起,只是习惯,真的太抱歉了。"

"她们不应该,"他接着说道,"因为她们大都还没有成熟到可以承受失败这个代价,一旦遇到麻烦就糟了。"

"可是——"

"可是,"他提高声音,压倒了她的,"她们已经成熟到渴望爱了。这我理解。"

眼泪再一次涌了上来。"你确实理解。因为发生在我身上的事情正如你所说的那样,一点不错。"

"露西,听我说——"

"我在听,医生。因为这就是所发生的事——"

"露西,这不是你一个人的事。"

她的第一个念头是,他在说学校其他女孩子也陷入了同样的困境——也许她就在他办公室外面,在走廊那边的医务室里。

"还有那个年轻小伙子。"医生说。

"可是——"

"听着,露西。还有那个年轻小伙子,还有你的家庭。你和你家里说了这事儿吗?"

她看着她的格子短裙,她的手指紧紧地抓着裙子的安全扣。

"你是有家人的吧?"

"我想是的。"

"我认为你应该放下脸面,把问题和家里说说。"

"我不能。"

"为什么不能?"

"我家糟透了。"

"露西,你并不是第一个觉得自己的家庭糟透了的十八岁女孩。我敢肯定，你一到学校就发现了这一点。"

"可是我的家确实很糟糕，不是我觉得——是真的！"

他无言以对。

"我就当没有他们。我跟他们没关系。"看见他仍然将信将疑，她加了一句，"他们低劣不堪，医生。"

"怎么低劣不堪？"

"我爸爸酗酒。"她直盯着他的眼睛，"他是个酒鬼。"

"我明白了，"他说，"你妈妈呢？"

她又无望地哭了起来："他远远配不上她。"

"这听起来可不像是你说的低劣不堪。"医生平静地说。

"是的，可是，哪怕有一点点理智，有一点点自尊，她很多年以前就该离开他。她早就应该另外找一个男人，一个对她好、尊敬她的人。"像你这样的，她在心里说。如果你遇到我妈，如果她嫁给你……她听见自己说："有人认为，有人说过，她长得像珍妮弗·琼斯，那个演员。"

他递给她一张纸巾，她擤了擤鼻涕。她决不要求得到怜悯，她决不哭诉，她决不崩溃，她妈妈才会那样。

"露西，我觉得你应该回家去。今天就回去。也许她的理解会超出你的想象。也许她不会生气。我觉得，从你的话中听得出来，她不会生气的。"

她没有回应。他要撒手不管了，他确确实实正在那么做。

"你好像很爱她。也许她也很爱你。"

"可她帮不了我，医生。这事跟爱无关。爱恰好是她的错误所在。她太软弱、太没个性了。"

"亲爱的，由于你现在很沮丧——"

"可是，医生，他们帮不了我！只有你能帮我。"她说着，站了起来，"你必须帮我。"

他摇摇头："但是我恐怕帮不了你。"

"但是你必须帮我！"

"非常抱歉。"

他是认真的吗？他明白他就此转身离开、说他不打算帮忙的后果吗？"可是这不公平！"她叫道。

医生点点头。"确实不公平。"

"那你打算怎么办？坐在这里把你的眼镜推上去又放下来？坐在这里对我显摆你的聪明？叫我'亲爱的'！"她说着一屁股坐回椅子上。"噢，对不起。我无意冒犯你。可是为什么你……我是说，你目睹了这一切，你能理解。"她觉得现在不得不恳求他、顺着他的意思来。"你确实理解这一切，医生。求求你，你是个聪明人！"

"不过凡事有度，我们人也一样。对于别人的请求，我们可能很难做到有求必应。"

"求求你，"她有些气恼，"别用那种语气告诉我我早已知道的东西，我不是小孩子。"

过了一会儿，他站了起来。

"可是如果你不帮我，我之后怎么办……"

他走到办公桌旁。

"你难道不关心,"她问,"我今后的人生?"

她开始感觉到他的不耐烦,接着他说道:"你不能寄希望于我,年轻的女士,来拯救你的人生。"

她站了起来,逼视着他,他此时正站在门边。"请你不要用这种高人一等的口气来教训我。我拒绝被一个陌生人说教,你根本就不知道我从生下来都遭受了什么。我可不是随便哪个十八岁女孩,我不要你来教训我!"

"那么你要的是什么?"他尖酸地说。

"什么?"

"我在问你期待的是什么,露西。你真有趣——"他说,"会有这样的期待。你完全正确——你可不是随便哪个十八岁女孩。"他打开了门。

"可是我这辈子怎么办啊?你怎么能对我如此残酷!"

"我希望你碰到个什么人,你肯听他的劝。"这算是他的回答。

"不,我不会的。"她声音很低,口气很凶。

"那真是太糟糕了。"

"噢,"她一边说一边扣上外套的纽扣,"噢,我祝你——祝你快乐,医生;祝你带着你的智慧、你的眼镜和你的博士头衔快快乐乐地回到你那漂亮舒适的家——继续做你的懦夫!"

"再见,"他说,只眨了一下眼睛,"祝你好运。"

"噢,我不靠运气,医生,或别人。"

"那么你靠什么?"

"靠我自己!"她说着,昂首走出开着的门。

"祝你好运。"她与他擦身而过时他平静地说,然后在她身后关上了门。

"你这个懦夫,"她咕哝着冲进咖啡馆,"你这个胆小鬼。"她哭着拿起电话簿,走进电话亭,"你这个自私自利,没心没肺,残酷无情——"她用手指头从上到下在电话簿中的医生名单上查找着,想象着他们一个接一个地对她说:"你不能寄希望于我,年轻的女士,来拯救你的人生。"然后,她看见自己拖着身子,从一个诊所走到另一个,遭人羞辱、无视和冷酷对待。

感恩节那天,在他们全家围着火鸡坐下来之后,她告诉他们,她和罗伊·巴萨特决定结婚了。"什么?"她爸爸说。她重复了一遍。"为什么?"他追问道,砰的一声放下切肉刀。

"因为我们愿意。"

五分钟后,只剩下她外婆一个人依旧坐在餐桌旁。她一个人从头到尾吃了每一道菜,直到吃完肉馅饼,伴着她就餐的,是头顶上方全家老小发出的各种各样的动静,他们千方百计地想让露西打开她的卧室门。但是,贝尔塔说,她受够了混乱、失调和悲哀,绝不容许自己哪怕一秒钟的快乐,被他们这样一个接一个、一年复一年地毁掉。

罗伊下午四点钟才打来电话。露西从卧室出来接,不过等到其他人全都从厨房走开,她才开始对着电话说话。罗伊说他九点钟以前不能过来见她。可是,他告诉他们的时候他们是怎么说的?没有下文。他还没有告诉他们。

九点半,他从索尔比家打来电话,说他决定等自己回家单独跟父母在一起时再宣布这个消息。"好啊,你什么时候回去,罗伊?""现在还说不准呢,嗯,这怎么说得准呢?过一阵子吧。"可是,是他,一个星期前就想从基恩堡给他们打电话的;是他,她说,认为被动结婚没什么不对的,只要双方本来就打算结婚,或早或晚而已;是他——

"嘿,"他说,"埃莉想跟你说话。"

"罗伊!"

"你好,"埃莉说,"嗨,露西,不好意思没给你写信啊。"

"你好,埃莉诺。"

"一直在学习,学习,学习,你可以想象,那些理科课程快把我逼疯了。嘿,我们正听罗伊讲他在不列颠的历险记,笑得肚子疼呢,好有趣的地方!我正在喝酒呢,嘿,过来吧。"

"我得呆在家里。"

"希望不是在生我的气呀,关于我没给你写信这件事……不是吧?"

"不是。"

"好吧,那明天见。我真的有好多事要告诉你。我遇到一个不可思议的人,"埃莉小声说,"差一点就给你寄了他的照片,我是说,他简直完美。"

半夜,她走出自己房间,给罗伊家打电话。"你告诉他们没有?"

"嘿,你这是干什么?大家都在睡觉。"

"你告诉他们没有?"

"当时太晚了。"

"可是我都告诉了。"

"听着,我爸爸在楼下吼,问是谁打来的。"

"好啊,告诉他!"

"你不要每时每刻都指挥我该做什么,好吗?"他说,"我会的,一旦我——"突然他挂断了电话。

她又打过去。巴萨特先生接了电话。"是谁在打电话?"他问。

她屏住呼吸。

"听着,深更半夜别瞎闹,不管你是谁,如果你在第五节我的课上出现过,别以为我找不出来你。"

一大早,她再次打去电话。

"我正要给你打电话。"罗伊说。

"罗伊,你打算什么时候告诉他们?"

"现在才早上八点钟,我们早饭还没吃呢。艾琳姨妈要过来。"

"你已经告诉他们了?"

"谁说的?"

"所以你姨妈才要到你家里来。"

"你怎么这么说？你怎么知道是那么回事？"

"罗伊，你有什么瞒着我？"

"没有。你能不能先消停会儿，只不过几个小时？我的上帝。"

"为什么你姨妈早上八点钟来你家？是谁喊她来的？"

"哦，听着，好吧，"他突然说，"你非要知道——"

"我要知道！是什么？"

"好吧，我爸爸想让我等到六月份。"

"那就是说，你确实已经告诉他们了！"

"……在我到家后。"

"为什么你昨天晚上不跟我说！"

"因为我只不过想给你一个好消息，露西，而不是一个坏消息。我只不过想让你省点心，可是你就是一刻不停地逼我推翻我自己的时间表！"

"时间表？罗伊，你在说什么？我们怎么能等到六月份！"

"他还不知道那件事！"

"那你也别告诉他们，罗伊！"

"我得挂了。她来了。"

到中午的时候，他打电话说，他星期一才开车回基恩堡，所以她最好计划星期天晚上自己坐公共汽车过来。

"我在外面一个电话亭打的电话，露西。我正赶着去布隆先生那儿，去帮爸爸取东西。我得赶紧——"

"罗伊，请马上给我解释清楚这是什么意思。"

"我正在想办法处理一些事,想把事情摆平,行吗?你没意见吧?"

"罗伊!你不能这么做!我得见你,马上!"

"我挂了,露西。"

"不!"

"行了,我要挂了,对不起。准备好啊,挂了。"

"如果你挂了,我就立刻到你家里去。喂?你听见了吗?"

但电话已经断线了。

她一个电话打到了埃莉诺的家。

"埃莉,是露西。我必须跟你谈谈。"

"为什么啊?"

"噢,不会你也一样吧?"

"……什么叫我也一样啊?"

"埃莉,你以前对我说过知心话——现在,我得跟你说了。我得知道到底怎么回事,埃莉。我马上过来。"

"现在?露西,你最好不要——现在不要,我是说。"

"有客人在吗?"

"没有。可是他们全都——疯了。"

"为什么?"

"跟你说吧,罗伊说你要和他结婚。"

"是他要和我结婚!他不是那样说的吗?"

"这个嘛,是的……嗯,差不多。他说他正在考虑……可是,露西,他们认为是你逼他的——哎呀,有人这会儿正在外面停车,整个早晨一直有人开进开出的……露西?"

"我在。"

"……是你吗?"

"什么?"

"那个,是你逼他的吗?"

"不是!"

"那——为什么呢?"

"因为我们愿意!"

"你也愿意?"

"是的!"

"可是——"

"可是什么,埃莉诺!"

"嗯……你这么年轻,我们都这么年轻。我是说,太意外了。我觉得我根本不知道该说什么,真的。"

"因为你是个笨蛋,埃莉!因为你是个愚蠢、乏味、以自我为中心、自私自利的笨蛋!"

傍晚时分,她坐公共汽车回到基恩堡。"巴士底狱"的门全都上了锁链。她不得不在冷冰冰的校园里四处寻找看门人。他把她带到第三营房楼的一楼办公室,让她坐在一张椅子里,拿出眼镜,在学生名册上找她的名字。

印在登记册上的那些名字使她冒出一个念头:逃走。谁会找到她呢？

在她自己的房间里，她的拳头打在枕头上、擂在黑板上、捶在墙壁上，她狂暴的样子令人不寒而栗。此刻，全美国的女大学生都在自己家里，与家人和朋友一起共度欢乐时光。不错，她妈妈央求过她，外公央求过她，甚至她爸爸也要她留下来。他们说他们只是被那个消息惊呆了，有点不知所措。他们在门外跟她讲道理，难道她自己不觉得这一切太突然了吗？要是她不像现在这样，在周末过节这天离家出走，他们会慢慢接受一切。一开始他们当然震惊，也可能慌了神、昏了头，毕竟她才刚刚进入大学的第一个学期，她为此梦寐以求了那么久。可是，如果她真像她说的那样下定了决心，那她可能知道自己在做什么，那她为什么就不能过了星期一再走？她十五岁的时候自做主张改信天主教，他们阻碍过她吗？没有。她坚持自己想要的，他们的决定只是由她而去。后来，她改变想法，又改回信长老教，没错，那也是她自己的决定，由她自己做出，没有受到家里任何人的干涉。小军鼓的事也一样，也是她自己决定的，他们曾经引以为傲，并给予了相当的尊重，直到最后同样由她自己决定放弃为止。

当然，这并不意味着他们把接受小军鼓和接受一个丈夫画等号，可是，他们的态度始终如一，如果她自己更愿意打鼓而不是重拾钢琴（他们提醒她，她弹到十岁就中断了，同样是她自己的决定），或者学习手风琴之类的——威尔老爹的折中意见，那他们别无选择只能由她去。这个家不是专制的而是民主的，每个人的观点都会得到尊重。"我也许不相信你所说的,"威尔老爹走进房间,"但是我会捍卫你说话的权利。"既然这样,她不重新考虑考虑?不要像现在这样坚持返回寂寞的、空荡荡的学校?为什么她不留下来,跟他们敞开谈谈?毕竟外婆忙活了整整一个星期,为她烤制了美味。"是为了感恩节。"露西说。"好吧,宝贝儿,你想想,那也没有多大区别,这是你上大学后回家过的第一个大周末,家里所有人都明白这一点……露西?你在听我说吗?"

可她爸爸为什么表现得像大难临头一般。从何时起她的牺牲、她的痛苦竟使他眼泪汪汪了?她受不了这种伪装。谁说她要退学?他不停地在房子里转来转去,哭喊着"我想让她上大学"。可是谁说过她不上了?她只不过说打算和罗伊结婚……或许无需更多解释,他们早已知道原因?他们满足于接受她所说的话,从而简单地避免了面对真相的羞耻?她拿起她的法语语法课本,狠狠地扔到房间的另一头。"他们什么都不知道,"她大声说,"可是他们还是放任我这么做!"

要是他们说不该有多好。不,露西,不行,不,露西,我们禁止你这么做。可是他们中似乎没有一个人还有信念,或者耐心,来对抗她的决定。为了活下去,她很久以前就树立起与他们抗争的意志——那是她的青春之战,不过现在已经结束了。她赢了。她可以为所欲为,甚至嫁给一个她私底下鄙视的人。

罗伊是星期一傍晚才回到基恩堡的。一打开房间的灯,他就发现露西坐在窗子旁边的椅子里。

"你在这儿干什么?"他惊叫道,丢下手中的箱子,"百叶窗没拉下来!"

"那把它们都拉下来,罗伊。"

他三两下拉下百叶窗。"你是怎么进来的?"

"我平时是怎么进来的,罗伊?那四扇窗子。"

"她在家吗?"

"谁?"

"房东!"他小声地说,随即溜进走廊。她听见他吹着口哨往楼梯上面走,进了卫生间,"你叹息,我听见歌声,你说话,我听见……"她可以听见他在头顶上方冲厕所的声音。不一会儿,他又溜回房间。"她出去了。"他说着,关上门,"我们最好把灯也关掉。"

"那样你就不必看见我了?"

"那样她回来的时候就不会发现你在这儿了。噢,她很可能要回来了。嘿,你怎么了?"

她站起来,捂着肚子。"猜猜!"

"嘘——"

"可是她不在这儿。"

"可是她要回来了!我们得始终关着灯,露西。"

"可是,我要和你谈谈,面对面谈,不是在电话里,罗伊,在你能——"

"好吧，对不起，可是得先把灯关掉，注意啊，我要关了。"

"可是，我们结不结婚？跟我说清楚，好让我知道下一步怎么办，去哪里，或天晓得什么。"

"嘿，至少让我脱掉外套吧，好吗？"

"罗伊，结或不结。"

"哦，我怎么能够简单地给你一个结或不结？这不是结或不结的问题。"

"可是这恰恰就是这么一个问题。"

"你能冷静点吗？我刚开了两个小时的车。"

他把外套挂到衣柜里，她走过去，踮着脚尖站在他身后。"结或不结，罗伊！"她冲着他的耳朵喊——尽管踮着脚尖，那耳朵还是高出她一英尺。

他躲开她。"现在我要先把灯关了，安全起见。嘿，听着，露西，我租房子的时候答应不带女孩子来的。"

"可是你带我来了，罗伊，而且经常带。"

"可是她不知道！该死，这边我关灯了。"没等她反对，他关掉了所有的灯。

"行啊，现在你不必看见我了，罗伊。那么告诉我，在你那长长的感恩节假期中你都干了些什么？而我却要回到这个空荡荡的宿舍，一个人呆了整整两天。"

"首先，我没有让你回到空荡荡的宿舍。其次，我要坐下来，不反对吧，为什么你不坐下，要站着？"

"我就站着,谢谢。"

"在黑暗中?"

"是的!"

"嘘!"

"开始吧。"她说。

"嘿,让我喘口气……好吧。"

"什么?"

"我部分地说服了他们。"

"接着说。"

"噢,坐下,好吗?"

"有什么区别?你反正看不见我。"

"我还是看得见你!正悬在我头顶上方,坐下,求你。"

她在这儿等了一个多小时,她感觉自己需要的不是坐下而是躺下。她让自己在床边坐了下来,闭上双眼。去找瓦莱里奥先生,或者逃走。可是这些想法都没有意义。如果她应该见什么人的话,那个人非达姆罗施神父莫属。可是他又能做什么呢?他的问题恰恰在于他什么也做不了。他的那一套和圣徒德肋撒或耶稣基督差不多。他看似强大,耐心地倾听她的诉说,然后说些动听的话……可是她需要的不是好听话,某些事必须得到解决。

"首先,别以为这事对我有多容易,实际上它难办得要死。"

"你指的是?"

"假装你没有怀孕,露西,面对每个人的轮番追问——为什么？"

"那你告诉他们没有？"

"没有。"

"真的？"

"真的！嘘！"

"是你在喊。"

"噢，是你逼的。"

"你之所以喊，可能是因为你说谎心虚，罗伊。"

"我没有告诉他们，露西！能停止责怪我吗？其实，我一直纳闷为什么我没有。为什么我不能直截了当地说明真相？反正我们要结婚了。"

"我们要吗？"

"哦，我们会的……假如我告诉了他们的话，我是说。"

"你是说如果你不告诉，我们就不能结婚？"

"嗯，问题就在这儿。他们百思不解的就是这个。我是说，他们争来争去为什么我们不至少等到六月份。"

"还有呢？"

"还有，好吧，他们的话也并非全无道理。我是说，你很难反驳一个好的论点，真的。"

"所以你说你要等等？"

"我说我要想想。"

"可是我们怎么等得起？"

"听着,我不得不先从家里脱身,不是吗?我已经缺席了一整天的课。"

"你有车,你可以开走——"

"可是我不能一走了之!你什么都不明白!"

"为什么不能?为什么你没有?"

"为什么我应该去激怒他们,露西,让他们蒙在鼓里,急得团团转?我没有犯什么错,而是完全相反,事实上,正好相反!为什么我们不实话实说?我没有必要对我父母撒谎,这你知道。"

"我也没有必要对我的父母撒谎,罗伊,如果你这么说我也可以这么说。"

"可是你是在撒谎。"

"因为我想!"

"为什么?"

"噢,为什么你不能表现得像个男人!为什么你要像现在这样?"

"是你在隐瞒简单的可以得到他们理解的事实!"

"罗伊,你真的相信,一旦他们知道我要生孩子了,他们还会疼我爱我吗?"

"他们会理解我所说的一切。"

"可是只要两个人理解就够了——你和我。"

"好吧,可能你就是这么想问题……这么看待你的家人的。"

"我这么看待我家人有什么不对,罗伊?他们又不是你家人!"

听着,如果你不想娶我,"她说,"因为已经有人向你吹冷风,说我配不上你,那么相信我,你不必娶我。"

过了片刻。又过了片刻。

"可是我真的想。"他终于说道。

"罗伊,我认为你真的不想。"她把头埋进双手,"这是事实,不是吗?'相信我,相信我'——这是千真万确的事实。"

"噢……不……好吧,当然前几天,你表现得确实不像那种让人想在同一个屋檐下厮守的人,差不多可以这么说……突然之间你又这么——"

"又怎么,低人一等吗?"

"不,"他说,"不是的。冷漠无情。"

"噢,是吗?"

"嗯,差不多,最近看来,是的,这是事实。"

"还有什么?"

"嗯,不开玩笑,露西,你火气真的太大了。"

"换作你你也会,如果你事先就跟别人说好——"

"可是我不是指一般的火气!"

"是什么?"

"嗯——差不多是疯狂!"

"你真的认为因为我发火所以我就是发疯吗?"

"我没有说我认为你那样,我没有说发疯。"

"那么谁说的?"

"没人。"

"谁?"

"没人!"

"也许,"过了一会她说,"是你把我逼疯的,罗伊·巴萨特。"

"那为什么你还是这么想嫁给我?"

"我不想!"

"噢,那就不劳你大驾了。"

"我也不认为我会。"她说,"因为事情到最后反正也是如此。"

"噢,是吗,那你另有打算,打算嫁给别人?"

"你知道吗,七月份以来我就一直想摆脱你,罗伊。从你租下这间屋子的那一天起,因为一张大床,你——你这个幼稚的家伙!"

"那你的效率也太低了,我不得不说。"

"不是效率低!是我对你心软!我觉得对不起你。"

"噢,说得真好。"

"要是我伤了你那点脆弱的感情,我怕你会放弃摄影。可是我当时打算那么干的,罗伊——感恩节一整天,假如不是因为不得不嫁给你的话,我还会那么想。"

"噢,你知道的,你根本用不着勉为其难。"

"我想过当你崩溃的时候,至少人是在利伯蒂森特,可以吃到你心爱的 Hydrox 饼干。"

"那恕我直言,别担心我的眼泪。我可不轻易流泪,这是其一。至于 Hydrox 饼干，与此毫不相干。事实上，我根本不知道你为什么扯上这个。再说了，"他说，"如果你想甩了谁，别担心，甩了他就是。也用不着劳神去管他们的眼泪。"

"用不着吗？"

"……因为你没有一般人那样的情感。"

"我没有？这话谁说的？"

"露西？你在哭？"

"噢，没有。我没有一般人那样的情感，我纯粹是一块石头。"

"你是哭了。"他走到床边，她平躺在那里，脸依旧埋在手里。"别哭，好吗，我不是那个意思，真的。"

"罗伊，"她说，"是谁跟你说我发疯的？是谁跟你说我没有情感的？"

"是常人的情感。没人跟我说。"

"是谁，罗伊？你朱利安姨父？"

"没有，没人。"

"而你相信他？"

"我没有。他没那样说！"

"可是我同样可以告诉你他是什么人！告诉你很多，告诉你他是怎么样看着我，怎么样在聚会上亲我的！"

"你是指今年夏天？但那是开玩笑，你回吻了他。露西，你到底在说什么？"

"我在说你是个瞎子！你看不见人有多危险，多堕落和可恶！

他们告诉你我出身卑微,没有常人的情感,而你居然相信他们!"

"我没有!"

"他们凭什么这么说?到底为什么,罗伊?说吧!"

"说什么?"

"我爸爸!把他关进监狱的并不是我,罗伊!"

"我没有说是你。"

"是他自作自受!都过去几年了,都结束了。我不比你、比他们或任何人低一等!"

门开了,灯在他们头顶亮起来。

门口站着那个寡妇,罗伊的房东布洛杰特夫人,一个瘦瘦的、神经质的、机警的女人,生着一张跟投币口一般小的嘴巴,不过非常擅长在表示反对时抿得紧紧的。她没有马上开腔,她用不着。

"嘿,你是怎么进来的?"罗伊问,仿佛他才是那个应该发火的人,他边说边迅速移动到露西和房东之间,"嘿,怎么进来的,布洛杰特夫人?"

"用钥匙,巴萨特先生。该问的问题是,她是怎么进来的,站起来,你这个鬼丫头。"

"罗伊。"露西小声说。他继续把她藏在自己身后。

"我说从床上起来,"布洛杰特夫人说,"出去。"

罗伊企图据理力争。"你不该用钥匙随便开别人的门,这是其一,这个你知道。"

"别告诉我不应该做什么,巴萨特先生。我想你以前当过兵,反正你是这么说的。"

"可是——"

"可是什么,先生?可是你不知道这座房子的规矩,还敢跟我这么说?"

"你没搞清楚。"罗伊说。

"搞清楚什么?"

"好吧,如果你冷静点,我就告诉你。"

"快说吧,管什么冷不冷静,再说我冷静着呢。我见过你这种人,巴萨特先生,一个是在一九三七年,紧接着另一个是在一九三八年。他们看起来都不错,可是徒有其表,骨子里全都一样,"她的嘴巴已经变得看不见了,"不老实。"她说。

"但是这次不同,"罗伊说,"她是我的未婚妻。"

"谁是?让她站出来,让我看看。"

"罗伊,"露西央求道,"让开吧。"

于是他满面笑容地移开身体。"这是布洛杰特夫人。"他搓着双手,仿佛这是久违了的愉快的一刻,"这是我的未婚妻,露西。"

"露西什么?"

露西站了起来,她的短裙盖过了膝盖。

"为什么关着灯,还不停地吵闹?"布洛杰特夫人问。

"吵闹?"罗伊说,环顾了一下四周,"我们在听音乐。你知道我热爱音乐,布洛杰特夫人。"

布洛杰特夫人看着他,毫不掩饰自己的怀疑。

"收音机,"他说,"我们刚刚才关掉的。我猜它是有点吵。我们刚开车回来。我们正歇着呢,闭目养神,所以才调暗了灯光。"

"是关掉。"小嘴巴说,它这会儿已经看不见了。

"反正,"罗伊说,"这是我的行李,我们真的刚回来。"

"年轻人,谁准许你违反规定把女孩子带进我的房子?这是私人住宅。你第一次来的时候我就告诉过你,没有吗?"

"好了,我刚才说了,我们刚开车回来。我就想,因为她是我的未婚妻,你不会介意我们休息一下的,"他笑着,"哪怕违反了规定。"没有回应。"因为我们就要结婚了。"

"什么时候?"

"圣诞节。"他宣布。

"是这样的吗?"

被问的是露西。

"是真的,布洛杰特夫人。"罗伊说,"这就是为什么我们这么晚才回来,要筹划婚礼。"咧嘴送上另一个笑容,随即又转为忧郁和悔过的样子,"我可能违反了规定把露西带进来,如果确实是这样的话,我很抱歉。"

"没有什么如果。"布洛杰特夫人说,"依我看,没有。"

"那好吧,我很抱歉。"

"露西什么?"房东问,"你的姓是什么,你?"

"纳尔逊。"

"你从哪儿来的?"

"女子学院。"

"这是真的吗?你是要嫁给他,还是跟他随便玩玩?"

"我要嫁给他。"

罗伊举起双手:"搞清楚了?"

"行了,"布洛杰特夫人说,"她可能撒谎。这不是什么新鲜事儿。"

"她看起来像说谎吗?"罗伊说,双手插进裤兜,拖着脚步走向露西,"看看这张脸?看看,布洛杰特夫人。"他说话的样子相当动人,"她就是一个邻家女孩儿,她确实是,你心里清楚。"

房东并没有报以微笑。"我这里一九四五年住过一个有未婚妻的男孩,不过,巴萨特先生,他来我这儿——"

"嗯?"

"——告诉了我他的计划,随后挑了一个星期天带那位年轻女士过来,正式介绍给我认识。"

"一个星期天,好啊,好主意,没问题。"

"请让我说完。我说我们以后可以作个安排,晚上十点钟以前,也许她可以到这里来,但房门得开着。这不用多说,他很清楚这一点。"

"我明白。"罗伊说,表现出一副相当感兴趣的样子。

"纳尔逊小姐,我不是老古板,但是既然立了规矩,就得严格遵守。这里碰巧是我的住宅,不是那些不可靠的人临时歇脚的旅馆,不讲规矩的话,不到一个月就全毁了。可能你大一点就会理解，我当然希望你会，这是为你好。"

"噢，我们现在理解了。"

"别再跟我耍花招，巴萨特先生。"

"噢，现在我知道了关于十点钟的规定——"

"现在我知道你的名字，年轻女士，露西·纳尔逊，森还是逊？"

"逊。"

"我也知道你们学校的头，帕迪小姐，对不对？教导主任。"

"是的。"

"那么你也别跟我耍花招。"

她起身朝门口走去。

"那么，"罗伊跟在她身后，"不管怎么说，至少我们全都搞定了。"

布洛杰特夫人转过身来，那架势好像正要对最后这句话发表什么高论，罗伊见状便笑嘻嘻地说："我是说，我们得到了谅解，没事儿了，对吗？我知道不知者不——"

"你不是不知，巴萨特先生，我的背是转过去的。你有罪。"

"哦，我觉得可以这么说……"他耸耸肩膀，"现在的各项规定，布洛杰特夫人——我绝对一清二楚。"

"只要，先生，门一直开着。"

"噢，绝对的，大大地开着。"

"只要，她十点钟从这里离开——"

"噢，离开，她一定离开。"罗伊笑着说道。

"只要，不吵不闹——"

"那是音乐，布洛杰特夫人，真的——"

"只要，巴萨特先生，圣诞节那天缔结一场婚姻。"

一时间，他看上去有点目瞪口呆，婚姻？"噢，没错，好日子，你觉得呢？圣诞节？"

布洛杰特夫人走了出去，让门半开着。

"再见。"罗伊说。一直等到听见客厅后面的门关上，他才瘫坐在椅子里。"老天。"

"看来我们真的要结婚了。"露西说。

"嘘，嘘——"从椅子里站了起来，"你要——是的。"他突然说，因为此时客厅的门又开了，可以听见布洛杰特夫人又走回楼梯。"爸妈觉得——噢，嗨，布洛杰特夫人，"他做了一个脱帽敬礼的动作，"睡个好觉。"

"九点四十八分了，巴萨特先生。"

罗伊看看表。"完全正确，布洛杰特夫人，谢谢你的提醒，我们的计划马上就说完了。晚安。"

她朝楼上走。看样子她的怒气没消多少。

"罗伊——"露西刚张开嘴，他就从离她两步开外的地方冲过来，一只手挟住她的后脑勺，另一只手捂住她的嘴。

"所以，"他大声说，"爸妈觉得你的大部分建议——"

她的眼睛睁得溜圆，瞪着他，直到听见头顶卧室的门关上，他才把弄得湿漉漉的手从她嘴唇上松开。

"永远——永远——不要——"她气得说不出话来,"再这么干!"

"噢,天哪,"他说,往后一头倒在床上,"我简直要被你弄疯了!你想要干什么,她就在楼上,露西?"

"我要——"

"嘘,嘘!"他一下子从床上跳起来,"我们会结婚!"他嘶哑着低语道,"所以闭嘴。"

她彻底蒙了,她要结婚了。"什么时候?"

"圣诞节!行吗?这下子你能安静了吗?"

"那你家人呢?"

"我家人怎么了?"

"你必须跟他们说。"

"我要说,我会的。只不过先缓一缓。"

"罗伊,必须现在就说。"

"现在?"他说。

"是的!"

"但是我妈已经睡了,你冷静点!"过了一会他说,"她睡了,我没乱说。她九点上床,五点半起床。别问我为什么,她就是这样的,露西,她的作息时间总是这样,我又做不了什么。噢,这是真的。再说,露西,今晚我已经受够了,真的。"

"可是你必须正式提出来,你不能让我名不正言不顺。那简直是噩梦!"

"到时候我会提出来的!"

"罗伊,要是她打电话给帕迪主任怎么办!我不想被学校开除!我这辈子都不要!"

"嗨,"他一巴掌拍在自己脑袋上,"我也不想被开除,你知道。不然我为什么跟她说我要结婚?"

"你是瞎说的,你并不是当真的!"

"我没瞎说,我是认真的!我一直都是!"

"罗伊·巴萨特,给你家里打电话,否则你等着瞧!"

他从床上跳起来。"不!"

"把你的手从我嘴上拿开,罗伊!"

"别喊,看在上帝的分上,别犯傻!"

"可是我正怀着孩子!"她叫道,"我马上要生下你的孩子了,罗伊!你根本不负责任!"

"我要负,我正在负!"

"什么时候打?"

"现在!好吗?现在!只是别尖叫,露西。别冲动干傻事!"

"那就打电话!"

"可是,"他说,"我告诉布洛杰特夫人的那些——我是迫不得已。"

"罗伊!"

"我打。"他跑出了房间。

几分钟后他回来了,她从来没有见过他的脸色如此苍白。他颈部的头发剪得很短,她可以看见他苍白的皮肤。"我打了。"他说。

她相信他确实打了。连他的两只手腕和双手都发白。

"我打了。"他咕哝道,"我跟你说过,是吧?我告诉过你她在睡觉。我告诉过你他不得不把她叫醒,喊她起床,嗯,我说过吧?我没乱说!我枉费口舌说了那么多!我看我不被学校撵出去,倒是要被她从家里撵出去了——反正二者有什么区别?反正没有人在乎我的自尊,我为什么应该在乎?他不在乎!她也不在乎!而你——你要尖叫!噢,我的脸面,见鬼去吧。你就知道尖叫和胡搅。这就是你的风格,露西,胡搅,搅得每个人都坐立不安,搅得罗伊晕头转向——为什么不呢?他算老几?但是这些结束了!因为我没什么好晕的了,露西,从现在开始,事情已经势在必行,我们要结婚了,你听我说——圣诞节。假如别人看不顺眼,反正到了第二天——就这样了!"

楼上房间的门打开了。"巴萨特先生,又在大喊大叫!不是音乐声,明摆着是喊叫,这是不能容忍的!"

罗伊脑袋探出走廊。"没有,没有,只是在跟露西道晚安,布洛杰特夫人——婚礼的事儿刚说完。"

"那就快道!别喊叫!这是私人住宅!"她砰的一声关上门。

露西开始哭起来。

"这回又是为了什么?"他问,"嗯?这回我又哪里做错了?

噢,你想想,我受到的指责和批判是不是已经够多了,嗯——包括从你那里受到的。所以你是不是应该消停消停,噢,也许你应该对我所遭受的这一切有一点点关心和体贴吧。别哭了,该死!"

"哦,"她说,"我会的,罗伊,只要你拿定主意——"

"噢,伙计,成交,不胜愉快。"

话音刚落,她出乎意料地一下子推开窗子,出于愤怒、怨恨或习惯,照她进来时那样走了出去。罗伊立刻冲进走廊,冲到大门口,吵吵闹闹地打开大门——"晚安,"他喊道,"晚安,露西。"——然后大力关上房门,让楼上的布洛杰特夫人相信,尽管稍显吵闹,但一切都越来越像回事儿了。

星期二,艾琳姨妈过来,在托马斯·基恩饭店吃午饭。

星期三,老妈和老爸过来,在"挪威之歌"吃晚饭。

星期四,朱利安姨父过来,在基恩酒吧喝酒,从下午五点一直喝到晚上九点。

九点半钟的时候,罗伊筋疲力尽地倒在"巴士底狱"宿舍楼下的客厅沙发上,露西一直缩在房间最黑暗的角落里等着他。

"我还没吃饭,"他说,"我连饭都没吃!"

"我房间里有些饼干。"她小声说。

"他们不能这样对待我,"他说,两眼顺着他的双腿向下看去,落在他军鞋的鞋尖上,"我不要坐在那里,听他们的各种威胁,我告诉你。"

"……要我去拿些饼干吗?"

"这无关紧要,露西!紧要的是,他们逼我!想一想吧,他们强迫我坐在那里,强迫,你懂吗?好吧,我不需要他们,我告诉你,而且我也不想,不想有求于他们,除非他们改变对我的态度。采取那种态度——对待我,对待一个他们本该关心的人!"

他站起来,走到窗子跟前,看着外面安静的街道。一只拳头猛击在另一只手掌中。"天哪!"她听见他说。

她始终蜷坐在沙发上,双腿缩进裙子里。这个姿势是她从那些在宿舍客厅会见男朋友的女孩子那里学来的。假如女舍监走进来,好像也不会发现什么破绽。到目前为止,宿舍里尚无人知情,以后也会一样。入学这两个半月,罗伊没有留给她多少时间去结交闺蜜,甚至连同楼层的原来稍有好感的几个女孩,现在也疏远了。

"听着,"罗伊说着,回到沙发跟前,"我有复员津贴,对吧?"

"对。"

"另外,我还有些积蓄,对吧?别人玩牌,别人吹牛,但是我没有,我一直想出去,所以我攒钱!有目的地攒。他们应该知道这一点!我其实也跟他们说过——可是他们根本听不进去!如果情况越来越糟糕的话,我也可以卖掉哈德逊,不惜搭上我改装的全部零件。你相信我吗,露西?因为我说的是真的!"

"我相信。"

这是罗伊吗?这是露西吗?这就是他们共同的未来吗?

"可是，他们认为钱就是一切。你知道他是什么人吗，我朱利安姨父？也许我开始明白了——他确实是一个物质主义者。这是怎样的一个词汇啊！它比你想象的还要糟糕。还有对别人的尊重在哪里！"

"他们都说了些什么，罗伊，哪方面的威胁？"

"噢，管他呢。经济制裁。还有我爸——他也不例外。嗯，多多少少是这样，不管他是否意识到我本来很尊敬他。但是你看看他尊重我的感情吗？他对待我的方式就好像我还在上他的印刷课。但我都已经从部队退役了。整整十六个月，在阿留申群岛——这个该死的世界的屁股后面。可是我姨父说——你猜他说什么？'但是战争结束了，你这家伙，一九四五年就结束了。别表现得好像你打过仗似的。'瞧吧，他打过仗，他得过勋章，可是那跟其他事有什么关系？没有！噢，去他的。"

"罗伊。"露西发出警告，此时几个高年级女生正走进来。

"嗯，"他说着，一屁股坐在她身边，"他们总是告诉我应该为自己着想，对吗？'做出决定，然后坚持下去，罗伊。'这不是我回家第一天就听到的吗？这不是我朱利安姨父侃侃而谈的那一套吗？你得如何成为这个世界的进取者，等等？在他眼中，资本主义是了不起的强大防线，它把你塑造成一个男人，而不是让你坐等天上掉馅饼。可是关于社会主义他又知道多少呢？你觉得这个人这辈子读过一本相关的书吗？他认为社会主义就是共产主义，你怎么跟他解释都没用，一点用都没有！反正我还年轻，也很健康。我不在乎是不是非得加入他们的爱邻自助洗衣公司,这个以后我再跟你说。拿它来威胁我。反正我要上摄影艺校。还有,你知道吗?他不辨是非。这才是真正的报应。他不知道在这个国家,人们仍然在挣扎,在失业,和那些斯堪的纳维亚国家的人一样没有基本的生活保障。像他这样的男人,不讲半点礼貌,横行霸道,不辨是非,无视别人的感情。这么说吧,我已经厌倦了接受他的帮助。让他留着他的十四美元的大雪茄好了。去他的,露西——真的。"

第二天早晨六点,闹钟一响,她立即起床走到卫生间,赶在其他女孩子开始洗漱之前,用一根手指伸进喉咙。她能感觉自己恢复正常,假如她不去吃随后的早餐,躲开从餐厅返回的那条走廊,上午每过一会儿便强迫自己咽下一些苏打饼干的话。然后她就可以熬过一天的课程,假装她的身体没有任何异样,假装她还和原来一样——独来独往。

可是昨天晚上呢?还有前天晚上?眩晕已经消失两个星期了,每天早晨的呕吐依然令她死去活来,不过既然罗伊的身体里如今像进驻了另一个人一样,她突然意识到一个之前自己从来没有意识到的真相:她的肚子里也进驻了一个新的生命。

她惊慌失措。她的困境是实实在在的。她没有捏造什么情节,必须让他们清醒地意识到这一点。她也没有策划什么阴谋,必须迫使他们把她当作一个血肉之躯、一个人、一个女孩子来对待。她肚子里的生命不会仅仅因为最终被其他人真正接纳而消失。它是真实存在的！有什么事情正在发生，而她无法阻止！有什么东西在她体内生长，而且未经她许可！

而且我不想嫁给他。

她跑过彭德尔顿公园，来到基恩堡闹市区的时候，太阳还没有爬上树梢。

她在汽车站等了一个小时才坐上第一班北上的大巴。课本摊在她的膝盖上，她打定主意在路上做点功课，下午两点半就赶回来。不过，她搞不清楚自己为什么要急匆匆地赶回利伯蒂森特，也不清楚在那边等待她的会是什么。她坐在空荡荡的汽车站的一条长凳上，为了让自己平静下来，她开始做她的英语作业，本来打算前一天趁午饭空闲时做的，当然午饭时她照例什么也不吃。"这里你有机会观察、练习几种有用的造句技巧。这些技巧是由——"

她不想嫁给他！他是这世上她最不愿意嫁的人！

车刚离开基恩堡没多久，她又开始感到恶心。司机听见她的不适，把车停在路边。她从汽车后门跳下去，将已经吐脏的手帕扔进水坑。重新上车后，她坐在后排角落，不停地祈祷自己不要生病、不要晕过去、不要哭。千万不要去想食物，不要去想她逃出宿舍时忘带的饼干，不要去想她稍后要说什么或者对谁说。

她要说什么呢？

"这里你有机会观察、练习几种有用的造句技巧。范文作者在范例中使用这些技巧——"几年前，利伯蒂森特中学的一个乡下女孩喝了大量的蓖麻油,想把肚子里的孩子打掉,结果打穿了自己的胃。她感染了严重的腹膜炎,孩子没了。不过由于她差点丢掉性命,后来大家还是原谅了她,而那些没有察觉到她情况的孩子——"这里你有机会观察、练习几种有用的造句技巧。这些技巧可用来描写——"科特·博纳姆,校篮球队的明星,比她高一年级。在他最后一个学期的三月份,某天晚上他和一个朋友结伴从结了冰的河面上走回家时,冰面突然破裂了,科特掉进去淹死了。他们全班集体投票将年鉴献给他,他的毕业照片独占了《自由钟声》报的头版,黑边照片底部写着——

聪明小子,择时而去
逃离尘世,奔向荣耀……

埃利奥特·科特·博纳姆
一九三〇——一九四八

"怎么了?"她一踏进自家大门,她妈妈就问道,"露西,你怎么在这儿?出什么事儿了?"

"我坐大巴回来的,妈,跟别人一样,从基恩堡到利伯蒂森特,坐大巴。"

"可是这是怎么了,露西,你脸怎么这么白?"

"家里还有别人吗?"她问。

她妈妈摇摇头。她从厨房跑出来,手里端着一只小碗;此刻,她把碗紧紧地压在自己的胸前。"亲爱的,你的脸色——"

"他们去哪儿了?"

"威尔老爹带外婆去温尼萨市集了。"

"你丈夫,他上班去了?"

"露西,怎么了?为什么你不在学校上课?"

"我圣诞节结婚。"她边说边往客厅走。

她妈妈忧伤地说:"我们听说了,都知道了。"

"怎么知道的?"

"露西,你就不打算告诉我们吗?"

"我们星期一晚上才决定的。"

"可是,亲爱的,"她妈妈说,"今天都星期五了。"

"你怎么知道的,妈?"

"……劳埃德·巴萨特跟爸爸说的。"

"跟威尔老爹?"

"你爸爸。"

"哦?情况怎么样,我可以问问吗?"

"当然了,他站在你这一边。是的,这是事实。露西,我是在郑重其事地回答你的问题。他毫不犹豫地站在你这一边。虽然我们没有理所当然地从自己的女儿口中得知她的结婚日——"

"他说了什么,妈?具体点。"

"他告诉巴萨特先生,他不能说罗伊什么,当然……他告诉巴萨特先生,我们认为你已经成熟到了清楚自己在干什么。"

"可是——也许我不清楚!"

"露西,你不能认为他做的什么都不对,仅仅因为是他做的,他相信你。"

"告诉他别信!"

"亲爱的——"

"我怀孕了,妈!所以告诉他别相信我!"

"露西——你真的怀孕了?"

"是的,我真的怀孕了!我要有孩子了,可是我恨罗伊,我永远不想嫁给他,也不想再看见他!"

她一下子冲进厨房,刚够着水槽就哇哇呕吐起来。

她被安置在她卧室的床上。"这里你有机会……"课本从床上滑到地板上。现在除了等待,还能做什么呢?

邮件被扔到门前,落在门垫上。吸尘器开始响起来。汽车停进私人车道,楼下前门过道处传来外婆的声音。她又昏睡过去。

妈妈给她端来茶水和烤面包片。"我跟外婆说是流感。"她小声对女儿说,"这么说没事吧?"

外婆会相信她回家是因为流感吗?威尔老爹在哪儿?她是怎么跟他说的?

"他还没有回家,露西。他下午回来。"

"他知道我在家吗?"

"还不知道。"

家。但这有何不可呢?这么多年来,他们总是抱怨她蔑视他

205

们的言行，抱怨她拒绝接受他们的只言片语。她和他们同住一个屋檐下，却像陌生人，甚至像敌人，不友好，不沟通，差不多不可接近。现在，他们能说她今天的行为依然像他们的敌人吗？她回家了，那么他们打算怎么办呢？

她一个人喝了点茶，陷进妈妈为她拍打得松软的枕头中，用一根手指头轻轻地绕着嘴唇画了一圈又一圈，柠檬香，真好闻。忘掉其他事，等着吧，时间会过去的，到最后某些事一定会尘埃落定。

她睡着了，脸贴着手指头睡着了。

外婆拿着湿芥末膏走上楼来。病人的睡衣没有扣好。"衣服要松开了，"她外婆边说边披了披衣服，"有两件事最要紧，休息和保暖。越暖越好，要暖到你几乎承受不了的程度。"她在病人身上多堆了两条毯子。

露西闭上眼。为什么一开始她不这样做？简单地往床上一躺，其余的留给他们处理。这难道不是他们一直希望的吗，作为她的家人？

她被钢琴声吵醒。学生们陆陆续续来上课了。她想："我得的不是什么流感！"但她随即把这个想法以及接踵而至的恐慌从脑海里统统赶了出去。

她睡着的时候，天肯定开始下雪了。她从床上拉过一条毯子，把它裹在身上，然后站在窗子前，嘴巴贴在冰冷的玻璃上，看着下面的汽车在街道上静静地开来开去。那块被她的嘴巴贴着的玻璃逐渐变暖。吸进，呼出，她在玻璃上弄出的蒸汽圈一张一翕。她凝视着雪花飘落。

外婆发现她的问题真正出在哪里之后会做何反应？还有过一会儿就回来的外公，还有爸爸！

她刚才忘记对妈妈说不要告诉他，也许她不会说。可是那样就万事大吉了吗？

她趿拉着拖鞋走过那块破旧的小地毯，回到床上。她本想从地板上捡起英语课本，练习一下那些句型，可是一躺到毯子下面，抬起还散发着淡淡柠檬味的手指头，放它在鼻子下面时，她就第六次还是第七次昏睡了过去。

窗外一片漆黑，从她斜躺在床上的位置可以透过路灯的灯光看见雪飘落而下。爸爸敲敲门，问是否可以进来。

"……门没关。"算是她的回应。

"好的，"他说，走进房间，"看来有钱人就是这么打发日子的，不坏啊。"

她敢说他的话是准备好的。她没把头从毯子上抬起来，而是开始用手把毯子抚平。"我得了流感。"

"闻起来，"他说，"像你刚吃了热狗。"

她既不说话也不笑。

"我跟你说闻起来像什么，像芝加哥科米斯基公园的味道。"

"芥末膏。"她终于说道。

"是的,"他说着推了一下门,把它完全关上,"你外婆这辈子真正乐此不疲的,就数它了,"他说着,压低了嗓门,"此外还有……噢不,我想应该是盖毯子。"

她只是耸了耸肩,仿佛事不关己,怎么样都无所谓。他此刻眉头紧锁,是因为他已经知道了,还是不知道?她从眼角瞥见他手背上灰白的汗毛是湿的。他进来之前洗过手。

楼下煮饭的味道使她开始感到恶心。

"我可以坐在你脚边吗?"

"你想坐就坐。"

她千万不能吐,绝对不能。她绝不能引起他的一丁点儿怀疑。不,她不想让他知道,永远不想!

"让我想想,"他说,"我想坐还是不想呢?我想。"

他坐下来的时候,她打了个哈欠。

"嗯,"他说,"这儿既暖和又舒服。"

她直愣愣地朝前方凝望着下雪的夜空。

"冬天一下子就来了。"他说。

她飞快地瞥了他一眼。"我想是的。"

她的眼睛立刻又转向窗子外面,好使自己保持镇定;她已经记不清上一次直视他的眼睛是什么时候了。

"我以前和你说过吗,"他说,"有一次在麦康内尔干活时我崴了脚?脚踝肿得很厉害,我回到家,你外婆可来劲儿了,热敷,她果断地说。所以我就在厨房坐下,挽起裤腿。你真该看看她在灶台上烧水的架势。那幅情景不知怎地使我想起非洲的食人族。不把你折腾到疼痛难忍、臭气熏天,她绝不会认为她的偏方起到了疗效。"

假设她突然说出真相,当着他的面直接说出来会怎样?

"很多人喜欢搞这些,"他说,"那个,"掖了一下她脚下的毯子,"学校怎么样,小笨妞?"

"还行。"

"听说你在学法语,Parlez-vous[①]?"

"法语只是我在学的其中一门。"

"还有,让我想想,还有什么来着?你和我很长时间没有好好聊聊了,对吧?"

她没有回答。

"哦,罗伊怎么样?"

她应声答道:"很好。"

她爸爸把手慢慢从她脚上移开。"哦,"他说,"我们听说了,嗯,婚礼的事儿。"

"威尔老爹在哪儿?"她问。

"此时此刻是我正在和你说话,露西,是我,你找他干什么?"

"我没说我要找他。我只不过问问他在哪儿。"

"出去了。"她爸爸说。

―――――――――
① 法语,你讲法语吗?

"他连晚饭都不回来吃?"

"他出去了!"他从床边站起身,"我没有问他去哪儿,什么时候回来吃饭。我怎么知道他在哪儿?他出去了!"他离开了她的房间。

没过几秒,她妈妈便出现了。

"出了什么事?"

"我问威尔老爹在哪儿,就这样。"露西答道,"这有什么不对吗?"

"到底威尔老爹是你父亲还是他是你父亲?"

"可是你告诉了他!"她大叫道。

"露西,你的声音。"她妈妈说着把门关上。

"你说了,你跟他说了,我没让你告诉他!"

"露西,你回到家,亲爱的,你说——"

"我不想让他知道!跟他没关系!"

"别喊,露西——除非你想让其他人也知道。"

"我不在乎其他人知不知道!我不感到丢脸!噢,你别哭呀,妈!"

"那就让他跟你谈谈,好吗?他想和你谈谈。"

"是吗,他想?"

"露西,你得听听他的,你得给他一个机会。"

她转过去把脸埋在枕头里。"我就是不想让他知道,妈!"

她妈妈坐到床边,抚摸着女儿的头发。

"再说,"露西转过身来,"他有什么好说的?如果他真有什么要说的,他刚才为什么不直接说出来?"

"因为,"她妈妈辩解道,"你没有给他说的机会。"

"好吧,我给你一个机会,妈。"沉默了一会儿,"跟我说吧!"

"露西——亲爱的——你觉得——你会——你觉得怎么样,我是说,到其他地方去——"

"噢,不。"

"请听我说完,到你爸爸的表姐薇拉那里住一段时间,到佛罗里达。"

"他的想法跟我有什么关系?"

"露西,等这事儿过去需要花一点时间。"

"九个月可不是一点时间,妈——"

"那里暖和,会舒服一些——"

"噢,"她说,头埋在枕头里开始哭起来,"很舒服,为什么他不把我打发到一个'问题女孩之家',那不是更容易?"

"别这么说,他不想把你打发到任何地方,这你清楚。"

"他希望我根本就没生下来,妈,他认为我事事都跟他过不去。"

"不是这么回事。"

"这样,"她抽泣着,"他就会少一点内疚,假如他有感到一丁点内疚的话。"

"他有,他十分内疚。"

"没错,他应该感到内疚!"她说,"他活该!"

在她妈妈从她的房间跑出去差不多二十分钟之后,威尔老爹过来敲门。他穿着短夹克衫,帽子还拿在手上。帽檐被融雪浸得黑黑的。

"嘿,我听说有人在找我。"

"你好。"

"你的声音听起来像害了大病,我的朋友。要是你出去感受一下外面的大风,你就会庆幸自己卧病在床了。"

她没有回答。

"不反胃了?"他问。

"不了。"

他拉过一张椅子放到床边。"再来点芥末膏怎么样?贝尔塔打电话到欧文家通知我,所以回来的路上我又去买了一大袋新鲜的。要的话就告诉我。"

她转过头去看着墙壁。

"怎么了,露西?可能你得看看埃格伦德医生,我对迈拉也是这么说的……"他把椅子拉近些,"露西,我以前从来没见过他像这次一样改变了这么多,"他温和地说,"一次都没有——一丁点也没有,宝贝。他从容地接受了你的决定。你定了日期,他对此没意见,我们大家都没意见——只要你认为你和罗伊在一起会幸福。"

"我要见我妈。"

"你又觉得不舒服了？可能医生——"

"我要我妈！我妈——不要他！"

门打开的时候，她依然看着墙。

"迈拉，"她爸爸说，"坐到这边来，坐下，听我的话。"

"好。"

"好了，露西，转过来。"他站在床边，"转过身，听话。"

"露西，"她妈妈央求道，"看着我们，求求你。"

"我不想看见他闪闪发亮的皮鞋，昂着下巴，一副洗心革面的派头。我不想看见他的领带，和他这个人！"

"露西——"

"迈拉，别说话。如果她想把自己当成两岁的孩子，像这样蛮不讲理，随她去。"

她小声说："看看，是谁说话像个两岁的孩子。"

"听着，年轻的女士，你顶嘴难不倒我。你们这些自作聪明的毛孩子，过去有，将来还会有，特别是你们这一代人。这样吧，如果你羞于直视我的眼睛，你就光听着好了——"

"羞于！"她叫起来，但是依旧没有动。

"你到底去还是不去薇拉表姐那里？"

"我根本就不认识薇拉表姐。"

"那不是我问的问题。"

"我不能一个人跑到一个我不认识的人那里去，然后怎么样，向左邻右舍编造肮脏的谎言——"

"可是他们不会说谎。"她妈妈说道。

"那他们说什么,妈?说真话?"

"他们会有个说法,"她爸爸说,"说你丈夫在海外,在服役。"

"哦,故事你们都编好了,我敢肯定。可是我只讲真话。"

"好啊,"他说,"你给你觉得自己忍受不了的人惹了这么大的麻烦,你打算怎么办?"

她怒不可遏地从墙壁转过身来,仿佛要朝他猛扑过去。"不要用这种口气教训我。你怎么敢!"

"我没有!"

"因为我不感到羞耻——在你面前绝不。"

"我警告你,别放肆啊。我依然可以揍你一顿,放聪明点!"

"哦,"她挖苦道,"你可以吗?"

"当然可以!"

"那就揍吧。"

"噢,好极了,"他说着走到窗边,站在那里,似乎在往外看,"简直好极了。"

"露西,"她妈妈说,"如果你不想去薇拉表姐那里,那你想怎么办?给我们说说。"

"你们是父母,你们一直拼命想要当父母——"

"现在听着,"她爸爸说,转过脸来再次面对她,"现在,迈拉,你先坐下,冷静点儿。而你,"他说,对女儿挥着一根手指头,"你给我注意,你听见了吗?现在是危急时刻,你明白吗?危及了我女儿,我打算来处理这件事,会搞定的。"

"真好,"露西说,"搞定。"

"别打岔,"她妈妈央求道,"让他说,露西。"她刚向前走了一步,正要沿床边坐下,看到她丈夫瞟了她一眼,旋即又缩了回去。

"现在要么我来处理这件事,"他对他老婆说,话是从牙缝里挤出来的,"要么我撒手不管,选哪个?"

她垂下眼睛。

"除非你想把你爸爸喊进来。"他说。

"对不起。"

"现在,"她爸爸说,"如果你想和那个罗伊·巴萨特结婚——至少今天之前依我们的理解,你是想的,露西,我们自始至终也支持你——那是一回事。但现在看来,这完全是另外一回事。他是什么人我可是看得很清楚,关于他,还是说得越少越好。我识大局,所以根本没有必要提高嗓门喊。他年龄比你大,从部队服役回来,以为自己可以占一个十七岁高中生的便宜。这就是他干的好事。不过,教训他是他爸爸的事,露西,我们就把它留给他德高望重的爸爸,让那个了不起的中学老师去教训教训那小子。噢,他爸爸认为他很优秀,安守本分,但是我猜他马上就要有不同的看法了。不过,我关心的是你,露西,关心什么对你是最重要的。你明白吗?我关心的是你目前正在上大学,这是你一直以来的梦想,对不对?现在,问题在于,你仍然想要你的梦想,还是说你放弃了?"

她并没有领他的情,回应他点什么。

"好吧,"他说,"那我就继续假设你想要,假设那是你一直以来所渴望的。现在,下一步——为了给你你的梦想,我会尽我所能……你在听我说吗?去做点什么,只要有助于实现你的梦想,你明白我的意思吗?因为那个所谓的退伍军人对你做的一切——我真想用手掐住他的喉咙,但是,不能让这件事就这样毁了你的梦想,毁了你的一切……我现在说的是,我愿意做任何事,"他继续说道,"哪怕是出格的事,对某些人来说几乎是不可能的事,"他靠近床边,怕门外的人听见,"现在,在我继续下去之前,你知道任何事意味着什么吗?"

"戒掉威士忌?"

"我想让你继续上学,就是这个意思!我已经戒掉威士忌了,告诉你吧。"

"是吗?"她问道,"又一次?"

"露西,自从感恩节以后就戒掉了。"她妈妈接上。

"迈拉,你别说话。"

"我只是告诉她——"

"我会告诉她,"他说,"让我来告诉她。"

"好的。"他妻子温和地说。

"现在,"他转向露西,"喝酒与此事无关,喝酒也不是问题所在。"

"哦,不是吗?"

"不是!你肚子里的孩子才是!"

这话令她扭头看向别处。

"一个私生子才是,"他重复说,"如果你不想要那个私生子"——他的声音降低到耳语——"如果薇拉表姐依然不在你的考虑之列,那么,可能我们得安排你放弃——"

"绝对不在。我不要撒九个月的谎,我不要一边大着肚子一边撒谎!"

"嘘!"

"是的,我不要。"她咕哝着。

"好。"他用手擦了一下嘴巴,"好。"她可以看见他的上唇和额头上渗出汗来。"那我们把这件事一步一步地落实下来。别太大声,这家里还有别人。"

"我们才是别人。"

"安静点!"他说,"这是明摆着的,不用你顶嘴。"

"那你给我的建议是什么?说吧!"

她妈妈忍不住急切地坐到床上,"露西,"她握住了她的一只手,"露西,只是为了帮助你——"

接着,她爸爸握住了她的另一只手,仿佛一股电流就要贯穿他们三个人。她闭上双眼,等待着、听着——她爸爸的话。她任凭他说。她看见了未来。她看见自己被安置在父母二人之间,她爸爸开车经过温尼萨大桥。天色很早,那位医生应该刚用过早餐,他走到门口向他们问好,她爸爸过去和他握手。在他的办公室里,医生坐在一张很大的桌子后面,她坐在一张椅子里,而她的父母会并排坐在沙发上,医生向他们详细解释他打算怎么做。他有一大堆医学学位证书挂在墙上,它们都裱在相框里。当她跟他走进那间小小的白色手术室的时候,她妈妈和爸爸会从沙发那边对着她微笑,他们会在那里等着她,直到完事后把她裹起来带回家。

等他爸爸说完后,她说:"那肯定要花很多钱。"

"问题不在于钱,宝贝。"

"问题在于你。"她妈妈说。

多么动听啊,像首诗。她刚开始学习诗歌。她上次的英语写作课是解读《奥西曼德斯》。她星期一刚刚收到成绩单——B+,这是进大学后做的第一次诗歌解读。就在这个星期一,她还想着那将是她的最后一次。在那晚罗伊回到基恩堡之前,她翻来覆去考虑的办法是逃走。现在她不必逃走,也不必嫁给他。现在她可以集中精力在一件事,仅仅一件事——大学学业上,在她的法语,她的历史,她的诗歌上……

> 问题不在于钱,
> 问题在于你。

"可是从哪里,"她轻声问,"弄到那么多钱?"

"让我来操这个心,"她爸爸说,"行吗?"

"你要工作了吗？"

"哇，"他对迈拉说，"她果然不会手下留情，这就是你的女儿。"尽管他努力想保持轻松、幽默的口气，但脸上泛起的红晕却久久不散。"别这样，小笨妞，你让我喘口气怎么样，嗯？你以为我今天一整天在哪儿呢？在林荫道上溜达？在打网球？你以为我十八岁之后都在干什么，还有十八岁之前兼职干什么？干活，露西，老老实实、辛辛苦苦地干活，日复一日地干活。"

"干的不是一种活。"她说。

"是的……我来回换……没错……"

她简直想哭出来：他俩此刻正在交谈！

"嘿，"他说，"你为什么不这么想问题，你有一个万事通的爸爸，你应该感到骄傲。来吧，小笨妞，给我一个久违的笑脸怎么样？就像你以前做'逃逃'的时候那样，嗯，小笨妞？"

她感到她妈妈捏了一下她的手。

"嘿，"他说，"无论如何，总有人愿意雇用杜安·纳尔逊，你觉得这是为什么呢？因为他游手好闲，还是因为他精通各种各样的机器设备，里里外外全都不在话下？是哪一个原因？这对一个聪明的大学生来说，不是什么难题，对吗？"

……接下来，她会卧床读书。在卧床恢复期间，她会让学校把作业寄到家里。是的，她还是大学生，而且没有罗伊。他不是很糟糕，但他不适合她，仅此而已。他会消失，而她将开始在学校交到一些朋友，周末可以带回家的朋友。一切都将改变。

真会这样吗？到头来，仇恨和隔绝的日子就这么结束了？试想想，她可以重新开始跟家人交谈，告诉他们她都在学些什么，给他们看她的成绩单。夹在她的英语课本里、此刻就在地板上的那篇《奥西曼德斯》的课程论文，得的B+，前面教授的评语写道："优秀的段落扩展；很好的意境理解；恰当的引文运用；但是请不要把句子塞得过满。"她也许对主题句雕琢得有些过度，但她的本意是一开始就对全部思想进行陈述，然后在主体部分加以展开。"即便一个伟大的，"她作文的开篇写道，"如奥西曼德斯那样的国王，也不能预测或者控制等待他和他的王国的未来或者命运；我想，这就是诗人珀西·比希·雪莱，在他的浪漫诗歌《奥西曼德斯》中向我们传达的寓意，这不仅仅揭示了人类贪欲这个主题——甚至一国之君也不例外——而且还涉及人生'无边无际'之无限的概念，以及一切事物沦为'巨大荒墟'之必然，相较于'那威严中的轻蔑和冷漠'，芸芸众生只能对这一切俯首遵从，令人遗憾。"

"可是他那里干净吗？"

"百分之百，"她爸爸说，"一尘不染，露西，和医院一样。"

"多大岁数，"她问，"他多大岁数？"

"嗯，"她爸爸说，"中年人吧。"

停了片刻。"问题就出在这里，不是吗？"

"什么问题？"

"他太老了。"

"'太老'是什么意思？如果他经验丰富，老不老有什么关系？"

"可是他只干这个吗？"

"露西，他就是个普通医生……出于好意特别帮了我们，没别的。"

"可是他收费，你说的。"

"是啊，他肯定收费。"

"不是出于好意帮忙，他是为了钱。"

"当然了，每个人都有账单要付，每个人都得按劳取酬。"

然而她看到了自己的死亡，那个医生医术一定不怎么样，而她会死掉。

"你怎么认识他的？"

"因为——"他这时站了起来，提了提裤子，"通过一个朋友。"他终于还是回答道。

"谁？"

"露西，恐怕我得保密。"

"你是从哪儿听说他的？"他会从哪儿打听到这种医生？"从大名鼎鼎的兄弟防空洞那里？"

"露西，这无关紧要。"她妈妈说。

她爸爸再次走到窗前，用手掌把一格玻璃擦亮。"看，"他说，"雪停了。以防没人注意到，雪停了。"

"我的意思是——"露西刚一张嘴。

"是什么?"他随即转过身直面她。

"——是……你认识曾经在他那里做过的人吗?就这意思。"

"是的,碰巧是的,如果你一定要知道的话。"

"那她们都活着?"

"如果你一定要知道的话,是的!"

"好吧,命是我的,我有权知道。"

"为什么你不相信我!我不是去要你的命!"

"噢,杜安,"她妈妈说,"她相信你。"

"别帮我说话,妈!"

"听见了吗?"他朝他老婆喊道。

"他可能自称医生,但实际上是酗酒的江湖郎中,或者别的什么。这我怎么知道,妈?说不定他就是那个穿着红色吊裤带的厄尔本人!"

"是,就是他,"她爸爸吼起来,"厄尔·杜瓦尔!,没错!你到底是怎么了?你认为我要你念完大学是假的?"

"亲爱的,他是真心的,你是他的女儿。"

"那并不意味着他知道一个医生是好是坏,妈。想想我会死掉!"

"但是我给你说了,"他喊道,对她挥了一下拳头,"你不会的!"

"可是你怎么知道?"

"因为她做过,没错吧?"

"谁?"

这不言自明。

"噢,不。"她慢慢地沉了下去,靠在床头板上。

她妈妈坐在床边,用手捂住了自己的脸。

"什么时候?"露西问。

"但是她依然活着,对吗?"他的双手使劲抓扯着自己的T恤,"回答我的问题!我说,她没有死!她没有受到任何伤害!"

"妈,"她转向她,"什么时候?"

她妈妈只顾摇头。露西从床上站起来:"妈,他什么时候逼你做的?"

"他没有逼我。"

"噢,妈,"她站在她前面,"你是我妈呀。"

"露西,是大萧条时期。你还是个小女孩儿。很久以前的事儿。噢,露西,全都过去了。威尔老爹、外婆,他们都不知道,"她小声说,"——没有必要——"

"可是我三四岁的时候大萧条就结束了。"

"什么?"她爸爸喊起来,"你是在开玩笑的吧?"他冲着妻子说,"她是在开玩笑的吧?"

"露西,"她妈妈说,"我们是为了你。"

"噢,是的,"她边说边回到床上,"为了我,全都是为了我。"

"露西,我们当时不能再添一个孩子,"她妈妈说,"不能在我们家境艰难,努力要重新——"

"可是，要是他好好工作！要是他不是一个懦夫！"

"听听，"他愤怒地说，"你根本不知道大萧条是什么时候，也不知道是什么样子，你什么都不知道——所以别瞎说！"

"我太知道了！"

"整个国家都处于水深火热之中，不光是我一个人！如果你想咒骂谁的话，就咒骂全美国吧！"

"是啊，要怪就怪全世界。"

"你难道不清楚历史吗？"他喊道，"你难道什么都不知道吗？"他追问道。

"我知道你逼她做了什么，是你！"

"可是，"她妈妈叫起来，"是我自己想要那样的。"

"你听见了吗？"他吼道，"你听见刚才你妈说的话吗？"

"可你是男人！"

"我也是人！"

"那不是借口！"

"噢，我跟你争什么？你连生活中最起码的一二三是什么都不懂，你永远都不会懂！你不会懂得像我这样的一个男人是怎么谋生的！"

一阵沉默。

"听见了，妈？听见你丈夫说的了吗？"露西说，"你听见他刚才说了什么，他堂而皇之说的那些话？"

"噢，你要听我想表达的意思。"他喊道。

"可是，你刚才所说的——"

"去他妈的！别给我下套！我是来化解危机的，但是你根本就不让我开始，或者结束，我怎么化解？你宁愿陷害我——把我丢进监狱！那就是你愿意干的。你宁愿在全镇人面前羞辱我，使我颜面扫地，成为全镇的头号笑柄。"

"头号酒鬼！"

"头号酒鬼？"他说，"头号酒鬼？你应该去看看真正的头号酒鬼。你以为我是头号酒鬼？好啊，你应该去看看什么才算得上头号酒鬼，说之前先好好想想。你根本不知道头号酒鬼是什么！你根本什么都不懂！你——你就是想要我蹲监狱——这就是你这辈子最大的愿望，你的夙愿！"

"不是。"

"是的！"

"可是那些全都过去了。"迈拉叫道。

"是啊，当然过去了。"怀迪说，"不错，大家早就把一个做女儿的是怎么把自己的亲爹扔进监狱的事儿忘得一干二净。不错，大家根本就没有在你背后说三道四。大家根本就不喜欢嚼舌头，噢，绝不。大家总是乐于给你改变的机会，让你重振旗鼓。不错，这就是那件小事带来的一切。你打赌是吧。噢，她把我改造了，我的天——事情就是这样。她多有能耐啊，你那所谓的得奖学金的大学生女儿。好呀，继续呀，所谓的万事通女儿——你自己的麻烦自己解决去吧。因为我不配来帮助像你这样的人，我从来都不配。我是什么？在她那里我就是个头号酒鬼。"

他推开门，动静很大地走下楼。她们听见他在下面客厅里大吼："你上吧，卡罗尔先生。你是这个家里唯一可以解决问题的人。上去吧，反正威尔老爹才是这个家所需要的，反正我是多余的。我只不过是个小喽啰，众所周知。"

"大吼大叫没用，杜安——"

"对，你太对了，贝尔塔，在这个鬼地方什么都没用。"

"威拉德，"贝尔塔说，"告诉这个人——"

"什么事儿，杜安？有什么好大惊小怪的？"

"哦，没什么事儿是你搞不定的，威拉德，因为你才是老大，而我，我只是个小喽啰。"

"威拉德，他要去哪儿？晚饭都好了。"

"杜安，你去哪儿？"

"不知道，可能去拜会拜会老汤姆·韦伯。"

"他是谁？"

"头号酒鬼，威拉德！他才是镇里的头号酒鬼，该死的——汤姆·韦伯！"

门砰的一声关上了。除了楼下的窃窃私语声外，整幢房子一片寂静。

露西躺在床上纹丝不动。

她妈妈哭个不停。

"妈，为什么，为什么你让他对你干出那种事？"

"我迫不得已。"她妈妈悲哀地说。

"你没有！你任他践踏你的尊严，妈！你是他的用人！他的奴仆！"

"露西，我必须那么做。"她哭着说道。

"可是，那是错误的，你得做正确的事！"

"那就是正确的。"她神情恍惚地说，"那是正确的——"

"那不是！对你不是！他贬低你，妈，而你任凭他贬低你，一贯如此！这辈子都是。"

"噢，露西，不管我们说什么，你还是拒绝我们的建议。"

"我拒绝——我拒绝重蹈你的覆辙，妈，我拒绝！"

罗伊的伴郎是乔·惠茨通，他是特意从亚拉巴马大学赶回来的。在大学新生队时，他九次射门得分，硬是为球队连赢了二十三分。新娘的伴娘是埃莉诺·索尔比。埃莉已经在西北大学恋爱了，乔却依然蒙在鼓里。埃莉迫不及待地要把此事告诉露西，前提当然是露西承诺守口如瓶，对罗伊也不能例外。她要给乔写一封短信，可是度假伊始，她最好不要对这事想太多，况且，在这种时候写信，也会显得十足难堪。

要么埃莉已经原谅了露西感恩节的时候称她笨蛋，要么在婚礼的喜庆中她情愿把这事忘掉。婚礼上，从头到尾，泪水不停地从她可爱的脸蛋上滑落，当露西说"我愿意"时，她自己的双唇嚅动着。

仪式结束后，威尔老爹对露西说，她是自她妈妈之后他看到过的最美的新娘。"完美的新娘。"他不停地说，"不是吗，贝尔塔？""恭喜，"她外婆说，"你是个完美的新娘。"她的恭喜到此为止；她如今知道可不是什么流感搞得露西在厨房的水槽里吐个不停。

朱利安·索尔比再次亲吻了她。"看来，"他说，"我猜从现在开始，我可以随时这么干了。""现在我可以。"罗伊说。朱利安说："你走运了，小子，她可真是个小甜心。"丝毫看不出来他曾在基恩饭店的酒吧里给罗伊上了整整四小时的课，历数成为她丈夫的种种不幸。

艾琳·索尔比也没有露出她认为露西情绪异常的私念。"祝你好运。"她对新娘说，嘴唇在露西的脸颊上碰了一下。然后她抓过罗伊的手，把它们握在自己手中，可是过了很久，她什么也说不出来。

接下来是她自己的父母。"女儿"一词是她唯一听到的。她在他的怀抱里如此僵硬，以至于他大概也没有更多的话可说。"噢，露西，"她妈妈说，她湿润的睫毛贴着露西的脸，"要开心快乐，只要你愿意你就会做到的，你以前是个最快乐的小姑娘……"

之后，罗伊的父母走上前来，他们好像相互推让了一番，接着两个人又同时扑向新娘。几条胳膊和几张脸乱成一团，这样的场面终于给在场的人带来一阵难得的欢乐。

劳埃德·巴萨特是唯一站在这对年轻夫妇身后并支持他们

在圣诞节结婚的人——只要安排得过来,圣诞节之前都成。这个一百八十度的大转弯发生在十二月初的一个晚上,当时罗伊在电话里已经崩溃了,对着电话另一端喋喋不休、没完没了的父母亲,他泪流满面,再次恳求他们——停下来。"我实在受不了啦!"他叫喊着,"别说了,别说了!露西怀孕了!"

好的。好的。要的就是这两个字——"好的。"如果罗伊坦白的是这种处境,那么他爸爸则看不出,罗伊除了为自己的行为负责之外还有别的选择。在一个品行端正的男人和一个不负责任的男人之间,依巴萨特先生所见,的确没有什么选择余地。罗伊流着眼泪说,这也多多少少是他自己一直在反思的问题。"但愿如此。"他爸爸说。既然事已至此,那么,只好如此。

第三部分

1

她搬进了从布洛杰特夫人那里租来的房间。布洛杰特夫人，曾称她为贱人。布洛杰特夫人，曾称罗伊为不老实。布洛杰特夫人，有一千条小纪律和小制度。

不过，露西闭上了自己的嘴。婚礼后那几个星期乃至几个月，她发现自己不遗余力地按照被告知的那样去做。你不可能质疑别人说的每一个字和做的每一件事，同时又指望与他们和睦相处，或者指望大家开心愉快。他们已经结了婚。她必须信任他，不然日子怎么过呢？

布洛杰特夫人和罗伊有约在先：只需要每个月增加五美元房租。露西自然不得不承认这是一桩划算的交易，特别是罗伊还获得了布洛杰特夫人额外奉送的每天晚上七点到八点的厨房使用许可权。不过，他们必须得准点离开厨房，这一点他们已经领教了，毕竟这不是旅馆的厨房，而是私家住宅的厨房；当然了，罗伊没少向布洛杰特夫人担保，露西这个人十分整洁，对厨房的事儿可是轻车熟路，她课余时间和暑假在利伯蒂森特的奶吧打过三年工。"但是，巴萨特先生，这正是我要指出的，这里不是什么奶吧，不是什么——"他立刻向她保证，他会呆在厨房和露西一起收拾。这样如何？事实上，晚餐后如果布洛杰特夫人的脏碗碟留在那里，他们在洗自己的碗时也会顺便把她的洗了。在部队时，有一次被罚帮厨，他不得不洗了十七个小时的水壶和大锅；从那以后，多一个少一个碗根本不在话下。她完全可以放心。

布洛杰特夫人说，她会视情况延长他们的使用许可权，前提是他们没有滥用它。

接下来的几个月，有好多次，罗伊晚饭后去客厅敲门，问房东要不要到厨房来和他们一起吃甜点。罗伊私底下对露西说，多加的那点巧克力布丁或者什锦水果花不了几个钱，对像布洛杰特夫人这种性格多变的人，还是值得为自己挣些表现的。他们结婚这一事实，或多或少地恢复了一点布洛杰特夫人对他的信任，毕竟，三个人同住一个屋檐下，何必自找麻烦呢？特别是如果你事先动动脑子就可以轻易避免。

她闭上了自己的嘴。他们不可以再在无关紧要的事上争吵不休，她不可以指责他——她对自己说——他不过是想取悦别人罢了。有些人做事是一种方式，罗伊则用另一种方式。他们不是已经结婚了吗？他不是已经做了她想要他做的吗？

相信他。

出乎她意料的是，基本上没有一个星期天他们不回利伯蒂森特去拜访他家。罗伊说，正常情况下没有必要那么做，但鉴于过去几个月大家都过度紧张，已经开始心生隔阂，在宝宝出生、日子真正忙乱起来之前，缓和一下似乎也不是什么坏事。对他的家人来说，她实际上只是一个陌生人，他对她的家人也一样。现在他们结婚了，这意味着什么呢？意味着在今后的日子里，他们之间抬头不见低头见。在他看来，迈错第一步似乎太荒唐了。区区两小时的车程，除了汽油外，他们还有什么损失吗？

于是，她周日到巴萨特家吃晚饭，出城途中再回自己家打个招呼。在自己家里，她会一声不吭地坐在客厅里，她本来希望再不踏进那里一步的，罗伊一般会和她的家人聊上大约十五分钟，聊的多半都是她爸爸和威尔老爹爱听的事。他们聊了很多组合式预制房屋。她爸爸应该可以盖一座组合式预制房屋，威尔老爹认为她爸爸盖一座那种房子真不在话下。罗伊说他在不列颠有个兄弟，如果他们真要动工的话，到时候他可能可以帮他们绘制图纸。现在社会上这种建筑承包商一夜之间遍布大街小巷，罗伊说。噢，这是一场真正的建筑革命，她爸爸说。确实是的，纳尔逊先生，一点不错，看起来好像势不可挡，威尔老爹说。一点不错，卡罗尔先生，他们一夜之间就遍布大街小巷。

一个星期天晚上，他们开车回基恩堡的路上，罗伊说："行啊，看来你家老头这次好像真的戒酒了。"

"我恨他，罗伊，我永远恨他。我很久以前就跟你说过，我想我是认真的！"

"好吧，"罗伊轻轻地说，"好吧。"因而避免了一场口角。他似乎很愿意忘掉自己挑起的话题——如同很愿意忘掉露西刻意提醒的那种敌意一样。

像任何一对年轻夫妇一样，他们一个星期天接着一个星期天地出门拜访姻亲。但是为什么？为什么？

因为那就是他们的现状：她是他的老婆，她的妈妈就是他的丈母娘，她那留着新蓄的浓密的胡子、怀揣崭新蓝图的爸爸就是他的老丈人。"可是我真的宁愿不去，罗伊，今天不去。""去吧，我们都回来了，不是吗？我是说，如果我们不去打个招呼就这样溜掉，那怎么好呢？没什么大不了的，来吧，宝贝，别像个小孩子，上车吧——小心那宝贝肚子。"

她不再争吵了。或许是因为她已经吵够了？为了使他尽到自己的责任，她已经吵了又吵，不过他最后还是尽到了。所以还有什么可吵的？她再也没有气力提高自己的嗓门了。

再说，无论如何她必须尊重他。她不得再挑剔他的言辞、他的观点，跟他唱反调，特别是针对那些他擅长或者理应擅长的事。她是他的老婆，她必须夫唱妇随，尽管她不总是同意他的观点，比如，她肯定不同意他说的他比不列颠的老师懂得多得多。

不幸的是，不列颠并非像那些制作精美的小册子所大肆吹捧的那样。原因之一在于，一九一〇年的时候它还没有成立，至少还不是作为一所摄影学校。二战以后，他们为了吃到军人安置法案这门生意的红利，才决定把它扩建为摄影学校。它在头三十五年里，一直是一所建筑绘图学校，叫不列颠技术学院，里面三分之二的学生打算将来涉足建筑行业，正因如此，罗伊才获悉组合式预制房屋蓬勃发展的现状。这些学绘图的学生，说实话并不赖，倒是学摄影的学生很差劲。尽管你不得不填写一张长长的入学申请表，并附上一些你的作品，但其实，摄影专业根本没有真正的入学要求，其申请程序不过是一种使你觉得这个新专业有水准的策略。至于师资水平，他说，比学生们的水平更吓人——特别是那个叫 H.哈罗德·洛沃伊的，不知怎地居然自认为是摄影技术某方面的专家。好一个专家。随便翻一期《展望》，学到的构图知识都比花一辈子听洛沃伊那个自大的白痴讲授的多得多（另外，有人说他可能是个"兔子"，一个货真价实的同性恋。为了点拨露西，他模仿洛沃伊走下大厅的样子，是不是很做作？但是，就算是一个同性恋，如果肚子里真有点货的话，也可以教你点什么，不过一个白痴同性恋——噢，那可真没戏了）。

洛沃伊的课是在早上八点钟，是罗伊一天中的第一节课。第二学期的第一个月，他每天早晨老老实实地按时起床去上课。每天早晨去听那个"万事通"带着鼻音絮叨一些十岁的孩子都能懂的东西，只要他眼睛好使。"阴影的出现，先生们，是通过把物体 A 放置于光线和物体 B 之间。"老天啊！一个雷雨交加的早晨，他俩刚走到门廊，罗伊便转身返回房间，甩掉军靴、野战夹克等，一头栽倒在床上，呻吟着"噢，我不在乎同性恋，真的，但一个白痴同性恋！"他说他可以呆在家里，更好地利用这一个小时，他对此确信无疑。再说，他的下一节课要到十一点才开始，呆在家里节省的不仅是洛沃伊浪费的一个小时，还有接下来的两个小时，他一般把它花在楼下休息室看没完没了的总在进行中的二十一点游戏上。那里乌烟瘴气，嘈杂吵闹，但你也没有别的去处啊。想在那里谈谈摄影，更是门儿都没有——没有一个同学有任何谈论摄影的意向。有时候跟这些人在一起，他觉得自己仿佛又回到阿留申群岛，回到在那里度过的岁月。

露西怎么样呢？每天，她走到拐角，搭乘环城公交到学校上八点钟的课。罗伊说，如果她愿意的话，他可以开车送她上学；现在她肚子越来越大了，他觉得乘公交和在滑溜溜的街上走路可不是什么好主意。不过，露西当天和接下来的几个下雪的早晨都拒绝了他。没事儿，她说，没什么好担心的，不劳驾他中断他的学习——如果对他来说，拿着一把剪刀和她妈妈每周为他保留的杂志，坐在床上大把吃 Hydrox 饼干是学习的话！可是，也许他自己心里有数，也许这个学校确实是个野鸡大学。也许他的老师和同学确实是笨蛋，也许洛沃伊确实自以为是，确实是个白痴加同性恋。也许他所说的一切都是真的，他所做的一切都是对的。

她一边这样对自己说，一边走过下雪的街道去赶公交，然后去上课，进图书馆，一点半后独自去咖啡馆吃午饭。大多数女孩子下午在学校食堂吃，她以前住宿舍时也在那里吃，可是她现在宁愿尽量避开她们。她们中终究会有人去瞄她的肚子，为什么她得忍受那些人的视线呢？凭什么她要被那些讨厌的一年级新生瞧不起？在她们看来，她可能只是一个圣诞节结了婚的女孩，是闲话和取笑的对象，然而对她自己来说，她是罗伊·巴萨特夫人，她无意整日沉浸在自我羞愧中，她没有任何好羞愧或者后悔的。所以她两点半时独自一人在老校园咖啡馆最后一排吃午饭。

六月的第一个星期天，在他们开车回利伯蒂森特的路上，罗伊决定不去参加下周的期末考试了。说实话，他可以参加，而且用一句服役时的话说，他可以不费吹灰之力通过诸如照相机维修、底片修版之类的测试，所以谈不上临阵脱逃或者偷懒，因为他完全看不到有什么可学的。去参加这种期末考试毫无意义的原因之一，顺便说一句，还在于摄影系有史以来没有一个人不及格，当然除了洛沃伊的课，而他的课你能不能及格不在于你是否弄懂了所学的东西，而在于你是否认可洛沃伊其人及其观点；不过期末考试失去意义的真正原因，在于他决定秋季不再回不列颠了。至少这事儿，无论如何，他想和露西好好商量商量。

其实他们已经商量过了。为了养活她和小宝宝，他本来计划放弃白天的课业，报名夜间课程。这样的话，得花两年而不是一年时间才能完成学业，不过这是他们几个月前就商量好的解决办法。

这也正是他重提此事的原因。不管白天还是晚上，他都看不到在那个地方坚持下去有任何意义。她以为得到一个摄影艺术硕士学位对他有什么好处？任何一个对摄影稍有了解的人都知道，不列颠的学位价值还不如印着学位证明的那张纸。"白天上课的老师尚且如此,你可以想象晚上在那里教课的天才们。你知道夜校的头儿是谁,对吧?"

"谁?"

"H. 娘娘腔·洛沃伊。所以可想而知。"

接下来,他向她报告了一个好消息。昨天早晨,他和布洛杰特夫人聊了一会儿,结果是他马上就可以接到自己的第一单生意了。所以谁稀罕娘儿们洛沃伊?星期一早晨,他就要为布洛杰特夫人画一幅坐像素描,来抵作一个星期的租金,当然前提是她看到作品后能够喜欢。

回到利伯蒂森特,下午早些时候艾丽斯·巴萨特把罗伊拉到一边,告诉他露西的爸爸把她妈妈的眼睛打青了。晚饭后,罗伊把露西单独叫到楼上,尽可能温和地告诉了她。她立刻穿上外套,戴上围巾,蹬上靴子,不顾罗伊的劝告,打算亲自回家看看被打青的眼睛。她当然看到了,那并非恶意的流言蜚语,而是事实。

怀迪已经离家三天,算是悔过吧——他回家的那天下午恰好赶上他女儿回家。他没能踏进那道门。

孩子是在那之后四天出生的。分娩从她英语考试进行到一半的时候开始,持续了艰苦漫长的十二个小时。她自始至终处于清醒状态,每分钟都对自己发誓,如果她活下来,绝不会让她的孩子经历没有爸爸的家庭生活,她不要重蹈她妈妈的覆辙,而她的子孙后代也不要重蹈她的覆辙。

而对罗伊来说(另外,从某种意义上,对怀迪·纳尔逊来说也一样——那个星期天之后他就从镇子上消失了），蜜月算是到头了。

第一个被否决掉的建议是他在露西住院期间提出的。他们夏天何不搬去利伯蒂森特住呢？他的家人可以睡在带屏风的后门廊，反正他们天热的时候喜欢睡在那里，他们两口子和宝宝爱德华可以占据二楼整层楼。他觉得换换环境好像对露西也不错。至于他自己，他可以忍受和父母住上几个月，因为这样意味着露西可以放松放松，休息一段时间。再说对宝宝也好，他在利伯蒂森特肯定不会感到那么热。总而言之，头一天晚上，这好像还不失为一计万全之策。于是，等他父母到医院来探望的时候，他把他们拉到一旁，跟他们提了他的想法。他不想事先告诉露西，怕万一他父母反对，她会感到失望。可实际上，这个想法正合他们的心意。他妈妈简直喜出望外，总算有机会施展她疼人的特长了。爱德华的出生也许可以结束他们与父母之间仍然存在的些许紧张——婚前事故的后遗症，更何况他们婚后的六个月也称得上幸福和睦。罗伊说，看到婚前的不确定性结束后他俩如此默契，他心里美滋滋的；早料到是这样，他说着，把她的手握在自己手里，他就该在百老汇开车尾随她的第一个晚上向她求婚。他不得不承认，回到利伯蒂森特小住一段时间，向他那多疑的爸爸展示下自己的婚姻原来是如此难以置信的和睦，这让他心中暗喜。

可是这怎么行得通呢，露西问，住在他爸爸家的话，罗伊要怎么养活他们呢？

他向她保证，这里总归有一个成为自由摄影师的前景，这是他的家乡啊。

不行。

不行？她什么意思，不行？

不行。

他简直不敢相信自己的耳朵。为什么不行？

不行！

他怎么能够跟一个还躺在医院病床上的人争吵？他尝试着去争取，但得到的回答全是不行。

爱德华出生一个月后，多亏了布洛杰特夫人，她允许他们把索尔比家送的婴儿床搬进房间，还延长了他们使用厨房的时间，每周只多收取一美元。不仅如此，她还接受了罗伊为她画的素描，抵扣了一周的租金。她认为那张画使她的五官看起来很小，尤其是她的眼睛和嘴巴。但是，她自言自语道，如果她期待的是专业作品的话，她就会去找一个职业画家；她是一个诚实的人，不会不遵守诺言。当然不会，罗伊说。露西不得不承认，房东无疑已经尽到了自己最大的善意和体贴。一个男人和老婆孩子同住，这可不是她一年前开出的价钱。正因为此，他希望露西表现得稍微亲切友好些——要不然就干脆点点头，同意回到他父母那里去住上一个月左右，度过剩下的半个夏天，也算是慰藉他父母的祖孙情谊……噢，她愿意吗？

她愿意什么？他想问什么？

她愿不愿意回利伯蒂森特？

不。

只住八月份一个月？

不。

那好吧，至少在走廊遇到布洛杰特夫人时，她可以更友好些吗？笑一笑有什么损失呢？

她已经表现出了必要的礼貌。

可是这个女人表现得超出——

这个女人收费出租她的房间和厨房。如果她不想出租了，或者看他们不顺眼，她可以要求他们搬出去。

搬出去？搬到哪儿去？

搬到他们自己的公寓。

但是他们怎么能够负担得起自己的公寓？

关于这点他是怎么想的？

"嗯，我在找工作。每天都在找！现在正值夏季，露西！明摆着老板们都去度假了。我找过的每个地方——倒霉透了，老板们都在度假！而我们存的那点钱在疯狂减少。如果我们住在利伯蒂森特，我们整个夏天不必花一分钱。我们呆在这里，一事无成，一无所有，宝宝也热得难受，眼看着我们的钱天天减少，而我所能做的就是坐在那些办公室里，等了又等，巴望着那些根本就不在那儿的人出现。我们本来可以有个小小的假期——不管你有没有意识到，我们都需要它，因为现在你看看情况怎么样，我们在吵架。此时此刻我们正在吵架。为什么吵？我们还是跟六个月以前一样合得来，露西，但是我们却吵个不停，因为我们在这种炎热的鬼天气里一直闷在这一间屋子，而利伯蒂森特的一整层楼都白白地空着。"

不。

早在劳动节前夕，露西就说过，既然没什么摄影的事儿可干，也许他应该找找其他活儿，但是罗伊说，不能仅仅因为他暂时没有碰到自己喜欢并擅长的工作，就陷进自己讨厌的工作。

他们的积蓄在迅速减少，这些积蓄，她提醒他，不光是他在服役时攒下的，也包括这些年来她在戴尔奶吧打工攒下的。

不错，这个他当然知道。这正是他入夏以来不断提醒她的，也恰恰是他们可以避免的。然后，赶在她正要发表她那套大道理（它们蓄势待发）之前，也赶在布洛杰特夫人正要下楼发表她的之前——从楼上地板已经传来她重重的脚步声，他砰的一声关上门，离开了。

一个小时过后，不列颠的H.哈罗德·洛沃伊打电话来找罗伊。他说他知道巴萨特先生在找工作，他想告诉他，温德尔·霍普金斯需要一名助理，因为他的前任助理刚注册成为不列颠电视艺术系的全日制学生，秋季即将入学。

罗伊中午回来时，被这个消息惊得目瞪口呆。洛沃伊打来的电话？霍普金斯，那位纪实摄影师？他立即刮了胡子，穿戴整齐，几分钟后便离开了；不到一小时，他给露西打来电话，说让爱德华听电话。

让爱德华听电话？爱德华正睡觉呢。到底是怎么回事？

那好吧，她最好自己告诉宝宝，他爸爸现在是基恩堡中心普拉特大厦温德尔·霍普金斯工作室的助理了。瞧瞧，这到底值不值得等？

那天吃晚饭时，他有些搞不懂洛沃伊怎么会想到给他打电话——自从几乎每天在课堂上都和他看法相左之后，罗伊那一个月干脆没露面。看来洛沃伊并非真像他在课堂上看起来的那么难打交道。不错，这个老同性恋在公开场合不接受批评，可私底下，尽管不情愿，但他似乎对罗伊在构图、光线和阴影方面的见解心生敬意。看来你不得不给予他一点赞许，他比罗伊以前认为的稍微像样一点。谁知道呢，也许他根本就不是同性恋，只是碰巧走路、说话的方式像罢了。谁知道呢？如果抛开他们的分歧不谈，洛沃伊实际上可能是一个蛮犀利的家伙。他们说不定可以成为朋友呢。可不管怎么说，现在结果也没什么不同。二十二岁的他，是温德尔·霍普金斯的唯一助理，而后者，在几年前就已经为利伯蒂森特的唐纳德·布隆全家完成了肖像画。噢，晚饭后就给爸爸打电话，告诉他他的新工作，多痛快啊——更甭提，霍普金斯先生还是他爸爸那位有名的老板的家庭摄影师呢。

那个月月底之前，他们找到了自己的第一间公寓，就在彭德尔顿公园北边尽头的一座老房子的顶楼，差不多位于基恩堡的郊外。租金还算合理，家具也不太坏，茂密的大树和安静的街道使罗伊想起利伯蒂森特。有一间宝宝的卧室，一个很大的客厅，你也可以在那里睡觉，一个完全属于他们自己的厨房和卫生间。壁炉后面有一个地窖，房屋中介说，尽管潮湿发霉，但罗伊可以把它改造成一间暗室，不过他需要清楚任何用于改造的东西最后都不能带走。尽管公寓离镇中心有二十分钟的车程，但是预期的暗室促成了这笔交易。

九月十三日是周六，天高云淡，他们花了一上午的时间将家当搬运到新家。那天晚些时候，在他们搬完东西，洗干净最后一餐用过的盘子之后，罗伊坐在车里不时地轻按喇叭，而露西则站在客厅，怀里抱着婴儿，告诉布洛杰特夫人自己对她的看法。

接下来的那一年，罗伊开着他的车跑遍了基恩堡的各个角落，拍摄教堂活动，旋转餐桌聚会，妇女俱乐部聚会，少年棒球联赛——更多时候是拍摄中小学毕业班的活动。结果证明，霍普金斯最大的生意并非来自基恩堡的社交名人，而是来自地方教育委员会，他兄弟是委员会的委员之一。霍普金斯自己则整天呆在工作室里，从事真正的拍摄——拍新娘、宝宝和各色生意人。开始头一周，罗伊随身携带一个小螺旋线圈笔记本，打算在工作摘要中记录下这位经验丰富的摄影师嘴里随时可能冒出的小秘诀和忠告之类。没过多久，他就只好把它用来记录每天给他的汽车加油的花销了。

爱德华，一个白皙的小宝宝，生着一双蓝眼睛和浅色头发，总是一副最甜蜜、最温顺、最安静的乖乖模样。露西推着他在公园里散步的时候，对每一个带着赞赏的目光俯瞰他小推车的人，他总是报以慷慨的笑容，该睡觉的时候乖乖睡，该吃饭的时候好好吃，其余的时间就笑个不停。一对住在楼下的老夫妻说，他们从来没有见过如此安静乖巧的小宝贝；当初，他们听说有婴儿要住在他们楼上的时候，实际上已经做好了最坏的打算，但是现在他们得对巴萨特夫妇说，他们迄今为止没有任何怨言。

爱德华一岁生日前夕，朱利安姨父雇罗伊回去拍摄埃莉的护士徽章授予典礼。第二天，罗伊便开始谈及辞去工作，打算开一间自己的工作室。他还能这样坚持多久，下午拍美国革命女儿会，晚上拍高中毕业晚会？他还能这样坚持多久，为一点微薄的薪水而包揽全部枯燥的脏活儿，周末干活儿，晚上加班，而霍普金斯却大把大把地收钱，只干点有创造性的工作（如果你能称之为"创造性"的话）？他到底还能这样坚持多久，让霍普金斯免于承担部分成本开销，仅仅支付汽油费，他自己却要承担汽车的折旧损失？

"洛沃伊！"一天晚上，在结束了整整一下午令人厌恶的拍摄工作之后，拍摄对象为4H俱乐部[①]的男孩女孩们，罗伊说："我真应该到不列颠，去给那个同性恋几个大嘴巴子。他其实早就清楚

---

① 4H Club，美国的青少年活动组织，4H代表了Head, Heart, Hands, Health。

这活儿是怎么一回事。一个被美化了的跑腿工作。至于摄影技术含量高——好吧，看在上帝的分上，艾德都会干。我跟你说，洛沃伊对此一清二楚。噢，想想吧，还记得我当初有多么意外吗？噢，这其实是对我的一种报复——你能想象吗？——而我真笨，直到今天在给那些嘴里喊着'茄子，茄子'的孩子拍照时，我才意识到这一点。好吧，我倒要让他看看，也让霍普金斯看看，如果我自己干，一年之内我就会拥有霍普金斯一半的肖像业务。这是事实，我敢肯定。他需要的就是一点竞争，然后他就可以哭着喊娘了，没错。"

"可是你在哪里开工作室呢，罗伊？"

"我在哪里开？在哪里开始，从哪里找一间工作室？你是这个意思吗？"

"你在哪里开？要多少钱？在客户陆续离开霍普金斯到你这里来之前，我们靠什么生活？"

"噢，该死，"他说，一拳擂在桌子上，"该死的洛沃伊。他根本不能接受批评，哪怕最轻微的批评都不行。问题在于，我对这一点一直是很清楚，可是他怎么会卑鄙到——"

"罗伊，你打算在哪里开工作室？"

"嗯——如果你想认真地谈谈这个问题……"

"在哪儿，罗伊？"

"嗯——开始的话肯定会产生另一笔租金，对吧。"

"另一笔租金？"

"可是这个我们可以省掉。因为我们别无选择,我知道,我们付不起。所以一开始,嗯……我想过,就在这儿。"

"这儿?"

"是的,不过在下面我的暗室里。"

"就是说你的工作室将在我们的客厅里?"

"只不过在白天。"

"那么爱德华和我白天怎么办?"

"嗯,我说过,露西,显然这确实需要讨论。我当然愿意跟你详细讨论正反两方面的因素,而且是心平气和地——"

"那么客户呢?"

"我跟你说过,那需要时间。"

"你说的暗室在哪儿呢?你还没有建呢。你是在说着手建一个暗室,噢,你以前已经说过了,没错——"

"行了,现实是我一天到晚都在干活儿。老实说,我晚上回家精疲力尽。一半的周末他都让我去偏远地区拍摄婚礼——噢,算了。你根本不了解我的职业,或者我的抱负!我有一个孩子正在长大,露西。你知道,我有自己的抱负,不会因为我结了婚就放弃。我下半辈子绝对不会成为洛沃伊报复的牺牲品,我告诉你,是他把我骗进去的。这真的是件苦差,你知道的,霍普金斯付的那点工资,怎么能跟一个摄影师能够挣到的相比。正因为如此,我说我想成立自己的工作室,为你,为我自己的老婆——噢,你什么都不明白!你连试着去了解一下都不愿意!"说完他跑了出去。

等他回来时已经接近深夜。

"你去哪儿了，罗伊？我一直坐在这里等你，也不知道你在哪儿。你到哪儿去了？去酒吧了？"

"去什么酒吧。"他苦涩地说，"我去看电影了，露西，如果你非得知道的话。我到镇上看了一场电影。"

他走进卫生间，刷牙去了。

熄灯后，他说："好吧，我跟你说，我不知道我之前的那些倒霉催的是怎么做的，但就我个人来说，至少要让那个老啬鬼分担一半下一次的汽车续保费。我不会拼死拼活地成全他当上全镇首富。"

几个月过去了，工作室的事儿再也没有被提及，不过罗伊还是时不时地抱怨洛沃伊。"我怀疑那些所谓的学校的行政部门是否了解这个家伙。我向上帝保证，正如你所听到的那样，他绝对是个同性恋。装腔作势的老洛沃伊。H.哈罗德。我的天，真想哪天在镇上撞见他，跟他当面对质。"

到春天的时候，一个星期天，他们回到利伯蒂森特，露西听见罗伊的妈妈说刚刚收到一个他的包裹，放在他卧室的抽屉里了。开车回到自己家后，她问罗伊包裹里面是什么。

"什么包裹？"罗伊说。

第二天，收拾好早餐盘子，整理好爱德华的小床之后，她便开始在公寓上下查找。直到午饭后，在爱德华午睡的时候，她才在客厅的壁橱后面,找到一个塞在罗伊的旧军靴顶部的小盒子。盒子是从俄亥俄州克利夫兰的一家印刷公司寄来的,里面装着好几百张名片,上面写着——

巴萨特·摄影工作室
拍摄全基恩堡最好的肖像照

通常到傍晚时分,罗伊才回到家中,尽管疲惫不堪,但他总会和儿子玩一个小游戏。"艾德?"罗伊一进门就会喊,"嘿,这里有人看见爱德华·巴萨特吗?"这个时候,爱德华就会突然从沙发后面冒出来,冲着大门口拼命地跑,一下子扑进他爸爸的怀里。罗伊就会一把将他举起来,一边把他举在头顶上转,一边假装惊讶地叫喊:"噢,我太吃惊了,我简直惊呆了,这不正是货真价实的爱德华·小可爱·巴萨特本人吗?"

露西发现罗伊秘密的那天傍晚,罗伊一踏进家门,爱德华就拼命地跑过去,罗伊一下子把他举过头顶,不过,此时露西心里想的却是"不!不行!"——假如这个小小的、天真的、爱笑的孩子已经把他的爸爸视为男子汉,视为他成长中的偶像怎么办?

晚饭后,罗伊为爱德华读故事,她尽力控制住自己,不过在他把儿子放进床后,她已经拿着从俄亥俄州克利夫兰寄来的包裹,坐在客厅的咖啡桌边等着他了。"什么时候你才能长大?什么时候你才能好好干自己的工作,不再千方百计地想搞丢它?什么时候?"

他眼里含着泪水,冲出了公寓。

和上次一样,他直到深夜才回来。他在外面吃了一个汉堡,看了另一场电影。他脱掉外套,把它挂在衣橱里。他走进爱德华的卧室,从那里出来后仍然拒绝看她的眼睛,他说:"他醒过吗?"

"什么时候?"

他拿起一本杂志,一边随便翻着一边说:"我不在家的时候。"

"幸亏没有。"

"你看。"他说。

"看什么?"

"噢,"他说着倒进椅子里,"对不起,嗯,真的,"他举起双手,"你看,我有没有被原谅啊?"

他解释道,他在霍普金斯那里的一本杂志背面看见一则印名片的商业广告。一千张——

"为什么不印一万张,罗伊?为什么不印十万张?"

"让我说完,行吗?"他叫道。

一千张是你可以下的最小的订单,这个生意就是这样,一千张五点九八美元。好吧,他很抱歉没有和她打招呼,在八字还没有一撇的时候就订下名片,可要是和她说了的话,他们肯定会为此大吵一番。他知道她在乎的不是那点钱,而是原则问题。

"两个都是,罗伊。"

好吧,可能两者都是,她说了算,但千真万确的是,对于霍普金斯的剥削，他确实不知道还能够忍受多久，区区六十五美元一周。眼下，哈德逊几乎分文都不值了。如果她那么在乎印名片的五点九八美元，那么汽车的折旧算什么？还有那微不足道的被称为事业的东西算什么？上个星期，他连着两天晚上跑到乡下，拍摄什么女童子军！现在算起来，如果不是因为养家糊口而辍学，又接受这份该死的工作，他本该从不列颠毕业了。

"可是你本来就不想从不列颠毕业。"

"我在说的，是白白丢掉的时间，露西，是为霍普金斯干脏活儿！"

好吧，如果他想讨论时间，那她本该上大学三年级，秋季就是毕业班的学生，一年之内就大学毕业了。噢，罗伊说，别一副好像这些全是我的错的样子。这些就是他的错，她说。那个"中断"的主意是谁提出来的，是别人吗？听着，他说，他们那样做几百次了。怎样做，罗伊？整个夏天，"中断"的做法一直很有效，是她一直同意他那样做的。她让他那样做，她说，是因为他强迫她，他一而再地坚持——行了，他叫起来。你不得不接受那样做的后果，她告诉他，你不得不为自己的行为付出代价！付一辈子？他问。用一辈子作为这一件事的代价？该死，不能因为他不得不娶她，就意味着他这辈子不得不做霍普金斯的奴隶，或者给某个卑鄙无耻的同性恋当猴耍！

"不干洛沃伊的事。"她喊道。

"噢，照你这么说，我猜也跟霍普金斯无关咯？"

"与他无关。"

"噢，无关？噢，你不是当真的吧？那么与谁有关，露西，与我？仅仅与我，而与他人无关吗？"

眼泪从他的眼睛里流了出来。他又一次冲向大门，开车直奔利伯蒂森特，直到第二天下午才回来。

他看起来一副已经打定了主意的样子。他想和她认真地谈谈，他说，像两个成年人一样。谈什么？她问。当他跑到镇上看电影，或者跑回家找妈咪的时候，她却不得不照料一个两岁的孩子。她碰巧有个聪明、机警的小孩，早晨醒来发现爸爸不见了，根本就闹不懂到底出了什么事。

罗伊跟在她身后，在客厅里转来转去，试图盖过吸尘器的噪音，让她听见自己的声音。最后他只好扯掉插头，拒绝妥协，直到她肯听他说为止。他想谈的，是分居。

是什么？拜托，她对他说，爱德华正在卧室睡觉："你到底在说什么，罗伊？"

"好吧，算是暂时分开，好让我们两个都静一静，好让我们能够认真地把事情谈透，之后，可能我们会更好地……类似休战吧。"

"你把自己的私生活对谁说了？"

"没对谁说。"他说，"我只是好好思考了一番。一个人应该审视下自己的私生活，难道你没有听说过吗？"

"你只不过在复述别人的想法。这到底是不是事实？"

他把插头扔到地板上,再一次冲出了屋子。

爱德华原来并没有睡着。他们一开始争吵,他就从他的卧室跑到卫生间,插上了门后的插销。露西不停地敲门。她说只要他把小插销从锁孔里抽出来,他想要什么她都会答应。她说爸爸因为工作上的事心情不好,但是谁也没有跟谁生气。爸爸出去上班了,会和平时一样回来吃晚饭。他想和爸爸玩游戏吗?她求他开门,同时不断地推门,希望螺丝可以轻易地从旧门板上脱落。最后她不得不用肩膀使劲地撞击,把锁从墙上撞开。

爱德华坐在洗脸池下面,用一件待洗的衣服捂住自己的脸。他听见妈妈走进来,就歇斯底里地哭起来。她抱着他不停地摇,摇了半个小时才使他平息下来。

那天晚上,当罗伊回来,在黑暗中开始脱衣服时,她正在床上。她打开灯,因怕吵醒爱德华,尽量轻声地请他坐下来听她说。他们必须谈谈。他必须明白,他的所作所为正在搅乱爱德华的安宁。她告诉他,爱德华把自己锁在卫生间——一个两岁的孩子,罗伊,她告诉他她如何看见他坐在洗脸池下面,用一件衣服捂住自己的脸。她告诉他再也不要说跑就跑,同时又寄希望于他们的孩子——像他这么小的孩子——不以为他的爸爸和妈妈之间出了问题。她告诉他再也不能下班回来时对一个两岁的孩子百般宠爱,和他玩耍,给他读故事,给他晚安吻,早上却不见踪影。因为不管罗伊相不相信,孩子自己是能够推断出来的。

罗伊好几次想为自己辩解,但是她一刻不停,拒绝被打断,直到他把发生的事听完。好一阵子，罗伊只是坐在沙发床的边沿，他的头埋在双手里，说对不起，爱德华真的把自己锁在卫生间了吗？

她告诉他她是如何强行进入里面的。

噢，上帝，他觉得太可怕了。他不知道会出现这种情况。他当时只不过太激动了。他这辈子从来没遇到过这种事。她怎么能认为他想伤害爱德华？他爱他。他宠他。每天下午，他是那么期盼推开房门的那一刻，张开双臂等着爱德华拼命跑过客厅，扑进他的怀里。他太爱他了。而且他也爱她，他确实爱，即使他没有表现出来。所以这一切太令人困惑了。她是他此生最重要的人，现在和以往一样，始终没有变。她这么坚强，这么优秀。她可能是她这个年龄最令人难以置信的女孩之一。看看埃莉——才二十岁，就已经为了得到克拉克甩掉了乔·惠茨通，而六个月内，又甩掉克拉克，跟这个罗杰在一起。看看一般的二十岁女孩子，再看看露西，以及她所不得不忍受的磨难。他知道，她爸爸给她的家庭带来了什么。他知道，当他们无能为力的时候，她不得不阻止他，拯救她的家庭。他知道，是她最终被迫把她爸爸锁在门外，把他赶走，使他不再回来毁掉她妈妈的生活，这一切不得不留在她的记忆里，而这又对她的内心意味着什么。

她说她从未想过这件事。他身在何方，她毫不关心。

好吧，他想过。他知道她不想谈起她的爸爸，可重要的是，他想让她知道，他钦佩她面对她爸爸那种行为时的勇气，这一点永远不会改变。她有勇气，她有力量。她明辨是非。她与众不同，世上没有一个人像她。作为她的丈夫,他深感荣幸,她知道这一点吗?噢,他为什么哭了?他好像控制不住自己。他绝不会故意伤害小艾德,她必须明白这一点。他绝不会故意伤害她或者世上的任何一个人,哪怕是最小的伤害或痛苦。她不知道这一点吗?这是千真万确的事实。他想做个好人,发自肺腑地想。噢,拜托了,噢,拜托,她必须明白这一点。

他跪在地板上,头靠在她的膝盖上,忍不住哭了起来。噢,上帝,我的上帝,他说,噢,他有话跟她说,而且她得把它听完,她得理解和原谅。一旦他告诉了她,就到此为止,她永远也不要再提起它,但是她得知道真相。

什么真相?

他最近心乱如麻,甚至不知道自己在想什么或者在做什么。她得理解这一点。

理解什么?

好吧,他回到利伯蒂森特后并没有回家,而是去了索尔比家。他承认分居的主意不是他的而是他姨父的。

那之后还不到一个星期,一天晚上吃饭的时候,他又开始发牢骚,抱怨自己被霍普金斯呼来喝去。还没等她开口反驳,一直在厨房里玩耍的爱德华已经从地板上站起来,跑开了。

她丢开她的餐巾。"你非得哀叫!你非得抱怨!你非得在自己的孩子面前表现得像个三岁小孩!"

"可我到底说了什么啊?"

这一次他离开了整整两天。霍普金斯第二天一大早打电话来对她说,罗伊这小子玩的失踪把戏,他不知道自己还能忍受多久。她说利伯蒂森特的家人又生病了。霍普金斯说果真如此的话,他深表同情,但是他有生意得做。露西说她明白,罗伊也明白。她希望他很快就会回来。霍普金斯说他也希望如此。但是他希望如果他回来,他最好能对工作上点儿心。据说,两周前罗伊在巴特勒拍摄基瓦尼斯①的午宴时,根本就没有在相机里装胶卷。

当天下午,朱利安·索尔比的律师从温尼萨打来电话。他说他是罗伊的代理律师。他建议她找自己的律师跟他联系。"拜托,"她回答道,"我没时间胡扯。"

他说不管她找不找,他们都将向她递交离婚材料。

"噢,是吗?我可以问问理由是什么吗?是我离家出走了吗?是我旷工、怠工吗?是我在一个如此年幼的孩子面前嚎啕大哭、大发雷霆吗?是我连生意还没开始做就瞎印名片吗?别告诉我去雇律师,先生。告诉你的当事人索尔比先生去跟他侄子说别耍小孩子脾气。我得打扫公寓,照顾一个吓坏了的孩子,因为他的爸爸不停地夺门而逃,去向一个声名狼藉、不负责任的人讨教。再见!"

罗伊回来的时候已经洗心革面。先前那些糟心事儿都到头

---

① Kiwanis,指基瓦尼斯俱乐部,是企业家、律师和医生等自由职业者的会社。

了，结束了，简直不明白当初是怎么想的，老实说，他之前肯定是疯了。他和他爸爸坐下来，一五一十地将情况和盘托出。劳埃德·巴萨特对他儿子数次秘密探访利伯蒂森特的事一直蒙在鼓里。罗伊请求索尔比全家不要声张。一开始他们同意了，但是当这种情况再次出现的时候，艾琳·索尔比说她觉得她别无选择，她必须告诉自己的姐姐正在发生的一切。

和爸爸的交谈过程并不轻松。那天晚上在厨房，他们彻夜长谈，一直谈到天亮，把各种不同意见和看法一一摆出来。不要以为他们之间没有大声争吵、互发脾气。但他们终究还是坚持了下来，直到一缕晨曦透过后窗照进房间。他并不赞同他爸爸所说的那一套——直到今天也不，再说，他简直忍受不了他说话的方式。别的先不说，他的话一半都是引自《巴氏常用妙语辞典》。尽管如此，把自己长期以来一直憋在心里的东西拿出来争辩——其中有些事连她本人也丝毫不曾知晓——嗯，也算是给了他一个一吐为快的机会。这并不容易，她可以想象，不过他终于让他爸爸承认，霍普金斯毫无疑问在剥削他，也在剥削哈德逊。其次，他也让他爸爸承认，如果罗伊有一定的经济基础（不至于一开始就处于盲目、不利的境况），就他的能力而言，一个自己的工作室绝不在话下，如果这么多年来霍普金斯都能做到，罗伊无疑也能。最后，他向他爸爸指明这是一种牺牲，而且是巨大的牺牲，但是他愿意为了他的妻子和孩子生活安宁而暂时放弃他的职业抱负。他只是希望他爸爸认识到，用"牺牲"来形容他的决定再准确不过了。

一旦他爸爸认识到了这点——到凌晨五点左右——其他问题就迎刃而解了,至于回到露西这里来的决定,是由罗伊自己做出的,不管怎么样,他希望她明白这一点。前几周的撒野和牢骚(请她原谅他用这种粗鲁但精准的军中俗语),嗯,对他,和对她来说一样,是个谜。但是这一切都结束了,毫无疑问、千真万确。他在需要做出决定的时候做出了。他已经回来了。为什么?因为这是他想要的。如果他有什么地方需要被原谅,那么他也会请求原谅,不是跪下来,而是站着并直视她的眼睛。他想让她知道,假如他有什么过错的话,他已经成熟到能够承认自己的过错。从某种程度上说,他觉得自己有错——尽管实际情况要复杂得多。

不过,解释已经足够了。因为解释只不过是乞求的一种方式,而他不乞求任何东西。不要怜悯,不要同情,什么都不要。他愿意让过去的事都过去,一切简单地从头开始,吃一堑长一智——希望她也如此。

她说,除非他发誓只要他活着,就永远不再跟朱利安·索尔比说话,否则她绝不会原谅他。

只要他还活着?

是的,只要他们俩都活着。

但是问题在于,当时出于某种主观意愿,他确实误导了朱利安。

她不在乎。

"只要他还活着——噢,这有点荒唐,露西,我是说,时间可能很长啊。"

"噢，罗伊——！"

"我的意思是，我不想作出自己不能够遵守的承诺，仅此而已。要不从现在起一年，谁知道呢？噢，你看，过去的事要么全都过去，要么不过去。从现在起一年——真见鬼，从现在起一个月，这事终将如桥下的流水，一去不返。是的，肯定会的，至少在我这儿是如此，我很清楚，我是说，现在就已经过去了，真的。"

她别无选择，决定揭露朱利安的真面目。除此之外，还有什么良策可以防止他再次向那个男人讨教？辜负别人的信任是不对的，但是如果她现在不揭露，那么他下次想走捷径、想逃避责任和义务时，拿什么来阻止他又跑回朱利安·索尔比那里去？有什么其他办法可以使他擦亮眼睛，看清这个假装友好、善良、随和的姨父，在那些玩笑、愉悦、免费雪茄背后，他残忍、堕落、欺骗的本性。

因此，她把埃莉从电话里听到的一切告诉了罗伊。一开始，他不相信，随后，他感到万分震惊，他说。

到他们结婚后的第四个夏天，罗伊发现他几乎每个月都不得不修理他的车。它已经七岁了，你不能指望它永远工作，大量的日常维护免不了啊。不能怪他抱怨，情况确实如此。一个月不止一个周日上午，露西朝停车道望去时看到罗伊的两只脚从汽车底盘下面伸出来,就像她过去总是从埃莉的卧室窗口看见的那样。有一次,她看见他把爱德华举到引擎盖上,告诉他引擎是怎么运转的。

碰到有些星期天,罗伊没有什么婚礼之类需要拍摄的日子,他们三个就会开车出去兜兜风,要不然就上利伯蒂森特去拜访罗伊的父母。为了消磨路途的时间,罗伊经常讲一些他在北极附近的军中轶事来逗爱德华开心。讲的都是些老爸干过这个、老爸干过那个的小故事——包括企鹅、冰屋子和雪地上的狗拉雪橇——有时候,让她冒火的还不完全是小孩子会自然而然地对那一派胡言信以为真,而是罗伊好像希望他信以为真。

如果不是为了爱德华,她可能早就不再赞同这种周日旅行了。爱德华喜欢认为他有爷爷奶奶,而自己不得不去探望他们。他们亲他,他们抱他,他们送礼物给他,他们逗他乐。他们告诉他他是一个多么漂亮、聪明的孩子……为什么他不应该享受这些呢?别人家孩子理所当然享有的这一切,为什么他就不能有呢?不管他的童年会怎么样,拜访爷爷奶奶都是童年的一部分。

看到丈夫欣然前去拜访,她根本开心不起来。他假装——当然,这样的例行公事多多少少让他厌烦——这样做不过是出于孝心,出于一种义务和礼节,不过他从一开始就一直在假装。

她发现他现在差不多总是带着一层伪装,满以为这样就可避免结婚头六个月几乎每周都发生的冲突。他每次开口,就没有一句真话,他总是试图说一些他认为她想听的话,避免激怒她。他竭力避免吵架，而一切并没有真正改变。

他假装，比如说，为霍普金斯工作多少还是愉快的。温德尔确实有些缺点，可—是—谁—没—有—呢？他会紧接着加上这么一句。嘿，老温德尔还不错。可是她非常清楚，他私底下对霍普金斯恨之入骨。

他还假装，她阻止自己开工作室绝对是明智之举。还有太多的东西需要学习，而他才二十四岁，有什么好着急的？可是与此同时，每个月不止一次，她发现在某份报纸的边缘标有一些字母，要不就是发现电话旁边的便签被随手涂写过，上面写的是"巴萨特素描工作室"，或者"巴萨特素描"。

最糟糕的是，他假装还在生朱利安·索尔比的气。自从她揭露朱利安的秘密后，罗伊答应从今往后绝不再跟这种人有任何瓜葛。可是还没到一个月，他就开始怀疑，这样做是否对他姨妈不大公平。她可能惦记着时不时看看爱德华……

露西说，如果艾琳·索尔比真的想看爱德华，任何一个周日下午他们回巴萨特家的时候她都可以过去看。罗伊说那当然不假，只不过，他觉得艾琳姨妈会误以为他们同样也在跟她生气呢，气她跟朱利安姨父一起干涉过他们的婚姻。与朱利安断绝来往更深层的原因她本人根本无从知晓，他们也不会向她透露，更不会向他家任何人透露。艾琳姨妈对自己丈夫的本性浑然不知，想想就觉得可怕，但是他们自己的问题已经够多了，罗伊决定还是不去管艾琳姨妈为好。更何况，她不知情不是生活得更好些吗？

反正那不是问题所在，问题在于，艾琳认为露西和罗伊在生她的气——

露西想告诉罗伊，在生她的气这一点上，艾琳·索尔比并没有完全错。

什么？他们跟她生气？真的吗，在过了一年之后？

露西继续说下去，罗伊的妈妈每个星期天跟他嘀嘀咕咕，她早就知道他们都嘀咕了些什么。也许罗伊下次应该利用这个机会，也跟他妈妈嘀咕嘀咕，说她妹妹艾琳可能挺担心她小侄子现在生活得怎么样，因为自从朱利安怂恿罗伊离婚以来，他们这么久都没见面了！

什么意思？

当然了，除非罗伊眼瞎，看不见朱利安的阴谋会危及爱德华的健康成长。也许罗伊从根本上是认同他姨父的观点的，认为家人的健康幸福与个人私欲相比无足轻重。

噢，不是的。噢，当然不是的。嘿，她是在开玩笑吗？听了她的话后，他也感到万分震惊好吗？特别是听说朱利安姨父和那些女人的事，他也感到恶心，不是吗？她不认为他至今依然如此吗？有时候，一想到朱利安这么多年都在玩弄这一套，他就感到恶心、气愤和无所适从。她在开什么玩笑，他与朱利安·索尔比为伍？给他五分钟思考时间的话，他不是对整个离婚的想法说不了吗？听着，婚姻可不是什么你能随便扔到窗外的东西，像扔掉一双旧鞋那样。婚姻也不是你闲来无事，想结就结想离就离。他思考的越多，就越意识到婚姻可能是你一生中所做的最重要的事。毕竟，家庭是社会的支柱。离开家庭，你还有什么？茫茫人海中的一片混乱而已。试想这个世界没有家庭会怎么样？你实际上寸步难行。噢，没错，当然有些人眨眼间就跑到离婚律师那里去。先是签订一个双方都不如意的合约，然后哗的一下对簿公堂——不管孩子或者对方的死活。可是，如果一对夫妻稍微成熟一点的话，他们就会坐下来，开诚布公地罗列分歧，阐明委屈，指出对方的错误——同时承认自己可能有的错误（因为事情永远不会那么黑白分明，一方全对而另一方全错）——之后，不是逃到内华达的里诺，而是两个成熟的人不再耍小孩子脾气，真正下定决心，竭尽全力来经营自己的婚姻，因为经营——这个词很关键，没错，当你愉快地跳着华尔兹进入圣洁的婚姻殿堂，幻想着一切或多或少将是你婚前美好时光的延续的时候，你当然不会想到这个词。没错，婚姻是一项工作，一项艰巨的工作，一项讨人厌、琐碎但很重要的工作，特别是涉及孩子时，而这个孩子比任何人都更需要你。

她不能忍受这种伪装，所以她拼命地相信那不是伪装，相信他所说的一切实际上都发自肺腑，可是她发现这同样难以忍受。

吃过晚饭，探访完巴萨特家后，他们会带着爱德华开车到威尔老爹家。首先迎接他的是太婆婆特意为他烤制的点心，随后太公公会领着他玩些小把戏，他说他妈妈小的时候总是玩。他先让爱德华闭上眼睛，然后将自己的拳头和两根突出来的手指包裹在一块白手帕里。嘿，哈哈，他会说，睁开眼睛，爱德华·巴萨特，这儿有只小白兔想跟你交朋友。一只小白兔，两只长耳朵和一个小嘴巴，它有问不完的问题要向爱德华和他的妈咪、爹地请教呢。问题终于问完了的时候，爱德华可以对着兔子的耳朵悄悄许一个愿。有一回，在座的人被爱德华逗得哈哈大笑——威尔老爹除外，他相信他曾外孙有点语出惊人的小本事——爱德华说，他最大的愿望就是这只兔子是真的。

"真的？你指的是什么？"

"真的兔子。不是一块手帕。"

爱德华最爱爬上钢琴琴凳，挨着迈拉外婆坐下，听她为他弹琴，要不然就坐在她的膝盖上，这样他自己也可以"弹琴"。她会把他的手指握在自己手中，断断续续地弹出《两只老虎》和《玛丽有只小羔羊》，以及另一首叫《可怜的老迈克尔·芬尼根》的歌，这时威尔老爹就会教他歌词。他们每次回来，爱德华、迈拉外婆还有威尔老爹都会坐在一起，孩子的太婆婆膝盖上放着点心盘子，也会坐在那里，而他的爸爸则伸展了自己瘦长的身体躺在椅子里，不停地用一只鞋的鞋尖轻碰另一只的，打着节拍。

"我认识一个人叫迈克尔·芬尼根，

他下巴上留着胡须——尼根，

吹来一阵风，吹走了他的胡须——尼根，

可怜的老迈克尔·芬尼根——从头开始——尼根。"

然后他们就再从头开始,露西默默地在旁边看着这一切。迈拉外婆说,爱德华的妈妈还没有他现在大的时候就常爱唱歌。露西看见儿子一副根本不明白那是什么意思的样子。他妈妈以前也是一个小孩子?他简直不敢相信,连她自己都不敢相信。

接下来就是她那有名的"逃逃"故事。从饭厅靠窗的位置往下跳,而对此她同样记不起来。威尔老爹第一次向爱德华说起这个游戏时,迈拉外婆就躲进了卫生间,直到来访者全都离开才出来。

丈夫消失后的这几年,迈拉看上去符合自己的真实年龄,甚至更显年长;好多个星期天,她看上去不像四十出头,更像是已经年过六十。深深的皱褶爬上了她的嘴角,眼睛下方的皮肤渗透出一圈紫色,秀丽的颈项失去了它的平滑与光泽。不过,粗糙、暗淡和憔悴无法削弱她精致优雅的气质。当然,不难理解的是,她外表标志性的柔和深深植根于她的秉性,在那些自认为跟她熟稔的人看来更是如此。年复一年,这个女人开始老了,很快大家——甚至她女儿——会越来越难记起,迈拉·纳尔逊在她的婚姻中备受煎熬的原因,本质上是因为她只不过是她爸爸的小姑娘。随着时间的流逝,非常缓慢地——此刻默默地坐在客厅,观察着,在先前激烈的斗争中和自己怒火中烧的时候,她未能这样仔细地观察过——非常缓慢地,露西渐渐领悟到,她年华早逝的母亲实际上具有某种品质,"软弱无能"和"枯燥无趣"似乎不足以准确形容她整个人。她渐渐领悟到,那双嘴唇看上去永远那么温润,那双眼睛那么慈爱,那具身体那么柔软的原因,绝不单单是因为她的母亲天生愚钝而美丽。

随着时间的流逝,碰到星期天,男人们便开始出现在客厅里。他们是应邀来共度下午时光并共进晚餐的。最开始出现的是年轻的汉克·维尔格斯,你当然还不能称他为一个真正的男人。他是一个帅气的黑头发男孩儿,曾在西北大学攻读新闻专业,大学期间跟埃莉·索尔比同一个姐妹会的前辈约过会。作为一名初出茅庐的新闻记者,汉克来到温尼萨为《领袖》杂志工作,他对卡罗尔一家毕恭毕敬,因为他奶奶和贝尔塔是发小。

每周一次,汉克带迈拉去看电影,各自付账。每个周日他都被邀请到家里来共进晚餐。款待他,使他有宾至如归的感觉,这让家里每个人都很开心。一年以后,电影约会变得不那么频繁了,当然也没有人觉得意外。最后,汉克问周日是否可以带一个叫卡罗尔·琼的女孩子来吃晚饭,原来他同时还在跟她交往。

其实,幸好汉克跟这个卡罗尔·琼在一块了,威拉德说,因为他好像一度彻头彻尾地迷恋上了迈拉;尽管他对她只是以纳尔逊夫人相称,但视她为女神一般的存在。他带着他的年轻女友来吃了两次晚饭之后,迈拉就陷入剧烈的偏头痛之中,汉克因此便从他们的生活中消失了。但是,从"怀迪重新开始,离家出走,最后暴露他的真面目"之后的那一年,用威尔老爹的话说,汉克至少充当了她逐渐重返现实社会的某种媒介。那段时间，你很难在百老汇看见迈拉；如果不是年轻汉克的思乡病占据了她的注意力，她可能什么也不会做，只会下午教教钢琴课，然后就回到她的床上，为"一个辜负了我们期望的人"长年累月地哭泣。

至于露西，只要能够控制住自己，她片刻都不会去想她爸爸；一旦谁提起他的名字，她便自动无视。他有什么好歹，她全然不放在心上，如同他一直对她的好歹不放在心上一样；他现在在哪儿，在干什么，那是他的事——也是他自己一手造成的。她也许把他扫地出门，但是真正将他拒之门外的，是他自己的羞耻和懦弱。他们刚搬进自己的新公寓时，那时爱德华还是婴儿，有一天晚上她独自在家，电话响了，她说"喂"，可是电话另一端却没有回应。"喂？"她又说道，然后她就明白了，那是她爸爸，他当时在基恩堡，他正计划通过爱德华来报复她。"听着，你，如果是你的话，我强烈警告你——"她随即挂断电话。他可能对她做什么呢？她什么也不怕，什么也不后悔。就算她曾把他拒之门外，那又有什么大不了的？夺走他的安身之地和和睦家庭的，不是她，绝对不是。那没被清偿的债可不是她欠他的，绝对不是……然后，有一天下午，她正推着爱德华的折叠式婴儿车穿过彭德尔顿公园时，一个流浪汉从长凳上站起身，踉踉跄跄地向他们走来。她迅速掉转婴儿车走开，但立马意识到，即便躺在那里等她的是她爸爸，她也没什么好害怕、好后悔的。如果他真的被逼沦落为一个流浪汉、乞丐，睡在大街上，逼他的人可不是她。他根本不值得她去想或者去同情。

爱德华过了三岁生日之后的那个夏天，布兰沙德·穆勒渐渐成了这座房子的常客。穆勒家住在哈迪·特勒斯，就在巴萨特家后面，他住在那里很久了，实际上打威拉德有记忆以来他就一直住在那里。布兰沙德现在一个人住，他妻子三年前不幸离世——死于帕金森病，他的孩子们都已长大成人，各自生活。大儿子小布兰沙德已经结婚，在衣阿华州的得梅因有自己的家庭，又是岩岛铁路公司采购部的初级主管；至于康妮·穆勒，露西记得在学校的时候曾经有一个大个子、蛮结实的男孩子追了她两年，现在她即将在密歇根州立大学完成她的兽医学业。

三十年前，布兰沙德·穆勒开始做办公用品生意，他那两条强壮的腿——威尔老爹的形容——跑遍了全镇所有的办公室，修理各种打字机。现在他出租、销售、维修各类办公设备，独资拥有阿尔法办公设备公司，公司就坐落在温尼萨法院大楼背后。五十出头的他高个子，铁锈色的头发梳理得非常平整，长着挺直的鼻子和阳刚的下巴。当他摘下他无边方眼镜时——吃饭时的习惯，他简直就是鲍勃·霍普的翻版。这可真有点讽刺，威尔老爹说，因为穆勒先生自己可没什么幽默感。不过毫无疑问，他是一个可敬、可靠、勤勉的人；你只需看看他的那些事迹便可知道。贝尔塔立刻就对他心生好感，几个月下来，你甚至可以听见威拉德这样说：这样一个只说该说的而不没完没了废话的人值得钦佩。的确，当他就某个话题发表看法的时候——比如邮件自动化分类的现代化,这是某个周日晚饭后威拉德提及的——他的思维清晰,切中要害。

圣诞夜,在怀迪离开三年多之后,布兰沙德·穆勒请求迈拉以遗弃为由与她丈夫离婚,然后成为他的妻子。

第二天早晨露西就得知了求婚的消息,当时罗伊给他家打完电话后又打给她家,告诉他们露西和他不能回利伯蒂森特过圣诞节的事。那天早晨,爱德华醒来的时候发着高烧,咳嗽得很厉害。由于他病得太重,不能回去和宠他的爷爷奶奶过节,孩子失望得哭个不停,这让她很难过。不过,让她烦心的还不止于此。她完全有理由怀疑,终有一天,有人会提议他们晚饭后上索尔比家去,或者索尔比家的人到巴萨特家来;对于这种增加节日气氛的团聚,她能有什么办法阻止呢?当然,她知道不可能使罗伊永远远离他姨父和姨妈,可是她也知道,聚会一旦开始,他就会再次暴露在那些极为有害的建议之中,而她和爱德华就会再次面临被指责甚至被抛弃的危险。除非她能够使他一劳永逸地免受他姨父的影响!可是要怎么才能做到呢?

他们终于在一月下旬回到利伯蒂森特——爱德华的支气管炎拖了差不多三个星期。他们发现,露西的妈妈依然没有给穆勒先生的求婚一个明确的答复。早在新年伊始,贝尔塔就对她女儿失去了耐心,威尔老爹则希望迈拉能明白,她已经四十三岁了,像再婚这样重大的决定,决不可以催促或者逼迫她做出。她自己觉得合适的时候会正式宣布的。不过，有目共睹的是，她已经日益接近点头说是了。现在每周两次，她开车去温尼萨，在一个小餐厅与布兰沙德共进午餐，甚至周末她也会跟他出去看场电影什么的，或者去参加他自己朋友圈的社交晚会。这个月中旬，她还帮着为他的厨房地板挑选新的油地毡。厨房和卫生间几年前就已经开始翻新，但因为穆勒夫人的病和离世被搁置了下来。迈拉对她家人说，挑选油地毡不过是帮个小忙，对任何有求于她的人她都会那么做，请他们不要把它当作是她同意成为他妻子的某种决定。

不过，紧接着的第二天晚上，布兰沙德因与一个上门的推销员会面而不得不留在自己家中，她便焦急地在她家的客厅里踱来踱去，经过一个小时痛苦的折磨后，她走进厨房，打电话到他家。尽管确实与她无关，她也并不想让他认为她在以任何方式批评他的老婆，但她再也忍不住了。她必须告诉他，她多么反对楼上卫生间的配色，如果取消他已经订制的橱柜和设备不算太迟的话，她非常希望他那么做。当然，如果他因感情原因不想那么做，她也理解。不过，他当然没有那么说。

所以，现在可以这么说吧，这只猫似乎已经被装进了那只袋子里。此外，如果贝尔塔继续没完没了地历数布兰沙德的成就和美德，她将意识到她的一意孤行只会导致事与愿违。可能最好的办法是让穆勒自己处理，让迈拉自己决定是否与这个男人开始新生活，把刀架在某人的脖子上直到那人说"我愿意"绝不能解决问题。你不能强人所难，或者强求某种内心根本不存在的情感。

"不是这样吗，露西？"威拉德问道，以为她可能会与他一起反对贝尔塔，可是她假装没有注意到这场讨论。

那是一个最令人沮丧的下午，不仅仅是因为她不得不听她外公大谈软弱哲学，而他们差不多就是被这种哲学毁了的。它鼓动人们相信，他们不能超越自己——不管碰巧自己是多么拙劣和不完善；之所以令人沮丧，不仅仅因为她外公所期望的，似乎是把他的女儿尽可能久地留在自己身边，而她外婆所期望的，似乎是在一小时之内就把她扫地出门，管她跟或者不跟一个男人，全都无所谓；之所以令人沮丧，还在于她发现自己真的好像已经不再关心她妈妈到底嫁不嫁给布兰沙德，尽管她这一辈子都在祈祷一个坚定、严肃、强大、精明的男人成为她妈妈的丈夫，她自己的父亲。

那天晚上，他们冒着暴风雪开车回基恩堡。罗伊一声不吭地沿高速公路缓慢地开着，爱德华依偎着她睡着了。她裹着外套，看着飘过引擎盖的雪，思绪万千。是的，她妈妈正要嫁给自己一直梦想她嫁的理想男人，她丈夫已经不再逃避自己的义务和责任。不管他喜不喜欢，他最终还是安心于他的日常工作，真正成为一个父亲、一个丈夫和一个男人；她的孩子有双亲爱护，他们各司其职，所有这一切都是她单枪匹马努力的结果。这是一场她经历的战斗，也是一场她已经获胜的战斗，可她却感觉自己的人生从来不曾像现在这样悲惨。是的，她曾期望的一切都已经实现，然而在他们穿越暴风雪回家的路上，她幻想她永远不死——她将在这个自己缔造的新世界里永远地活下去，永远不死，永远没有正确且幸福的机会。

那个冬天，雪一场接一场地下，但差不多总是在天黑之后。白天的时候，天空凛冽、清冷，散着耀眼的白光。爱德华有一件蓝色的连帽防雪服、一双连指小手套和一双新的红色雨靴。收拾妥当公寓后，她会给他穿上他的靓丽冬装，带着他推着购物车到市场去。他在她旁边走着，一步一个脚印地把他的红色雨靴嵌入新下的雪里，然后又拔出来，总是非常小心和专心的样子。午饭后，等他午睡好，他们就带着他的雪橇到彭德尔顿公园。她拉着他沿着雪道，从一个空荡荡的高尔夫球场低缓的斜坡往下走。慢慢地，他们离家越来越远，绕过那片学生们穿着溜冰鞋在里面横冲直撞的人工池，经由女子学院出了公园。

她的同班同学去年六月份已经毕业。大概这也是为什么她可以随意在校园四处闲逛的原因，那里曾是她这些年来一直刻意避开的地方。至于她的老师们，她怀疑没有一个人会记得她；她确实来去得太匆忙了。噢，像这样拉着爱德华和他的雪橇穿过"巴士底狱"，真有一种非常奇怪的感觉。她想跟他讲她曾住在那里的那几个月，跟他讲他也曾住在那里。"我们俩，曾经住在那幢房子里。没有人帮助我们，一个也没有。"

她还在学校上学的时候，那些营房就开始被拆除，打算改建成一排长长的现代化砖房，当作教室用。现在，在"巴士底狱"

后面，一个新图书馆正在建设中。她不知道学生医务中心现在在什么位置，不知道那个懦弱的校医是否被学校聘用至今。假如某个下午他在路上撞见她，认出她和她的孩子，她也不会在乎。她相信，那种情形可能会为她带来某种快感。

好多个下午，她和爱德华坐在老校园咖啡馆后面的隔间，来一杯热巧克力取暖，她怀孕的后几个月总是在那里吃午饭。在隔间旁边的镜子里，她可以看见他们俩的模样，他们的鼻子都是红红的，他们浅麦秆色的头发都垂到了眼睛，一模一样的两双眼睛。自"巴士底狱"那些可怕的日子以来，他俩已经走了这么远！这里，在她身边的，是那个她拒绝打掉的小男孩，是她绝不要带给他任何匮乏和贫寒的小男孩！"谢谢你，妈咪。"他一边说，一边认真地看着她从自己的热巧克力顶端舀一勺棉花糖放到他的棉花糖上，而她则想："他就在这里，我挽救了他的生命，是我——全靠我自己。噢，为什么我要感到如此痛苦？为什么我的生活是这样子的？"

他们迎着阳光出门时路过的那些屋檐下的冰挂，现在在暮色中变得更长了。爱德华每天都会掰断他看见的最长的那根，小心翼翼地握在他的连指手套中，回到家后把它放在冰箱里，等他爸爸下班回来时拿给他看。他是一个真正的萌娃，而且他是她的，无可争辩地是她的，被她带到这个世界，也被她呵护着。尽管如此，她却有一种感觉，自己注定永远要过一种残酷、痛苦的人生。

情人节那天，罗伊为她带回两个心形的糖果盒子，大的那个来自他，小的那个"来自爱德华"。小男孩洗过澡后，罗伊为他拍了张照片——头发梳得整整齐齐，穿着他的浴袍和拖鞋，他再一次为露西献上他的礼物。

"笑笑，小宝贝们。"

"照吧，罗伊，快点。"

"但是你一点都没笑——"

"罗伊，我累了，拍吧。"

爱德华上床后，罗伊拿着一杯牛奶、一些 Hydrox 饼干和一个马尼拉文件夹在厨房餐桌前坐了下来。他开始翻阅自爱德华出生之后他为他拍摄的所有照片。"你想听听我今天想到的一个主意吗？"他走到客厅，抹抹嘴，"只不过是一个想法，你知道。我是说我不是很当真，真的。"

"什么想法？"

"嗯，把爱德华所有的照片按照他的年龄顺序进行编排，然后取一个名字，大概是这样吧。你知道，这可能只是一个馊主意，但我为此拍了这些照片，我敢说可真不少。"

"此是指什么，罗伊？"

"嗯，一本书，算是一种摄影故事集。如果有人这么做，你不觉得这是个好主意吗？就叫《一个孩子的成长》或者《一个孩子的奇迹》。我列了一个清单，上面包含所有可能的书名。"

"是吗？"

"嗯，午饭时它们开始一个个从我的脑袋里冒出来……所以我就把它们写了下来。想听听吗？"

她站起身，走进卫生间，对着镜子说："二十二，我只有二十二岁。"

她回到客厅时，收音机里正播放着什么。

"你感觉怎么样？"他问道。

"挺好。"

"你没事吧，露西？"

"我感觉挺好。"

"瞧，我的意思不是我打算出版一本书，尽管我可以这么做。"

"如果你想出，罗伊，就出啊！"

"不，我不会出！我刚才只是闹着玩的，老天。"他拿起一本旧《生活》杂志，开始一页一页地翻阅。他陷进了他的椅子里，转回头来说了声"哇"。

"什么？"

"收音机。听见了吗？《也可能是春天》。你知道我最喜欢谁唱的吗？贝芙·科里森。好家伙，骨瘦如柴的贝芙，真搞不懂她是怎么做到的。"

"我怎么知道？"

"没说你会知道。只不过这首歌使我想起了她。这有什么不对吗？"他问道，"我的天，这难道真的是情人节之夜吗！"

过了一会儿，他拉开沙发床。他们俩展开毯子和枕头。关灯躺上床后，他说，她看起来真的很累，可能到早上感觉会好些；

他说他能够理解。

理解什么？什么感觉好些？

他们可以从床上看见外面，雪在街灯中飘落而下。罗伊双手枕在头下躺着。过了一阵儿，他问她是否也醒着。外面如此安静和美丽，他简直没法入睡。她没事儿吧？是的。她感觉好些吗？是的。有什么问题吗？没有。

他从床上起来，站在窗前往外面看了一会儿。他小心地在结霜的窗户上画了一个B。然后他走过来站在床边。

"感觉一下，"他说，指尖放在她的前额，"天寒地冻的冬天啊，我告诉你吧，在那边就是这个样子的。"

"哪边？"

"阿留申。不过是在下午四点。你能想象吗？"

他坐在她旁边，一只手伸进她的头发。"出书的事儿，你没有生我的气吧，生了吗？"

"没有。"

"因为我当然不打算出，露西。我是说，我怎么能出呢？"

他回到毯子底下。肯定过了有半小时之后。"我睡不着。你呢？"

"我什么？"

"你睡得着吗？"

"明摆着没睡着。"

"嗯，你还好吗？"

她没有回答。

"想来点什么吗?牛奶?"

"不想。"

他起身穿过黑乎乎的客厅,走进厨房。

回来后,他坐在床边的一张椅子上。"想来点 Hydrox 饼干吗?"他问。

"不想。"

一辆汽车咔咔地从铺满雪的街道驶过。

"哇。"他说。

她什么也没说。

他问她是不是还醒着。

她没有回答。"二十二,"她在想,"我一辈子都将这样,这样,这样,这样,这样,这样。"

他走进爱德华的房间。他回来的时候说,爱德华睡得好像被施了魔法,小孩子们最棒的一点就是,灯一关,你还没有数到三,他们就进入了梦乡。

沉默。

噢,如果以后他们有一个自己的小姑娘,不是很棒吗?

一个什么?

"一个女儿。"他说。

他起身走进厨房,回来时手里拿着一盒牛奶。他把盒子里剩下的牛奶全部倒进他的杯子里,喝了下去。

自从记事起,他说,他就梦想有一个女儿。她知道这个吗?他早就知道自己会叫她什么。琳达。他向露西保证,早在《琳达》那首歌流行之前他就已经想好了这个名字。在阿留申军营的那些日子里,不管什么时候,只要他听到巴迪·克拉克在自动点唱机中唱这首歌,他就憧憬有一天会结婚,组建一个家庭,有一个叫琳达·巴萨特的女儿。琳达·苏。这不是很美吗?我是说,别去想那首歌。光是名字本身,不是吗?而且跟"巴萨特"这个姓很相配。可以试试……你还醒着吗?

"是的。"

"琳达·苏·巴萨特,"他说,"我觉得,首先它不太花哨,也不过于朴素。爱德华也是,恰到好处,是我喜欢的。"

又一辆车驶了过去。沉默。

他站起来,望着窗子外面。"琳达……苏……巴萨特。真棒,嗯,你觉得怎么样?"

……迄今为止,使他成为儿子的合格的父亲已经够折腾了,以至于她从来没有想过第二个孩子。可是,在深冬的静默中听他的诉说,听他说话的腔调,她想,可能他不是为了取悦她才装腔作势。他看起来不像在演戏;她从他的声音中听得出来,他在表达一种真实的情感,一种真实的愿望。也许他真的想要一个女儿。也许他一直想要。

接下来整整一天,她都没法把罗伊头天晚上对她说的话从脑子里赶走。她满脑子想的全是它。

当他傍晚回到家，跟平时一样把爱德华一把举过头顶时，她在想："他想要一个女儿。他想要第二个孩子。这可能吗？他真的已经改变了，终于变成一个真正的男人了吗？"

因此，次日清晨，当罗伊翻过身压在她上面的时候，露西决定没有必要再继续使用保护措施了。爱德华出生后，产科医生便建议，如果她还没有戴避孕工具，也许可以考虑戴一个。当她意识到从今以后他们的命运不能再掌握在罗伊手中，自己绝不能再成为罗伊缺乏自制力和愚蠢行为的牺牲品时，她立刻就点头说她要戴。可是现在他告诉她，有一个女儿是他的最古老的愿望之一，虽然他听起来不像是为了逗她开心，但除非给他一个机会去证明他的诚恳和真心，她还有别的办法去搞清楚吗？

接下来的几个星期，罗伊没再提琳达·苏，露西也没有。然而，夜深人静时，她会被一只手或一条腿弄醒，随后他那长长的身体便压到她小小的骨架子上——或者，如果他还是半睡半醒状态，便隔着睡衣压在她身上。那年二月份，他们就是这样做爱的，没有任何特别之处。过去的几年，他们也是这样做爱的。不过现在，当他在黑暗中撞击她的时候，她越过他的肩膀，看着总是飘着的雪花，知道自己很快就会第二次怀孕。不过，这次将大不相同；她不必去乞求任何人，或者与谁争吵，他们相互之间也不必争吵。他们现在已经结婚，不管从哪方面说，他们俩现在都不必再依赖各自的家庭。这一次是罗伊自己说他想要的，她也知道，这次一定是个女儿。

突然间,她那没完没了的不幸人生的幻想居然消失了。所有那些沉重、悲伤和阴郁似乎一夜之间离她而去。这可能吗?一个崭新的露西?一个崭新的罗伊?一种崭新的生活?一天下午回家的路上,牵着爱德华戴着连指手套的手,雪橇在他们身后刮擦着清扫过的雪地,她开始唱起威尔老爹教给她小宝贝的那首傻傻的歌。

"《可怜的老迈克尔·芬尼根》。"他认真地说,好像依旧很迷惑她竟然也知道这首歌。

"威尔老爹告诉过你,说我小时候爱唱歌。我以前也是个小孩子,知道吧。"

"你是吗?"

"当然了,每个人都当过小孩子。连威尔老爹也当过的!"

他耸了耸肩。

"他下巴上留着胡须——尼根……"

他斜眼看着她,随即得意地笑起来。回到家里时,他和妈妈一起唱着——

"吹来一阵风,吹走了他的胡须——尼根,
可怜的老迈克尔·芬尼根——从头开始——尼根。"

说真的，她记不起这一辈子曾几何时如此快乐过。她开始有一种感觉，苦难的过去终于已经结束，突然间，她生活在自己的未来之中。她隐约觉得，一段美好的时光就在眼前，这个月过了华盛顿诞辰纪念日，接着就到了月末的周日，他们会开车送爱德华回利伯蒂森特去看望外婆和太公公太婆婆。

晚饭后，罗伊到室外给爱德华拍照，他正在帮助爷爷砸碎车库门前面的一块结冰。露西看见他们三个人站在车道上，罗伊在跟劳埃德说，应该站在什么位置才使得光线和阴影刚刚好，而劳埃德则告诉罗伊，他目前站着的位置才是干活儿的位置，爱德华则忙着把他的红色雨靴踩进车道旁边的积雪堆里。她站在水槽边，看着外面的情景，不时回过神来听听艾丽斯·巴萨特没完没了的唠叨；她们正在洗碗，艾丽斯洗，露西擦干。

这个周末，由于埃莉·索尔比要回来，艾丽斯的全部话题就是艾琳和她女儿的各种麻烦。露西不知道叨咕这些话题是否多半为了惹她心烦。她和她婆婆之间基本上不存在那种可以称得上温馨和友爱的关系，从艾丽斯·巴萨特那里抢走她宝贝儿子的女孩本来就不可能成为她的朋友，而近来她又多了一样不满。她对露西嫁给她儿子的怨恨，因为前者拒绝跟她妹妹和妹夫有任何交往而愈演愈烈。但她不会直接表现出来，因为这不是她的行事风格。

可今天艾丽斯·巴萨特对她来说算什么吗？乃至索尔比家对她来说算什么？他们都是已经化为乌有的过去的一部分。那个过去以及那些人对她再也没有任何影响力。她这个月月事没来，现在，只有未来需要考虑。

因此，她没有感到不适，甚至是带着某种隐隐约约的好奇，听艾丽斯讲埃莉诺·索尔比的事，一些琐碎之事。埃莉六月份从西北大学毕业后的情况，她已有所耳闻。她和三个朋友一起，在怀俄明州的一个度假牧场度过了夏天，其中一个女孩的家在那里。现在她南下到了芝加哥，还是和那三个女孩一起，挤在一间，据埃莉所说"疯狂的"北部近郊的公寓里——就在拉什街或者叫"醉鬼"①街边上，反正埃莉的室友之一吉比·斯凯尔顿是这样称呼它的。露西当然已经知道"这个罗杰"（西北大学第二个送给埃莉自己会徽的年轻人），"这个罗杰"可是一心打算毕业后就和她订婚的——不过在他们毕业那年的最后一个学期，他突然觉得自己确实没有以前想的那样喜欢埃莉，然后有一天他出人意料地甩了埃莉，如此突然，如此残酷，以至于艾琳不得不千里迢迢匆匆赶到埃文斯顿，在那里呆了整整一个星期，直到埃莉定下神来。她全家只好同意她去怀俄明的度假牧场，希望她能从发生的事中解脱出来。至于这个罗杰，艾丽斯·巴萨特说，这个家伙也真够呛，你知道他是什么时候讨回了他那枚珍贵的会徽的？离在利伯蒂森特埃莉家做客，一起度过了一个绝对美妙的复活节假期仅仅过了一个星期！

---

① 原文为Lush，与Rush（拉什）相近。

不过，尽管遭遇了他的无情，埃莉最终还是振作起来，明白让罗杰这种人彻底滚出她的生活她会活得更好。她不再淹没在眼泪中，大家全都松了一口气。要知道她的眼泪差一点就使艾琳登上飞往怀俄明的飞机。但显而易见，吉比·斯凯尔顿是一位非常坚强的年轻女士，她开导埃莉，使她不再为自己感到难过。现在，埃莉在芝加哥忙得不亦乐乎，根本不再有时间整天躺在床上，埋在枕头里哭个没完。现在，她在一个广告开发公司做前台接待，那里的人简直"棒极了"——她以前从来没有遇到过这么多"有头脑的"男人，她甚至不曾知道，这个世界上还有如此优秀的人。至于她这么说是什么意思，他们至今还没搞清楚。坦白地说，艾琳对此很不安，她知道对埃莉来说，不再遭受任何情感创伤，安然地度过接下来的一年是多么重要。朱利安则一点也不喜欢听到她在那边可能与谁过从甚密的消息，依他的理解，那边有一所满是所谓的有头脑的男人的大学，里面一半人都是共产党员。

让事态发展得更糟糕的是，埃莉出落得愈加动人。每次你看见她，她总是比上一次更美。她发育得恰到好处，尽管时下出于某种原因，她把头发披下来遮住了脸颊，以至于你很难看见她那对绝妙的酒窝，但她不幸依然是那种随意走在大街上就能吸引小伙子们眼球的女孩子。不过仅仅是小伙子还不算太糟糕，他们所担心的是那些有头脑的男人。现在，她显然成了一位比孩提时更会穿衣打扮的时尚达人——能在芝加哥大街走路的人显然需要二十四双鞋子，艾丽斯说。让索尔比家忧心忡忡的是，某个肆无忌惮的男人会盯上她，接近她，占了她的便宜却不尊重她的感情，诸如此类。埃莉眼下尚未从跟这个罗杰的情伤中恢复，以她甜美、宽厚、轻信的天性，她可能很容易再次和伤她心的人堕入情网。现在，索尔比家特别心烦和沮丧，因为那个好像对埃莉影响颇深的吉比，正在与一个跟妻子分居的三十七岁男人交往——他正在考虑带着吉比（才二十二岁）一起逃走，到西班牙躲个十年，也许永远不会回来。埃莉之所以回来过周末，就是为了跟她父母讲讲这个吉比到底怎么样了。

几分钟后，埃莉开着她妈妈的车赶来，他们全都聚集到了客厅。

露西还没来得及回过头去问罗伊这次探访是否事先计划好的，她的老朋友就已经沿着小路走来，走上台阶，进到屋里。

猛一看，埃莉好像比露西记忆中高了一些。不过那只是错觉，部分因为她的头发——很长很厚，像某种鬃毛——部分因为她的外套，一件蜜色的皮革，拦腰处紧紧系着皮带。多么戏剧化啊。她踏进客厅仿佛登上舞台一般。露西看不出任何埃莉诺刚经历过一场不幸的迹象；她根本不像生活在一个可能遭遇不幸的世界里。

是劳埃德·巴萨特开的门，所以他是第一个被拥抱的人。"劳埃德姨父！你好！"埃莉对着他的嘴唇一下子亲了上去。露西不记得曾看过谁亲过劳埃德的嘴。接着是埃莉的头发，凉凉的、噼啪作响，贴在她的脸颊上。"你好！"埃莉随后低头看着爱德华，"嘿，你好！记得我吗？不记得了？我是你的表姑，你知道吗？我是不是他的表姑？我是你的表姑埃莉诺，你是我的表侄爱德华。你好表侄！"

那孩子站在他爸爸的椅子旁边，头贴在爸爸的膝盖上，不过没过几分钟，她就把他哄到了自己的膝盖上，让他贴着她的毛皮大衣——埃莉说那是水獭皮的，只有领子是貂皮。爱德华把两只手插进她的毛皮手套，大家都笑起来，它们盖过了他的胳膊肘。

露西提醒罗伊是时候该回她家去了，他说，埃莉想知道他们是否愿意先到她那里去一趟。他跟着露西走进厨房——她借口说自己想去那里喝杯水。要是再听见吉比·斯凯尔顿这个名字她简直会疯掉。埃莉一直在那里滔滔不绝，吉比是那种用不着你去担心的人；吉比在西北大学的每个学期都上优秀学生名单，除了最后一个学期，不过那时她就已经不在乎分数了；吉比其实根本无意跟那个虚伪的格雷格逃到西班牙去，西班牙实际上是埃莉诺的一个小小的夸张，她也不明白为什么自己会这么说，大概是和老妈每周打一次长途，说到最终无话可说了的缘故；格雷格现在已经回到他妻子和孩子身边，所以涉及吉比的问题已经没有什么可紧张的了；也不必为吉比担心，她可以自我解嘲、嘻嘻哈哈地让自己摆脱困境，吉比就是这种人；是吉比自己告诉格雷格他应该回归家庭，当她发现这牵扯到三个年幼的孩子时；吉比正在与一个挺"潮"的家伙约会，那家伙认为，埃莉为了每周五十美元把自己的天赋浪费在前台上实在有点傻……这才是埃莉这个周末回家的真正原因。她的父母以为她回来可能是为了解释吉比的事，但是实际上她是回来告诉他们，通过吉比朋友的介绍，她认识了一个叫玛蒂达的人，他们不知道玛蒂达为何人吗？嗯，二战前她可一直是美国最红的模特。现在，她退休了，在芝加哥开了唯一一家真正的模特代理公司。埃莉的新消息是，再过几个星期，她就会辞掉前台接待员的工作，毅然投入崭新的职业生涯。"时装模特！"她说，"我！"

"这样啊。"劳埃德说。"太好了！"罗伊说，"别忘了是谁第一个为你拍照的，埃莉。"艾丽斯则说道："你父母直到今天才知道这事儿吗？"露西已经走到厨房喝水去了，她在身后关上厨房门。门被打开，罗伊进来说，埃莉的父母希望他们全都过去喝杯咖啡。

"罗伊，这是事先计划好的吗——什么时候？"

"'计划好了'是什么意思？"

"你知道埃莉要回来？"

"嗯，不，不完全知道。嗯，我知道她在镇上。你看，他们想见见艾德，没别的。我想他们也想见见我们。"

"噢，他们想？"

"埃莉是这么说的。嗯，显然她没有瞎说，露西，你看，是我们一直在拒绝他们——当然也是事出有因，别担心，这我知道。但据我所知，一直以来，可不是他们不想见我们。不管怎么说，全都过去了，是的，过去了。他们犯过严重的错误，我也犯过严重的错误，但是都过去了，对吧？"

"是吗？"

"是的……敢肯定。你知道,再说了,这可能对爱德华真的不公平——假如你要说这关系到他的幸福的话。"

"正是关系到他的幸福,罗伊,我得提醒你注意——"

"好吧,好吧——你提醒了!而我现在正在照你说的做,没别的。不管你怎么看朱利安姨父,或者艾琳姨妈,不管我们两个怎么想,嗯,他们依然是艾德的姨婆和姨公,更不用说,他对之前的事一无所知。噢,走吧,露西,埃莉在等着呢。"

"她可以等。"

"露西,说句真心话——"他欲言又止。

"什么?"

"你要我跟你说真心话吗?"

"求求你说吧,罗伊。"

"为什么你突然这么冷嘲热讽?"

"我没有冷嘲热讽,如果我有,那也是情不自禁。跟我说真心话吧。说吧。"

"好吧,老实说,我真的认为在这个问题上,考虑到所发生的一切,以及还没有发生的一切——这不是批评指责,首先声明一下,但是,我想在这个问题上,你可能确实有点不明事理和小题大做。我是说,在你可能没有意识到的情况下。好了,这就是我的想法,我说出来了。其实,老实说,我觉得这差不多也是我父母的想法。事情已经过去一年了,我之前的所作所为,现在都结束了,也许之前对索尔比家的那些担心已经足够了,我们真的该往下走，往前走……嗯，你觉得呢？"

"你父母的意见对你很重要吗？真是太意外了。"

"我不是在说意见，我不是在说重要！别再这么冷嘲热讽了！我只是在说我们可以更中立一些，别误导我，好吗？求你了。这很重要。再这样下去就说不通了，露西。好吧，如果这听起来好像我在批评自己的老婆，那么我道歉，但确实说不通。"

"什么说不通？"

"在战争结束时抓住它不放，已经没有人恋战，至少这是我所看见的。"

埃莉在客厅喊："你来吗，罗伊？"

"罗伊，"露西说，"如果你想去，就带上爱德华去吧。"

"……你是认真的吗？"

"是的。"

他的笑有些勉强。"但是你怎么办？"

"我就在这里。我走路回威尔老爹那儿。"

"可是，我不想让你到处走，露西。"他走过来，用手指拨开她的刘海。"嘿，露西，"他温和地说，"来吧，为什么不去？都过去了，让我们把它做个了结吧，露西，好不好？你最近看起来真漂亮，你意识到了吗？我是说，对我来说你总是那么漂亮，可是最近更漂亮了。所以来吧，嗯，你说呢？"

她有些动摇，让我们把它做个了结吧。"也许我应该到芝加哥去，结识玛蒂达，美国历史上最有名的时装模特。玛蒂达和吉比·斯凯尔顿——"

"噢,走吧,露西,你真的很漂亮,我真是这样看的,你比埃莉漂亮多了。因为你有个性,你就是你。你没有必要是万人迷,你没有必要穿貂皮大衣就已经很漂亮了,相信我吧。那些都是身外之物,你最了解这一点。你是这里最好的人,露西,你确实是。你也去吧,好不好?为什么不去呢?"

"罗伊,如果你想去,你可以去。"

"嗯,我知道我可—以。"他酸溜溜地说。

"四点钟到威尔老爹那里接我。"

"噢,该死,"他说着把餐椅推进餐桌下面,"你回头会生气的,我知道。"

"你指什么?"

"……如果我去了。"

"为什么我应该生气?你打算在那边做什么我可能反对的事吗?"

"我没有打算做任何事情!我是去探访家人,我是去喝杯咖啡!"

"那就没问题了。"

"那我们回家后不要发火……我就这个要求。"

"罗伊,你一分钟前刚向我保证过,过去的已经过去了,我可以信赖你。你得承认,我不总是做得到这一点的。"

"好吧。"

"六个月来你一直向我保证,你不再有某些孩子气的想法——"

"我没有。"

"你已经打定主意要对我和爱德华负责任。"

"是的!"

"好吧,如果真的是这样,如果我当真不用担心你和那个男人为伍,如果一直以来你没有骗我,罗伊,只是假装——"

"我从来没有因任何事骗过任何人。"

"嘿!"埃莉又在喊他们,"爱人们出来吧,不要躲起来了,在里面干什么呢?"

客厅里,艾丽斯坐在椅子上,已经穿好了大衣和雨靴。不管什么时候罗伊和露西发生争吵,艾丽斯都断定错全出在儿媳妇身上。露西对此早就习以为常,她对艾丽斯转向她的那张脸、那紧闭的双唇和收紧的下巴视而不见。

埃莉跪在爱德华面前,为他拉上防雪服的拉链;她的裙子和外套拱到了膝盖以上。

"嘿,我们走吧,"埃莉说,"别让大家都感冒了。"

"露西去不了。"

露西此时心里想的却是:"你不敢不经我允许就给他穿上衣服,带他走。要不要让他走进你的家门取决于我,要不要让他见你的父母根本不取决于你,我才是他妈妈。"

在厨房时她真不该动摇,对罗伊说可以。战争结束了吗?对那些你根本不信任或不可靠的人,战争永远不会结束。为什么,为什么她放松了警惕?因为这个傻瓜从芝加哥回来度周末?因为这个时装模特跪在她的孩子面前,一边假扮妈咪,一边向众人展示她的腿?

"你去不了?"埃莉难过地说,"只不过一个小时?我都多久没有见到你了。尽顾着谈自己的事儿了。噢,露西,跟我们一起去吧。我好羡慕你,你结婚了,脱离了那些残酷的竞争。这正是我应该去做的。"她的眼神立刻变得忧郁和沉重起来,"求求你,露西,其实我真的想和你说说话,我爱听你跟那位婚后的种种细节。"

"噢,是吗?"罗伊说,穿上外套,他一脸坏笑,"我打赌你爱听。"

"哇,"埃莉说,"我们几个以前在一起,坐在那间屋子里多好啊。"

"对不起。"露西说。她把爱德华叫到身边,向上拉好他的防雪服。"你跟爸爸一起去。我去看看迈拉外婆。"她亲了亲他。

他便跑到爸爸那里,拉着他的手,当埃莉戴上她的手套时,他紧紧盯着埃莉。罗伊见状笑了起来。

"他认为它们是他的,"他对露西解释说,"那双手套。"

"嗝呃,"埃莉说着,张开一只戴着手套的手,"嗝呃,爱德华,我来啦。"孩子咯咯笑起来,埃莉迈向他时,他立即躲到他爸爸身旁。

罗伊看着露西,然后又看看埃莉。"嘿,埃莉,露西的妈妈要结婚了,你知道吗?"

"嘿,好极了,"埃莉说,"太棒了,露西。"

对这种热情,露西处之漠然。"还没完全定下来。"

"噢,希望会成,真是太好了。"

露西既没有表示赞成也没有表示反对。

"嘿,"埃莉说,"威尔老爹怎么样?"

"挺好。"

"我爱死他了。记得在你的婚礼上,他给我们讲北部森林的故事。真是太好玩了。"

没有回应。

埃莉转向爱德华,他依然在盯着那双手套。"你呢,爱德华?爱不爱威尔老爹?"

不管埃莉诺问他什么,他都一个劲地点头。

"我看,爱德华爱——上——某——人了。"艾丽斯·巴萨特说。

埃莉对露西说:"替我给他一个拥抱,好吗?他讲那些故事的时候,你真想上去拥抱他,不是吗?他是地地道道的老派人士,简直完美。这正是你在芝加哥见不到的,抛开那里的乐趣不说——这种真正真诚,真正关心别人,没有一点虚假和伪装的人。我们在马河那边的牧场时,认识一个工头。他彬彬有礼,老派,特别随和。你忍不住想,那就是美国旧时的模样。可是吉比说,这些全都消亡了,哪怕在这堪称最后防线的地方。不是很可悲吗？想想看，真的很可怕。这么跟你说吧，在芝加哥肯定是消亡了。有时候，早晨醒来，听见外面的汽车开来开去，我真的宁愿自己回到利伯蒂森特。在这里，你至少免遭某种敌意和暴力。在这里，你出门可以不锁房门和车门，你可以离开一个星期甚至一个月也不用担心。你们真该看看我们门上的锁，足足有三把。"她说着，转向艾丽斯。

"我的天啊，"艾丽斯说，"劳埃德，你听见了吗？埃莉不得不上三把锁，为了预防暴力。"

"还有锁链。"埃莉说。

"埃莉诺，我真不明白你为什么喜欢住在那种地方，"艾丽斯说，"碰到抢劫怎么办呢？我可不希望你上街。"

"当然不，妈，"罗伊说，"相反，她该上天。你希望她走在什么上呢，妈？"

"我可不觉得，"他妈妈回答，"在一个需要上三把锁和一条锁链的地方，天黑以后她还要走到街上去，罗伊。"

"是啊，"劳埃德说，"那里正遭遇严重的有色人种麻烦。我可不羡慕他们。"

"不是黑人的问题，劳埃德姨父。你们认为一切都是黑人的问题，可你们到底认识多少黑人，并且真正了解他们、跟他们说过话？"

"等一等，"罗伊说，"我认识一个，跟他说过很多话，埃莉。在不列颠。他聪明绝顶，我特别尊敬他。"

"是啊,"埃莉说,"我认识一个跟黑人约会的女孩子。"

"你认识?"

"是的,我认识,艾丽斯姨妈。但是你知道我爸爸怎么说?他说她可能是红色分子。呵,可笑的实际上是他自己。因为事实上她已经投了艾森豪威尔总统的票,这代表她并不是真正的共产分子,你觉得呢?"

"她和他出去约会吗,埃莉诺?在公开场合?"艾丽斯问。

"嗯,她在一个晚会上遇到他——然后他带她回家,在大庭广众之下,再寻常不过了,肤色没有造成任何影响……这是她说的。而且我相信她。"

"但是她和他接吻了吗?"罗伊问。

"罗伊!"他妈妈说。

"你激动什么呢?我只不过在问一个问题,表明一个观点。"

"你这算什么观点。"他妈妈说。

罗伊继续说下去:"我是说,作为朋友之类的是一回事儿,对此我完全赞同。正如我刚才提到的,我自己也有过黑人朋友。但是坦白说,埃莉,这个女孩子,我老实说吧,涉及性就另当别论了。"

埃莉对此不屑一顾。"我没有问她性方面的事,罗伊。那是她自己的事,说真的。"

"我认为,"艾丽斯·巴萨特严肃地说,"这里还站着一个孩子,他的两只耳朵可是听得清清楚楚的。"

"我的意思是,每次发生什么可怕的事,每个人都谴责黑人。"

埃莉说,"我拒绝再听到这种偏见,到此为止,不管是从谁那里。"

"但是暴力事件呢,埃莉诺?"劳埃德·巴萨特问道,"那边有那么多可怕的暴力事件,你自己说的。"

"但那不是黑人的错!"

"那么是谁的错?"艾丽斯问,"大部分都是他们干的,不是吗?"

"实际上,"埃莉说,"实际上多半是吸毒者干的,而那些人其实是病得很重的需要帮助的人。监狱不是答案,我只能这么跟你说。"

"吸毒者?"劳埃德说,"你是说瘾君子,埃莉诺?"

"——在大街上?"艾丽斯问道。

"糊涂蛋①!"爱德华咧开嘴笑起来,"糊涂蛋,妈咪!"他冲着露西说。

埃莉转过头来,头上的鬈毛闪闪发亮,"糊涂蛋!过一会儿我要告诉吉比。噢,多美妙啊。糊涂蛋!"她说着,冲过去把爱德华举起来,"还有爱生气,对吗?"

"嗯——嗯。"他说。伸出一只手去摸她的大衣领子。

"还有别的吗?"埃莉问道,在怀里摇着他,"喷嚏精?"

"喷嚏精!"他叫起来。

---

① Dopey,迪士尼动画电影《白雪公主和七个小矮人》中小矮人之一,因劳埃德提到dope,爱德华遂有此联想。后文提到的"爱生气""喷嚏精""害羞鬼""万事通"皆为小矮人的名字。

"露西,"埃莉说,"他太棒了。他简直棒极了,真的。嘿,我们走吧!"她把爱德华放下来,但是他依旧拉着她的双手不放。

"我们走吧。"小孩子说。

罗伊说:"你想晚点来吗,露西?看完他们以后?我可以来接你。"

她说:"我就呆在我外公外婆那里。"

艾丽斯说:"你晚点要过来吗,劳埃德?"

"好的,好的。"

他们出了门,爱德华拽着他新发现的亲戚的大衣。"还有害羞鬼。"

"害羞鬼!小害羞鬼!我怎么忘了小害羞鬼?他跟你一模一样。"

"还有万事通。"

"还有万事通!"埃莉说,"噢,爱德华,你这小家伙,我简直不敢相信你的存在,可你就在这里!"

"还有恶毒后妈。"

"噢,是的,恶毒后妈,'魔镜啊,魔镜'——"门被关上了。

露西从窗子望着她丈夫和他的表妹在外面讨论开哪辆车,哈德逊还是埃莉妈妈那辆普利茅斯敞篷车。他们争论的时候,艾丽斯·巴萨特牵着爱德华的手在屋前的便道上走来走去。罗伊说:"你想活着到达那里还是不想,妈?"埃莉指着哈德逊说了句什么,露西听不见,罗伊听完哈哈大笑。"噢,是吗?你那么想。"他喊道。"快点，罗伊，"埃莉说着，站在普利茅斯半开的车门前，"要会享受。""享受？在一台克莱斯勒车里？"罗伊叫起来，"你开玩笑的吧？""来吧，艾丽斯姨妈，过来，艾德。"埃莉喊道。罗伊则说：嘿，这不光是你的命，妈，还有我的继承人的。"艾丽斯说："罗伊，消停一分钟，别逗了！""嗯，好吧。"他说道，"没事了。"大家随即全都挤进索尔比家的车。爱德华爬进后排跟他奶奶坐在一起，罗伊挨着埃莉坐进去。

露西正打算从窗前走开，这时靠马路一侧的车门打开了。罗伊绕过车尾跑向驾驶室的门时摔了一跤，他"哎哟！"了一声站起来，在拍掉裤子上的雪时抬头看见露西站在窗前。他向她挥挥手，她没有回应。他的两手在嘴边拢成一个杯子的形状。"想来吗……就半个小时？"

车里面，埃莉正从方向盘的位置移开。

"露西？要我来接——"

她摇摇头。

他好像有点不知所措。她没有动。他终究会决定不去吗？他会想起他姨父是什么样的人？他会自愿带爱德华回到屋子里来吗？

埃莉那一侧的车窗被摇了下来。"罗伊！我们要冻死了。"

罗伊耸耸肩，随即甩给露西一个吻，钻进了方向盘后面。

车喇叭随即响起。埃莉用手捂住自己的耳朵。发动了两下，发动机点燃了，冒出的一阵阵尾气熏黑了车尾地面的雪。艾丽斯·巴萨特摇上她那侧车窗，随即又摇了下来，好让爱德华拽开被卡住的红色小连指手套。露西抬起手。喇叭声再次响起，车身猛颠一下后离开马路牙子，朝利伯蒂园驶去。她最后看见的是一道红光，就在罗伊不知何故猛踩了一脚刹车的时候。

看得出来，埃莉差不多是恳求她爸爸让她把车开回芝加哥；车是她妈妈的，艾琳四个月开了不到两百英里，埃莉说这简直是浪费。"不过他可能还是会把车送给她的，"劳埃德说，露西从窗边走开，"不是我妒忌他有这个能力。我接受的教育没有让我在这把年纪能够像他那样拥有一个车队。我追求的是培养年轻人，让他们去迎接生活的挑战所带来的成就感，我想你能够理解，露西，这跟车没有关系。但是，说实话，我的看法是朱利安不应该再像以前那样纵容她了。我完全没有种族、信仰和肤色的偏见，但就在我们两个之间，我告诉你是谁跟那个黑人约会的，我想就是埃莉诺。"

"我以为是她的朋友。"她边说边穿上她的雨靴；埃莉刚才穿的可是高跟鞋，仿佛现在是七月份。

"喔，有这个可能，露西。对一个年纪这么轻的人而言，我可不喜欢她说话的腔调。一点也不喜欢。但是可以肯定，她们中的一个带了黑人男孩儿回家。我知道年轻人是怎么说话的。我跟他们打了一辈子交道。当某人谈论自己的时候，总是说'我的一个朋友'。埃莉诺因为生得漂亮，一直被过度宠爱，现在朱利安不得不饱尝这份他引以为傲的美丽的恶果。让一个二十二岁的女孩儿住在芝加哥那样的城市里,缺乏适当的监管,受到各种乱七八糟的影响,我至少是打心眼里表示怀疑的,对像埃莉诺这样的万人迷来说更是如此。不管你怎么看,露西,我跟你讲讲我的个人之见。从我今天下午听她说的来看,埃莉诺这是在玩火自焚。但是,"他说着向她摊开手掌,"我不会多管闲事,而且我也奉劝过艾丽斯——"

她无心听下去了。她现在才意识到她刚干了件蠢事。让罗伊自己去——头一回没她在旁边,让他独自去面对他姨父,这太愚蠢了,太危险了!

她因此想告诉她公公,就在此时此地,告诉他她怀孕了。

不,告诉他们所有人。

这样一来,问题就解决了,简直完美。她会告诉他们所有人。她会到索尔比家加入他们,跟朱利安、艾琳、埃莉、艾丽斯、劳埃德、罗伊和爱德华在一起,向他们宣布这个消息。对此聚在一起的家人们除了表现得热情高涨外,他们别无选择……是的,是的。她会看见埃莉诺一边鼓掌,一边喊拿香槟来。然后每个人都举杯祝贺,就像在四年前为罗伊的未来祝贺那样——"为琳达·苏!"这样一来,在听到她单方面声明时罗伊可能产生的任何犹疑,或者因怀疑她和他爸爸联合起来而产生的任何对抗情绪——没错,所有这些将在欢庆的气氛中被一扫而空。

是的,是的,她必须这样做:

首先她会到威尔老爹那里等上十五分钟，然后给索尔比家打电话，并且，没错，请埃莉过来接她。在车上，噢，当然她会第一个告诉埃莉。"那个，埃莉？""怎么了？""罗伊和我就要有第二个孩子了。你是第一个知道的。""噢，露西，棒极了！"接下来，埃莉会把这个消息告诉他们每一个人，一直陪在她身边不停地说："这太了不起了，不是吗？这太棒了，不是吗？"为表祝贺，艾琳·索尔比毫无疑问会请大家留下来吃晚饭。然后，她会给威尔老爹打电话，请她妈妈和穆勒先生，还有她的外公外婆晚饭后到索尔比家，说她有天大的好消息要告诉他们。这样，每个人都会知道。到时候会气氛高涨，一片欢声笑语，而罗伊听到自己再次当爸爸时的焦虑，与他将享有的骄傲、希望和期待相比根本不值一提。

还有，她会告诉他们，他们想要一个女儿。罗伊也偏爱女儿，他连名字都想好了，这个名字他心仪已久，早就为他盼望已久的女儿准备好了。如果大家一起为琳达·苏干杯，那么就可以避免之后谁是始作俑者的混乱，避免互相指责，互相推诿……索尔比家的新立体声组合音响设备中有一台磁带录音机，只要她能设法让他们打开它，现场录下来，那么大家是怎样期盼琳达·苏并为之兴奋不已的证据就会永远留存下来。"为我们的女儿，我所期望的女儿。"罗伊会说。而他这句话将被记录在案。

可是，这么做也许有点太过了……当然可能一点也不。她难道没有见识过人们是怎样拒绝接受真相的吗？她难道没有见识过人们是怎么样撒谎、制造各种是非、千方百计地躲避他们的责任和义务的吗？要是她那天晚上有一台磁带录音机，录下了罗伊说的想要一个女儿的愿望就好了……但他肯定不会抵赖吧？他怎么可能抵赖？他为什么要那么做？他也许比她晚熟，但他确实天生不会撒谎。他不是骗子，也不是无赖或赌徒，花花公子或酒鬼。无论从哪方面看，他都是一个体贴周到和心地善良的男人……而且她爱他。

她爱罗伊？她不能骗自己，认为自己一直爱他——或者曾经爱他，确实不能。可是，这个周日下午，在经过了四年折磨人的婚姻之后，她相信她可能真的爱上他了。当然不是爱原来的罗伊，而是爱现在的新罗伊。因为当时在厨房里对她说话的是这样一个罗伊：一个不再孩子气、不负责任的罗伊，一个不再假装的罗伊。但这可能吗——他已经变了，变成一个新的好男人？

她的丈夫是一个好男人？

她嫁给了一个好男人？

爱德华的爸爸，未来的琳达·苏的爸爸，是一个好男人？

噢，她会爱他，终于，她让他变成了一个好男人。

都过去了！他不再跟他们的婚姻过不去，也不再有其他人跟它过不去。派埃莉到这里来就意味着——索尔比家认输了！派埃莉过来拜访他们全家，基本上等于承认露西一直是对的。朱利安·索尔比承认被打败了，带着他的金钱、律师和老奸巨猾，朱利安挥起了白旗。

她去年春天所承受的不幸,肚子里怀着爱德华时所承受的不幸,所有的心痛和羞辱——全都过去了。这一次,她会有一个孕妇该有的样子。她的肚子会变大,她的双乳会涨满,她的皮肤会变得光滑、润泽,所有这一切都不会使她害怕、恶心和沮丧。这一次,她会因发生的一切而快乐。春天,接着是夏天……她看到这样一幅图景:一个身穿白色蕾丝睡衣、头发长长的女人——那是她自己——躺在床上,躺在她身边的是她的女儿,一个坐在椅子里的男人对着她俩微笑,他一只手里拿着一束为新生儿买的花,另一只手里是为她买的花。这个男人是罗伊,他深情而骄傲地看着婴儿吃奶,他是一个好男人。

她离开巴萨特家,向威尔老爹家走去,脑子里净想着她的丈夫是一个好男人……朱利安·索尔比已经被打败……她躺在医院的时候会有好多好多的鲜花……她会让自己的头发长到腰间……如果她先前被视为顽石,被视为钢铁,那么,全都过去了。她现在要成为——她自己!

"吹来一阵风,吹走了他的胡须——尼根,
可怜的老迈克尔·芬尼根……"

她自己!可是那是什么样子呢?她到底是什么样子的呢?那个真正的露西,从未有机会成为——

她唱着,笑着,自忖着——真正的露西会是什么样的人?她究竟会是什么样子的?她登上外公外婆家的台阶,没有按门铃,推开那扇灾难之门。

"坐回来,布兰沙德。"说话的是威尔老爹,"拜托了,布兰沙德。"

穆勒先生摇摇头。他扣完外套的纽扣,伸手去拿威拉德手上的帽子。

贝尔塔外婆挺直身体,双臂交叉放在胸前,坐在壁炉旁的扶手椅里。露西看到她一脸怒色,然后将目光转到两个男人身上。

威尔老爹说:"布兰沙德,明天会是新的一天。"他还是把帽子交还给了客人。

穆勒先生拍了拍老人的肩膀,然后走出了房子。

露西问:"怎么回事?"

威尔老爹摇摇头。

"威尔老爹,出了什么事?"

"不是什么大不了的事,宝贝。"他强作笑脸,"你还好吗?罗伊和艾德呢?"

贝尔塔外婆慢慢松开抱紧的臂膀。"没什么大不了!"她说。

"行了,贝尔塔。"威拉德说。

"是没什么大不了。她只不过决定不再见他。"她气呼呼地站起身,走到窗户前,"那可真是没什么大不了的!"

"为什么她不想见他？"

她外婆默不作声。她看着布兰沙德的身影走远。

"威尔老爹，为什么他就这样子走了？出什么事了？"

"告诉她呗。"贝尔塔外婆说。

"没什么好说的。"威尔老爹说。贝尔塔哼了一声，转身向厨房走去。

"威尔老爹——"

"没什么好说的！"他说道。

"喂。"她跟在他身后说道，但他上楼进了她妈妈的房间，门在他身后关上。

她走进厨房。她外婆此刻正从后窗往外张望。

"我不明白。"露西说。

贝尔塔外婆什么也没说。

"我说我不明白出了什么事。怎么回事？"

"他又进监狱了。"她外婆苦涩地说道。

她一个人坐在客厅，等威尔老爹从楼上下来。她说她想知道整件事的来龙去脉。

他说："什么来龙去脉？"

她又说了一遍，说她想知道所发生的全部细节。她要此刻在这里从他的口中而不是以后从什么陌生人那里知道整个故事。

她自己的事已经够她操心的了。威尔老爹说："没有故事。"

他在房间里踱来踱去，她向他解释了一些她认为他可能已经知道的事情：他不能让人免受真相的困扰，他不能通过美化生活的丑恶而使人不受其伤害……她停了下来。不管什么样的内容，她都希望听到。如果她爸爸真的进了监狱——

"谁说的？"

"如果他进去了，我想从你这里知道，威尔老爹。我不想通过闲言碎语去拼凑事实真相——"

不会有什么闲言碎语，这次不会，他说。这件事没有告诉任何人，包括布兰沙德，这也是为什么事情让人苦不堪言的原因。威拉德和贝尔塔昨天晚上已经决定，事已至此，大肆宣扬也毫无益处。昨天吃晚饭的时候，迈拉在餐桌上说出她藏了差不多整整一个月的心事。但他看没必要再把露西扯进来，她自己的生活已经够她操心的了。

到底怎么回事？

"露西，你知道了又有什么意义？"

"威尔老爹，对于他我不抱幻想。我早就采取了面对现实的态度，你还记得吧？早在其他人那么做之前，威尔老爹——假如他们那么做了的话。"

"他们当然那么做了——"

"告诉我来龙去脉。"

"说来话长，露西。我真不明白你为什么想听。"

"他是我爸爸。"

这句话好像让他既惊讶又困惑。

"他是我爸爸！告诉我！"

"你会难过的，露西。"

"别担心我，拜托。"

他走到楼梯脚下，又返回来。他得从头开始，他说。

"没问题，"她说，控制住自己的情绪，"开始吧。"

好吧。首先，迈拉好像一直跟他有联系，从他离开到现在将近四年通过邮局的信箱与他保持着某种联络。迈拉时常到邮局取她的邮件，不幸的是，威拉德在邮局的那些老朋友竟然没有一个人想过把这件事告诉他。另一方面，考虑到邮政工作涉及隐私问题，他不知道在这种情况下自己该怎么做。总之，他们根本没有注意到这件事。因为它不是每天，或每周，甚或每月发生——迈拉一边说一边擦着眼泪。他只是告知她他的行踪和动态，特别是碰到重要事情时。一次又一次地，她根据自己的心情——有多抑郁或对远去的过去有多怀念——来回复他。

……好吧，如果露西执意要听，那他就继续说下去吧。消失的头几个月里，他住在本州南部的巴特勒，在一个老朋友经营的加油站干活。但等到爱德华出生的时候——

"他知道我有了爱德华？"

"差不多所有大事，类似有了爱德华这种事，露西，他多多少少都知道，是的。"

"为什么？"

"为什么？唉，我不知道为什么，露西。她认为某些事——我是这么想的，不管以前发生过什么，他毕竟也是人，是我们曾经了解和相处过的人，你懂吗……是的，某些事他应该知道。"

"当然。"

总之，爱德华出生一段时间之后，他去了佛罗里达，好像在那里应募过海军。实际上，他在彭萨科拉为他们工作了一阵子，还争取到了电力部门的一个军士的职位。

"一个军官？"

"露西，我只是在陈述我所听到的，如果你想让我停下来，我乐意之至。"

"那彭萨科拉之后呢？他不再当军官之后呢？"

彭萨科拉之后，他去了奥兰多。

"他又到那里做什么白日梦？"

他在他的薇拉表姐家呆了一段时间。那期间，他好像跟温特帕克的一位女士走得很近，甚至订了婚。至少她相信他们订了婚，直到最后他把自己的情况告诉了她。

"噢，他说了？"

"说他仍然已婚。"威尔老爹说。

"噢，说的这件事。"

"露西，我不是在为他辩解，我只是在应你的要求讲给你听，实际上，这有悖于我的初衷。我想我真的要停下来了，因为这些细节对你有什么好处呢？事已至此，都过去了，所以我们还是忘了它吧。"

"接着讲,拜托了。"

"宝贝,你确定要知道这一切?因为,你知道,在这个问题上,你可能还没有那么坚强——"

"拜托!在这上面我根本不在乎!事实是那个男人意外使我妈怀了孕,而我是那个自然事故的结果,除此之外,这个问题跟我没有任何关系!只要可以避免,我片刻都不愿去想他这个人。我现在能够控制好自己。我正在这样做!我很清楚这个问题跟我没有任何关系,他所发生的一切跟我没有任何关系。所以,你可以告诉我这件事及其所有的细枝末节,绝对不必担心。我想要事实真相,一分不多一分不少。"

"但是为什么?"

"所以他跟他的未婚妻坦白了'他的真实情况'。我可以问问那之后他是怎么将他一手缔造的奇迹延续下去的吗?请接着说吧,威尔老爹,你绝对有理由相信,自从他决定离开利伯蒂森特后,对于他干的任何蠢事,我都不必承担任何责任。我可不是海军部队的人,有责任告诉他他绝不是军官那块料——"

"是军士,宝贝。"

"好吧,军士。我也没有让他去订婚然后又解除婚约。"

"没有人说是你让他那么做的,露西。"

"好,那之后他去了哪里?"

"嗯,他后来到了克利尔沃特。那里也是他呆的时间最长的地方。他在克利尔沃特海湾酒店的维修部找到一份工作,很显然,那是当地规模最大、最奢华的酒店。差不多四个月之后,他当上了主管,负责整个设施的运作。"

"是吗?"

"夜间主管。"

"接下来呢?"

嗯,据说他已经克服了酗酒问题。所发生的事无关喝酒。在可以控制住自己的时候,他滴酒不沾,一直是一员真正吃苦耐劳的干将,他很可能凭实力得到了管理部门的赏识。他们当然没有误判他在保持整个设施不分昼夜全速运作方面的才能。他们的错误在于高估了他的人品,尤其在他还是一个新人的情况下。他们的错误在于把酒店几乎所有房间的钥匙都交给了他。钥匙他倒也能妥善保管,大致如此。直到圣诞节前夕,他一直都干得得心应手,认真负责,一切都没问题,大致如此。就是在那时,迈拉写信给他,说她想让他知道,在经过一番认真考虑之后,她决定和他离婚,嫁给布兰沙德·穆勒。

威拉德慢慢地在扶手椅里坐下,闭上眼睛,头靠在双手上休息片刻。"她没有跟我们任何人商量,自己打定了主意,要嫁给他……我猜,她认为她有责任第一时间告诉怀迪……她不想让他从他在厄尔的防空洞的那帮老朋友那里得知这个消息,明白吗……噢,我不清楚她当时的想法,反正差不多是这样——但是事已至此……她就是那样做了。"

"她在做一个好妻子该做的事,威尔老爹。她体谅怀迪的感受。她的做法得体可敬,她是一个善良、顺服的妻子。一直都是。"

"露西,她在做她自己,她就是那样的人。"

"那么他也是在做他自己咯?那么他都做了些什么呢?说吧,相信我,我能承受。"

好吧,他接到这个消息后,受到了强烈的刺激。你可能会认为,既然他已恢复健康,拥有一份体面的工作,住在他一直希望住的地方,和另一个人差不多订婚一年了,离开这里几乎四年了,对这样的刺激他应该有心理准备,一两天后就会从中恢复,继续自己的新生活、结交新朋友,坦然接受发生在两千英里之外久未谋面之人身上的事。但是,他的所作所为简直愚蠢透顶,不管那是不是因为收到迈拉的信,也许早晚有一天他会那么干,谁知道呢?也许那根本和迈拉的信没有任何关系,是他早就计划好了的。总之,新年前夕,他在酒店管理部门的办公室里检查某扇出了问题的窗户。不幸的是,办公室的秘书已经回家,但由于粗心或匆忙或别的原因,留下一大袋贵重物品在外面,就放在保险柜旁边的档案柜顶部。"你知道的,"威拉德说,"客人会委托保管的东西,基本都是些珠宝、手表,还有现金。"

"所以他就做了回自己,拿走了它们。"

"嗯,一部分。"

"一部分。"她重复道,双目低垂。

"大部分,"威拉德悲哀地说,"然后在他意识到自己都干了什么的时候——"

"太迟了。"

"太迟了。"威拉德说,"没错。"

"他喝了个烂醉。"

"不,他没有。"他说,"这事不关喝酒。不,他在奥兰多时又加入了戒酒会,跟温尼萨的差不多。这次他成功了。他也正是在那里遇到了温特帕克的那位女士。不,他所干的是,他把赃物带回住所,接着,哦,你知道的,在他意识到自己干了什么之后,就像所有笨蛋一样,他无法入睡。可是当时已经到了第二天,已经有人一大早就下去办理离店手续,要求取回那块女士手表。当然,它根本就不在那儿。接着,搜查就开始了。在他还没有回到酒店之前,这桩丑闻已经闹得满城风雨。这下子他不知所措了。他知道不能立刻把东西还回去,在他老板的恶劣情绪和侦查员们蜂拥而至的情况下,肯定不能还回去。因此他琢磨着此时此刻最聪明的做法是什么也不说,回家呆着。他琢磨着要用什么办法把那些东西还回去,也许可以等到晚上再行动。但是仅仅几个小时后,指纹嫌疑就已经指向了他,他们在他的住处找到了他。他别无选择,只能做了那件本应该做的,实际上也是他在事发后一小时打算做的正确的事:他坦白了一切,移交了每件物品,说他会用挣的工资赔偿损失。但这时候老板已经开除了把东西遗忘在外面的秘书,为了让他的客人放心,他必须杀一儆百。每一件物品都被返还,重新放进了保险箱,但是他并没有得到怜悯和宽恕。

我猜，老板也是为了自己的利益，他不是像炒了那个女孩那样把他炒了，而是严惩他。法官也一样。那是镇上的一家大酒店，我想他们都知道他们的面包哪一面抹了黄油，所以对他严加惩戒。杀一儆百。总之，情况大概就是这样。他被判了十八个月，在佛罗里达州立监狱服刑。"

他话音刚落，她便说："你相信这个故事。你居然相信。"

他耸耸肩。"露西，他如今在佛罗里达州立监狱。"

她站了起来："但那并不是他的责任，对吗？"

"不，我没那么说——"

"你永远不会说！永远不会！"

"宝贝，永远不会说什么？"

"他伤心过度所以才会去偷东西，是不是？他连自己在干什么都不知道！他根本不是有意的！他打算立刻还回去的！但他被陷害了！"

"露西——"

"但那就是你愿意相信的！粗心的秘书！狠毒的老板！人的局限性！他们生来就是不完美、有缺陷的——噢，你！"他还没来得及制止她，她已经上了楼。

她妈妈躺在那里，脸埋在枕头下面。

"妈，"她说，"穆勒先生刚走了。你知道吗，妈？你听见我说话吗，妈？你刚刚把一个过体面生活的机会拒之门外。为什么，妈，我在问你为什么。"

"让我静一静……"声音几不可闻。

"为什么？好再浪费掉二十年的光阴？再回到羞辱、谴责和贫困之中？妈，你明白你在干什么吗？你以为你这是在救谁，妈？赶走穆勒先生会带来什么结果，意味着什么？那个愚蠢、低能、无用、无可救药的——"

"但是你应该高兴！"

"什么？"她突然不再咄咄逼人。

她妈妈从床上坐起身，面庞浮肿，眼圈发青，眼窝深陷，她尖叫道："因为他现在就在你一直希望他呆的地方！"

"我……不！"

"是的！在他永远，永远……"她转身倒在床上，剩下的话被哭泣声淹没。

一个小时后，她走下楼，不等罗伊从车上下来便走出大门。她妈妈偏头痛犯了，承受不了爱德华或任何人的来访，连穆勒先生也早早离开了。收音机预报傍晚有大雪。他们必须走。

威尔老爹跟着她走到门廊。早些时候，他轻轻敲过她的房门，但她禁止他入内。"让我一个人呆着，谢谢！"她说。

"露西，你似乎认为我认可这一切，认为我希望这样。"

"可你做了什么来阻止这一切发生？你做过什么吗？"

"露西，我不是万能的上帝——"

"别烦我，求你了！需要你的人不是我，去看看你亲爱的女儿吧！"

此刻，威尔老爹跟着她走下便道。她坐进车里，爱德华坐在她旁边。他的双肘靠在车门上。

"我们的爱德华王子好吗？"他的手伸进车里，拉下孩子的连衫帽，盖住他的眼睛。

"不要。"爱德华咯咯笑道。

"你还好吗，罗伊？"威尔老爹问。

"噢，马马虎虎，"罗伊说，"转告妈，我希望她好起来。"

妈——他是这样叫露西的妈妈的。妈！软弱的、愚蠢的、瞎眼的……是警察把他关进去的。是他自己把自己关进去的！

"保重，露西。"威尔老爹说。他轻轻地拍了拍她的胳膊。

"好的。"她说，忙着整理爱德华的连衫帽。

"好吧，"当罗伊启动车子时，威尔老爹说，"下个月见——"

"好嘞，再见，威拉德。"罗伊说。

"再见，"爱德华喊道，"再见，太公公。"

噢，不，她想，噢不，你不能……我不要受到谴责，我不要对此承担责任……

天色昏暗。大雪纷飞。夜色降临。车里，爱德华嘴里含着唾液发出轻微的突突声，罗伊则闲扯个没完。猜猜埃莉圣诞节在芝加哥碰到谁了？乔·"定位"。在市中心商务区偶然碰见的。他现在是医学院的学生，依然在亚拉巴马。埃莉说他还是从前那个老乔·"定位"。嘿，猜猜艾德跟他们说了什么？他问埃莉，吉比是不是她狗狗的名字。噢，索尔比家当然问过她关于乔的事。朱利安在跟那边的高尔夫球俱乐部谈生意，所以他就只过去打了个招呼。他实际上只问了声好。噢，还有一个重大消息——埃莉已经邀请他们春天过来度周末。他们可以把艾德留在他爸妈家里……

她闭上眼睛，假装睡着了……也许她确实睡着了，因为有一阵子，她可以把那天下午的种种记忆统统赶出脑海。

他们快到基恩堡的时候，罗伊继续对爱德华讲着。这孩子一路上一直醒着，盯着雨刮器刮走大片大片的雪花。"……所以船长走进来问道：'谁愿意出去帮助这个因纽特人找到他的狗狗呢？'于是我暗想：'听起来挺好玩的——'"就在这时，露西尖叫起来。

罗伊敏捷地把车开到路边。他探过身体，越过爱德华去抚摸她，她移开肩膀，缩成一团靠在车门上。

"露西！"

她的嘴巴紧紧压在冰冷的车窗上。这件事根本一秒钟都不值得去想。

"露西——"

她又开始尖叫。

罗伊慌乱地说："露西，你哪儿痛吗？露西，我说了什么——"

他停了一会儿，等着从她嘴里听到他说了或做了什么。随后他缓缓开上路，朝城里开去。"露西，你现在没事了吗？你好点了吗?……亲爱的,我尽量开快点。路滑得很,你得坚持住……"

爱德华呆呆地坐在他们中间。罗伊不时地伸手过去拍拍男孩的腿。"没事,艾德。妈妈只是有点疼。"

车开到房前,罗伊扶着露西走上前面的三级台阶,走进公寓,孩子跟在后面,紧紧地抓住他爸爸的裤子。

进入客厅,罗伊打开台灯。露西一头倒进沙发里。爱德华穿着他的防雪服和红色雨靴站在门口。他流着鼻涕。当她向他伸出一只手时,他从她身边跑开,跑进自己的房间。

罗伊的双手垂在身体两侧,头发湿漉漉地耷拉在前额。"你想看看医生吗?"他轻声问,"你现在没事了?露西,你听见我说的话了吗?你感觉好点吗?"

"噢,你,"她说,"好个英雄。"

"要我放平吗?"他问道,指指沙发,"你想歇歇?告诉我你想怎么样。"

她从自己身后扯出一个垫子,狠狠地向他砸过去。"好个大战斗英雄!"

垫子砸在他的腿上。他把它拾起来。"我只不过逗他玩玩。你看,我总是跟他说——"

"我知道你总是跟他说!噢,我知道,罗伊——我们这辈子的每个星期天你都在跟他说!因为你就那点本事!上帝知道你还能跟他说些什么!"

"露西,我又做错什么了?"

"你个笨蛋！傻瓜！你能告诉他的就只有车里的汽化器了，而且你还搞错了！罗伊，我看见你在那辆新普利茅斯车上的德行。开一辆普利茅斯新车，这可是你一年里最兴奋的时刻！"

"哦，不是的！"

"坐在索尔比家新车的方向盘后面！"

"哎，露西，埃莉问我是不是想开车，我说是的。我是说，没有理由……你看，如果你因为我去了那里而生气……你看，我们之前说好了的，露西——"

"你个可怜虫！你就没有一点骨气？你能靠自己的两只脚站立吗，你能吗？你这条寄生虫！你软弱无能，无可救药，毫无胆识，懦夫！你永远不会改变——你根本就不想改变！你根本就不知道我说的改变是什么意思！你站在这里，张着你愚蠢的嘴！因为你没有脊梁骨！什么都没有！"她从身后抓起另一个垫子，狠狠地砸向他的头，"从我们认识的第一天起就没有！"

他用双手截住垫子。"嘿，现在，看——艾德正在——"

她腾地离开沙发。"没有勇气！"她哭起来，"没有毅力！没有自己的意志！如果我不告诉你去做什么，如果我转过身去，如果我不打理这倒霉的日子、倒霉的日日夜夜……噢，你不是男人，你永远也成不了，而且你根本就不在乎！"她哭着去捶打他的胸膛。他先是推开她的手，随即便用前臂和胳膊肘保护自己，接着他只好往后退，一次一步。

"露西，好了，求求你。这里不光是我们俩——"

但是她步步紧逼。"你什么都不是！比什么都不是还不如，比什么都不是更糟糕！"

他抓住她的两个拳头。"露西，控制一下！住手，求你。"

"松开你的手，罗伊！放开我，罗伊！你敢仗着力气大欺负我！你休想动武！"

"我什么都不想！"

"我是女人！放开我的手！"

他放开了。他哭了起来。

"噢，"她喘着粗气说，"我真看不起你，罗伊。你说的每一个字，你做的每一件事，包括打算去做的事，全都一团糟。你一无是处，我绝不原谅你——"

他用双手捂住眼睛，抽泣着。

"绝不，绝不，"她说，"因为你令人绝望，忍无可忍。你一败涂地，你无可救药，你甚至根本不想获救。"

"露西，露西，不，那不是真的。"

"洛沃伊。"她厌恶地说。

"什么？"

"洛沃伊不是娘娘腔，罗伊，你才是。"

"不，噢，不！"

"是的！你！噢，走开！"她一下子倒在沙发上，"消失。走开，走开，别让我看见你！"

然后她大哭起来，用的气力之大，她感到五脏六腑都快要被撕裂了。那声音听起来似乎不是发自她的体内，而是从头盖骨的各个角落经她的鼻孔和嘴巴发出来的。她的眼睛闭得很紧，紧到她的颧骨和眉毛之间似乎只剩下一道缝隙，眼泪从缝隙中流出。看样子她根本没办法停止嚎啕大哭。她也不在乎。除了哭，她还能做什么呢？

当她醒来的时候，公寓里没有灯光。她打开灯。是谁把它关了的？

"罗伊？"

他出去了。

她冲到爱德华的房间。

顷刻间，她大脑一片空白，完全失去了身在何处的感觉。我是一年级新生？

不对！

"爱德华！"

她跑进厨房把灯打开，然后又跑回爱德华的卧室。她打开衣柜，但是他没有藏在里面。她打开他的衣柜找……找什么？

他带他去看电影了。但现在是晚上九点。

他带他出去吃东西了。

回到客厅，她的手在屋子里每件东西的表面摸索着，没有留字条，什么都没有。在爱德华的卧室，她跪在地板上"嘘！"，但是他没有在床底下。

321

对了，她走进厨房，给霍普金斯工作室打电话。他正在带他看他工作的地方，向他展示他是一个多么伟大坚强的男人，向他展示要是妈妈不那么可恶的话，他会在自己家里拥有一个类似的工作室。啊，她希望——电话一声声地响着——她希望他也向他展示，他们的客厅和卧室都变成办公室后他们会沦落到何处，向他展示在他眼巴巴地等着客户上门时他们靠什么为生——

没有人在工作室。

她再次在公寓里找了一遍。我在找什么？然后，她给利伯蒂森特打电话，但是巴萨特一家显然还在索尔比家。电话里问她是否愿意稍后再打，她没有留下自己的号码就挂断了。假设只是虚惊一场，假设他只不过带爱德华出去买汉堡，要是他俩进门时，朱利安·索尔比正好拿起电话怎么办？

还是等他回来解释一切吧。不留下只言片语就销声匿迹！带着一个精疲力尽的小孩子，晚上九点钟冲进暴风雪中！冰箱里有冷藏的食物，架子上有汤。别跟我说是为了出去给他买吃的，罗伊。这是吓唬我。这是……

十点半，罗伊打来电话，说他刚刚回到利伯蒂森特。不等他说完，她立刻向他下达了此时此刻该干什么的指示。他说，爱德华现在终于没事了——但是，她应该清楚，这对小孩子来说，无疑是一次让人毛骨悚然的可怕经历。她提高嗓门打断他，再一次指明此时此刻他该干什么，并且立刻去干。他说请她不要担心，他会照看好他那边的一切，也许她应该担心的是如何控制住自己。

看来不骂他一顿他就不会明白，就不会照她说的去做。他说他什么都明白，但问题在于，她在车里和接下来对他的尖叫，全都是当着一个毫无防范能力的小孩子的面。当她再次大喊大叫时，他说除非美国海军陆战队来，否则休想他把孩子带回去，说实话要是她一直这样下去，那个家他真的一天也不能忍受。再重复一遍，他是不会带一个三岁半的孩子回去跟一个——他很抱歉，但他不得不说——

"说什么？"

"跟一个他恨之入骨的人在一起，就是这样！"

"谁恨谁，罗伊？"

没有回答。

"谁恨谁，罗伊？你不说清楚我绝饶不了你，不管你躲到哪儿！我要求你解释清楚，你刚才胆敢对我说的那些话——你不敢当面对我说，你这个爱哭鬼！你这个懦夫！谁恨——"

"他恨你！"

"什么？他爱我，你撒谎！你在撒谎！他爱我，你把孩子还给我！罗伊，你听见吗？还我孩子！"

"我把情况都告诉你了，露西，他就是这样对我说的——而且我不会把他还给你！"

"我不相信，根本不相信——"

"好吧，随便你！他在路上哭得死去活来——"

"我不相信！"

"'我恨妈咪,她的脸好吓人。'这是他哭着对我说的,露西!"

"你在说谎,罗伊!"

"那他为什么把自己锁在厕所里?还有另一天晚上,他为什么从他的晚饭前跑开——"

"他没有!"

"他有!"

"因为你!"她大叫道,"你不尽自己的责任!"

"不,露西,因为你!因为你尖叫,歇斯底里,心怀仇恨,横行霸道,铁石心肠!因为他再也不想见到你那张丑恶无情的脸,我也不想,永远不想!"

"罗伊,你是我的丈夫!你有责任!你立刻上车,现在就去,即使开通宵——"

可是电话另一端,咔嚓一声连接中断了。要么罗伊挂断了,要么有人拿过话筒替他挂断了。

2

从基恩堡开出的最后一辆大巴载她到利伯蒂森特的时候,已经接近凌晨一点。零零星星地飘着雪,百老汇大街上看不见一个人影。她站在范·哈恩商店后面,等出租车拉她到利伯蒂园。

她利用这个时间,如同在那次黑暗的北上之旅做的那样,再一次演练她将要说的话。现在她很清楚自己的要求。唯有当她想象如果罗伊拒绝开车送她和爱德华回基恩堡那她该怎么做的时候,即将上演的那一幕才模糊起来。呆在威尔老爹那里直到次日上午是不可能的。没有他们的帮助她也死不了。她不是一直活着吗?她也不会去巴萨特家过夜,况且她被邀请的概率微乎其微。她的姻亲们但凡对她有一丝真诚,罗伊一回到镇上,他们就会要求他解释;他们都在索尔比家里,本可以直接跟她通电话,本可以代表她们母子进行干预,即便在当丈夫的正好是他们儿子的情况下。有些原则和价值观应该得到遵守,它们超越了血缘关系。不过,他们显然并不比她自己的家人更了解作为人的意义。没有人采取任何行动来制止罗伊鲁莽荒唐的冒险活动，甚至那位高尚的中学老师也不例外。不，她不会是无辜的，对像他们这种人而言绝不会。她很清楚，当罗伊宣称自己做不到凌晨一点再开回基恩堡的时候，他父母会立刻和索尔比家站在一起，支持他。她也明白，如果她允许他留下来而自己和爱德华独自回基恩堡的话，他就再也不会回来和他们一起生活了。

而她是多么希望这种情况能够发生。难道他还没有向她证明他的灵魂是一座深渊，不仅自私、无知，而且残酷无情？她尽可能相信他能奉献更多，尽可能骗自己相信他"体贴周到""心地善良"，相信他是一个好人和绅士，但如今他的本质已经暴露无遗。一旦超出一定限度，一个人便不能再相信另一个人向善的潜力了，噩梦般的四年之后她终于到了这个临界点。她打心眼里希望抛下罗伊，自己和爱德华回到基恩堡。就让他回到妈咪、爹地、姨妈、姨父那里吧，回到他的牛奶和饼干中，回到他那没完没了、无可救药的孩子气的梦想里。要是在一个月以前，要是只有她和爱德华，那么罗伊——与她没有任何关系——可以永远消失。她年轻力壮，吃苦耐劳，懂得牺牲和奋斗的意义，也不怕牺牲和奋斗。再过几个月，爱德华就可以上幼儿园，而她就可以开始工作，不管是在商店、餐馆还是工厂，她不在乎活儿本身多繁重累人，报酬高就行。她会养活自己和爱德华，罗伊大可以离开，住在他父母的房子里，睡到中午才起来，在车库里开"一间工作室"，从杂志上剪下照片，贴在他的剪贴簿上。不管他多么热情，他最后还是会陷入困境，一败涂地，而且没有她和爱德华在身边，他将独吞苦果。是的，她会找到工作，会挣足够多的钱，让那个没有人性的家伙——不然他怎么会在电话里对她说那些可怕的话——永远滚出他们的生活。

要是他在短短一个月前暴露出他如此恶毒，她肯定会开开心心地离开他。可是，现在根本不可能断绝关系——因为过不了多久，不仅她的收入无法覆盖一家人的生活开销，而且她会成为第二个孩子的母亲。现在她需要保护的人不只是她自己和爱德华，还有第三条生命。不管她自己的感情和愿望如何，要是允许这个男人遗弃一个尚未出世的孩子，结果将是一无所有，是永无止境的艰难困苦……因此，虽然她现在有一万个理由去恨他，虽然她明白他将不择手段地为自己辩护并羞辱她，虽然她一敲开索尔比家的门就会被告知让他放弃他的家庭是不可能的，但是他有义务和责任得去履行，不管他喜欢不喜欢。他不能躲在那座房子后面或者镇上的某个地方，逃避生活中遇到的痛苦。他罗伊·巴萨特是谁，凭什么他就应该免受痛苦，凭什么他就应该活在特许和恩惠之中，凭什么他就可以不负责任？这里不是天堂，这里是尘世！

利伯蒂园没有一座房子亮着灯。道路已经清了出来，出租车可以很轻松地开上路。车在索尔比家前面停下时，她想过告诉司机等一下，用不了多长时间她就会带着孩子出来……但那是不可能的。尽管她恨他，但她绝不能无视眼前的事实和困境，她永远不会以未出生的孩子为代价来拯救自己。

她没有看到哈德逊。要么他把它停在了索尔比家的车库里，要么他已经不在这里了。他逃去了北方，逃去了加拿大！超出了法律的管辖范围！他偷走了爱德华！他抛弃了她！

不！她闭上眼睛，竭力想在这种最坏的情况得到证实前把它从脑子里赶走。她按按门铃，听见它响起，随即看见她爸爸蹲在佛罗里达州立监狱的牢房里。他正坐在一个三条腿的凳子上，穿着条纹囚服，胸前有一个编号。他的嘴巴大张，牙齿上用口红写着无罪。

朱利安·索尔比开的门。

她立刻回过神来，想起自己身在何处，必须做什么。

"朱利安，我是来找罗伊和爱德华的。他们在哪里？"

他在睡衣外面穿了一件亮闪闪的蓝色睡袍。"嘿，露西，好久不见。"

"我有事情要办，朱利安。罗伊躲在你这里没有？如果他在他父母那里，请告诉我，还有——"

他把一根手指头放在自己的嘴唇上。"嘘，"他小声说，"大家都在睡觉。"

"我想知道，朱利安——"

"嘘，嘘。一点多钟了，进来吧，为什么不进来呢？"他向她示意赶快进门，"呵，外面肯定有零下十度。"

难道她可以畅通无阻地走进去？在回来的大巴上，她已经做好可能被拒之门外的准备。而现在她正跟着朱利安安静地穿过走廊，进入客厅。为什么？没错——因为罗伊的所作所为太过分了，以至于索尔比家也不能再站在他那一边。她在孤立无援中夸大的不是罗伊行为的严重性，而是她的敌人对罗伊一面之词的接受度。早些时候，那个挂断电话的人不是别人正是罗伊自己。很可能他根本没有胆量面对一个有理智的人。

　　认识到这一点对她来说是一种巨大的解脱。她这辈子从来没有从任何必要的对抗中退缩过，也不会从这里退缩；如果有必要的话，她甚至会冲开朱利安·索尔比的阻挠，强行进入他的房子，夺回自己的丈夫和孩子。但是谢天谢地，她可以沉着冷静地跟在他后面进去。大概是早些时候在家里遭遇的事情导致她的想象变得如此极端，导致她做好了面对生活中最猛烈对抗的准备。但结果是，罗伊所暴露出来的东西，使最铁石心肠和最无脑的支持者也失去了对他的同情。

　　难道这不是注定会发生的吗？真理最终不是会取胜吗？噢，她的牺牲和抗争不是徒劳的！噢，是的，没错！如果你知道你是正确的，如果你不软弱和退缩，如果不顾任何非议和磨难依然坚持到底，对抗那些自己内心认定是错误的东西；如果你坚持不与他人同流合污，如果你愿意忍受在这个漠视美好的世界里追求美好的孤独，如果不顾别人的蔑视、憎恨和惧怕拼尽全力，如果你奋力向前、坚持不懈，不管痛苦多大，压力多重，有一天真理终将昭示天下——

"坐吧。"朱利安说。

"朱利安，"她镇定地说，"我想我不坐了。我认为，事不宜迟，实际上——"

"坐吧，露西。"他指着一把椅子笑着说道。

"我宁愿不坐。"她坚定地说。

"我可不管你宁愿怎样。我现在在告诉你你要怎样。首先你要坐下。"

"我不需要休息，谢谢。"

"但是你需要，小可爱。你需要一次漫长的休息。"

她感到一股怒火直冲脑门。"我不认为你知道自己在说什么，朱利安，我也不在乎。精疲力尽的一天过后，我到这里来不是为了坐下——"

"噢，不是吗？"

"——和跟你废话。"

她停了下来。说这些有什么用处？她前一秒是多么自欺欺人，多么可怜，多么愚昧，多么天真啊，用正常的思维去思考他这种人。他们不比她原本认为的好一丁点，他们更坏。

"我一直坐在这里等你，露西，"朱利安说，"你觉得怎么样？其实我一直希望你来，等了很久了。我猜你会登上那辆大巴。"

"你没有理由不希望，难道不是吗，"她说，"每个母亲都会这么做。"

"是的，不愧是你，没错。那么，坐下吧，这位母亲。"

她没有动。

"那好吧,"他说,"我可要坐下了。"他坐下来,眼睛一直注视着她。

她突然感到一阵困惑。楼梯就在那里——为什么她没有直接走上去,叫醒罗伊?"朱利安,"她说,"劳驾你上楼去告诉我丈夫,我在这儿,想见他。我大老远从基恩堡赶过来,朱利安,深更半夜的,就因为他干的好事。但是我愿意保持理智,如果你也愿意的话。"

朱利安从他的睡袍口袋里摸出一支松散的雪茄,在两根手指中间捻直。"你愿意,嗯?"他说着点燃了它。

多么令人作呕的卑鄙的男人!为什么她刚才要说"如果你也愿意"——这干他什么事?他为什么穿着睡衣和睡袍一直等着她?难道准备提出什么无礼的要求?难道他企图引诱她,趁着他自己的妻子和女儿——

艾琳出现在楼梯上面——那一刻,露西彻底明白了这帮人打算实施的丑行。

"艾琳——"她感觉到自己要向后倒下去,"艾琳,"她说,不得不深吸一口气才能继续下去,"劳驾你去,因为你正好在上面,叫醒罗伊好吗?请告诉他我大老远从基恩堡过来。告诉他我现在在这儿,麻烦你,为了他和爱德华。"

她不用看也知道朱利安正死死地盯着她。"雪已经停了。"她对楼梯上那个睡衣外面裹了件棉睡袍的女人说,"所以我们要回家了。如果他太累，我们可以随便找个地方过夜。但是他不能呆在这里，爱德华也不能。"

艾琳没有转回去叫醒罗伊，而是开始走下楼梯。她的头发几乎全白，人也好像更加笨重；可能是少了塑身衣的效果，臃肿的身形更容易被看出来。总之，她看起来像一个地道的老妇人，镇静异常，出乎意料地面带同情。

"艾琳，我想告诉你，你们让罗伊认为他可以这样逃脱——"

"是吗？"朱利安一边抽着雪茄，一边说道。

"——这让我们与你们将来再次见面彻底成为不可能。我说的是我们一家，包括爱德华。我希望你们全都意识到这一点，再说一次，这完全是由你们自己一手造成的。"

"我们意识到了一切，年轻人。"朱利安说。

艾琳走近她，向她伸出一只手。"露西，为什么不坐下来呢？为什么我们不坐下来谈谈，看看出了什么事？"

"听着，"她说，向后退了一步，"除非迫不得已，我不会在这座房子或这座城市多呆一秒钟。你不是我的朋友，艾琳，不要突然假装你是。你应该知道，我没有那么笨。从罗伊开始跟我约会的第一天起，你就摆出一副好像我低人一等的样子，仿佛我根本配不上他。我知道你内心是怎么想的，所以不要认为你握着我的一只手就可以骗到我。你可以随心所欲地骗你自己，但是你的行为比你的语言更有说服力。而罗伊蠢就蠢在这里。他和爱德华必须立刻离开，跟我回去——"

"我认为,"朱利安说着站了起来,"首先,你最好让自己先冷静下来。"

"不用你告诉我该做什么,朱利安!"她转过来面对他,直视着那双虚伪的眼睛。噢,她要抹掉他脸上的窃笑。你们以为自己如何高人一等,其实畜生一般!"你对我不享有任何权威,我想你最好搞清楚,朱利安,我碰巧不依赖你那几百万。"

"是几十亿。"他说着咧嘴笑起来。

艾琳说:"露西,要不我弄点咖啡——"

"我不要咖啡!我要我的孩子!和我的丈夫——如果他还是的话!把他们立刻还给我。现在,马上。"

"可是,露西,亲爱的——"艾琳开始说。

"别叫我'亲爱的'!我不信任你,索尔比夫人——一点也不比我信任他更多!"

朱利安的身体突然插在了露西和他妻子之间。"现在,"他说,"规矩首先是——要么你冷静下来,收起你那霸道的小嗓门,小姐,要么你走人。"

"如果我就是不走呢。"

"那么你就是私闯民宅,我会把你踢出去——从后面一脚踢出去。"

"你竟敢这样跟我说话——"随后她冲向楼梯,但立马被一条胳膊从后面抓住。她挣扎着,不过他已经牢牢地抓住了她的外套。

"放开!让我——"

他的另一只手落在她的肩膀上,她被强行拽下来,她感到一阵天旋地转。他按她坐下,自己居高临下地站着,气得脸色发紫。他的浴袍不知何时敞开了,从他睡衣的纽扣之间,她瞥见了他的肚子。

她没有动也没有说话。他整理并合上他的浴袍,但自始至终正对着她。

露西措辞准确地说:"你没有权利——"

"别告诉我什么权利,你这个二十岁的小蠢货。是你该去学学权利。"

"好啊,"露西说,脑子转得飞快,"好啊,艾琳,"同时想越过他去看他的妻子,"你肯定为有一个如此粗鲁的丈夫而骄傲,他对一个只有他一半——"

"你的对手是谁,露西,是我。所以你该对着我说,不是对着艾琳。"

此时埃莉出来了。她走到楼梯平台上,裹着她那件白色晨衣,两手扶着栏杆,站在那里往下看。

露西仰起的面孔直逼朱利安的脸,她说的话只有他一个人可以听见。"我知道你的事,朱利安,所以你还是小心点。"

"噢,你知道?"他用力抵住她的膝盖,她把头从他的肚子前面扭开,"你知道什么?"他问,声音粗暴而低沉,"你想威胁我?说出来!"

除了他的大身板外,她什么也看不见,她甚至无法思考,但是她必须思考。"我到这里来不是为了讨论你的人品,"她对着他浴袍的腰带开始说,"我不打算那么做,朱利安。"

"好主意。"他说,然后后退了一步。

埃莉诺不见了。

露西的手插在外套的下摆,她不得不稍作停顿,直到她确保自己的声音不会颤抖。"只要达到我来这儿的目的,我就马上离开,没有必要说其他乱七八糟的……我对此毫无异议。"然后她望着艾琳,"现在谁去叫醒我丈夫——劳驾。"

"也许他已经睡着了,"朱利安说,"你想过没有?也许拜你所赐,他度过了活见鬼的一天。"

他保持站立姿势,以防她从椅子里站起来;她捶着胳膊:"我们全都度过了活见鬼的一天,朱利安!对我而言是恐怖的一天。现在,我要求你告诉他——"

"但是你提要求的日子已经结束了,蠢货,这才是一切的关键。"

"请……"她说,深深地吸了口气,"如果你不介意,我宁可跟你老婆交涉,她至少听起来礼貌些。"

"但是我礼貌的老婆不会跟你交涉!"

"对不起,"她说,"也许她有自己的想法。先生——"

"我老婆和你交涉过,年轻人。当初她告诉我,有迹象表明你仍然有点人性。但是结果证明,四年前我绝不应该接受她的劝告,那时你的獠牙正咬向那个男孩的脖子。"

"那个男孩引诱了我,朱利安!事后他有义务——"

他转身面对他的妻子,"义务",他从鼻子里哼了一声。

她从椅子上跳起来。"你可能不喜欢听,朱利安,但是我再说一次——那是他对我的义务——"

"噢,"他说着,摇摇头,"每个人都对你有义务,但是,你对谁尽神圣的义务呢,露西?我好像忘了。"

"对我的孩子!"她答道,"对我丈夫和我自己的后代!对刚要开启自己人生的人,他就是你说的'谁'!确保他有一个安身之所,一个完整的家庭和良好的教养!确保他不会遭这个肮脏世界的禽兽的虐待!"

"噢,"朱利安说,"你是个真正的圣人,你确实是。"

"和你相比,我肯定是。没错!"

"好吧,圣人露西,"他说着,一只手在胡茬上摸来摸去,"别再太担心你的后代了。因为他对你恨之入骨。"

她双手蒙住脸。"那不是真的。那是罗伊撒的可怕的弥天大谎。那是……不,不,那不是——"

她感觉到艾琳的一只手放在了她的胳膊上。

"不,不,"她抽泣,往后倒回椅子里,"什么……你们打算对我干什么?你们不能偷走我的孩子。这是绑架。艾琳,艾琳,这是违法的。"

朱利安说道:"别管她。"

艾琳回了一句什么,露西没听见。

"我们要解决问题,艾琳。你走开,让她自己呆着。她已经没招了——"

突然,露西向他猛冲过去,晃着拳头。"无论你打算对我干什么,你休想得逞!"

朱利安只是把双手塞进他浴袍的口袋里。

"这是绑架,朱利安,这是你的主意!绑架——遗弃!他不能抛弃我,带走我的孩子!法律,朱利安,法律会制裁你这种人!"

"好,你去吧,请个律师,没有比这更让我开心的了。"

"但是我不需要律师!我要立马就地解决问题!"

"噢,但是你确实需要一个,露西。让我来告诉你吧,你需要重金聘请他妈的最好的律师。"

艾琳说:"朱利安,这孩子状况不好——"

他挣开他妻子的手。"罗伊也不好,艾琳!艾德也不好!我们谁都不好!我们都受够了这个小泼妇的发号施令和无理取闹——"

"朱利安——"

他此刻愤怒地转向露西。"因为你知道吧,你是一个小母夜叉。这就是你,小姐,一个圣人母夜叉。等不到我跟你玩完,全世界都会知道这一点。"

"别这样。"艾琳说。

"艾琳,够了,我很久以前就已经听够你的'别这样'了。"

露西摇着头。"让他继续说,艾琳。我不在乎。他只不过是原形毕露了。"

"你说对了,圣人。这就是我。所以你所有的攻击可以到此为止了。好啊,你含着眼泪笑,你笑自己有多聪明,老朱利安那张臭嘴有多臭。噢,我确实有一张臭嘴。我还是一个一无是处的老禽兽。但是,我得告诉你,露西——你毁掉了他的一生,你正开始毁掉小艾德的。不过这一切都结束了。如果现在你觉得很好玩,那就让我们看看在法庭上到底有多好玩,因为那里是我要你吃不了兜着走的地方,小姑娘。小蠢货。小白痴。等我跟你玩完以后,你将是一团糟,圣人露西。"

"你要把我告上法庭?"

"用尽一切手段。嗯哼。"

"你?"她问道,脸上依然挂着顽强的微笑。

"说得对。我。"

"哦,真是了不起。"她在手袋里找到一条手帕,擤擤鼻涕,"真是太精彩了。因为,你,朱利安,才是一个罪恶的人,而把你告上法庭——"楼梯平台上,罗伊终于出现了,埃莉诺跟在他后面。看来全都到齐了,几个小时前合谋对抗她的人……好啊,她不会哭泣,她不会乞求,她没有必要。她要说出真相。

她逐个看着他们,怀着不可动摇的信念——她是正确的而他们是错误的,她感觉出奇的沉着、镇静。没有必要提高嗓门、挥动拳头,只需要说出真相。

"你品行不端,朱利安,你自己知道。"

"知道什么?"他弓着背靠近她时他的肩膀看起来更厚了,"知道什么,你说说?"

"我们不必请律师,朱利安。我们不必到其他任何地方,就在这个客厅。因为轮不到你来告诉我或任何人是非对错。我敢肯定你自己心知肚明。要我继续下去吗,朱利安?或者你愿意当着你们全家人的面道歉?"

"听着,小长舌妇。"他说着,开始向她逼近。

"你是一个嫖客,"她说,这话使他停了下来,"你花钱睡女人。你有一帮情妇。你欺骗你的妻子。"

"露西!"埃莉大叫起来。

"可是那不是事实吗,埃莉诺?"

"不!"

她转向埃莉诺·索尔比。"我倒宁愿没有必要把这些话说出来——"

埃莉诺瘫倒在沙发上。"你没有必要。"

"可是我有,"露西说,"你看见了他是怎么对我的。你听见了他的打算。除了说出真相之外,埃莉诺,我还有什么选择?"

埃莉诺不停地摇头。

"他跟塞尔扣克洗衣店女主管有不正当的性关系。我忘记了她的名字。但是我敢肯定他能告诉你。"

朱利安逼视着她的目光充满了杀机。好啊,让他试试。让他对她动动手,就让他试试,然后他就会看到是谁将站在法官面前。那时,他那了不起的梦想就会变成现实——只不过被告不是她,而是他自己。

"除此之外,"她说,与他目光对峙着,"还有一个女人,他在资助或者供养着她,或者只是性交易。我可以想象现在他还有别的女人,在鬼知道的什么地方,我说错了吗,朱利安'姨父'?"

艾琳说话了:"别再说了。"

"我只是让你看清真相。"

那女人站起来:"你已经说得够多了。"

"可是这是事实真相!"露西说,"不会因为你拒绝相信它,艾琳,它就会消失。他是个嫖客!是色狼!是奸夫!他背着你乱搞!他贬低侮辱你!他看不起你,艾琳!你没有意识到吗?这就是这个男人对你所做的一切。"

埃莉用双手抓住楼梯的栏杆,她的头发遮住了她的半张脸。不管她哭的是什么,露西都无法理解。

"对不起,埃莉诺,这不是我的本意。可是,我实在不愿意忍受和承受这种污辱、背叛和仇恨。我到这里来,我向你保证,不是为了攻击你父亲。我那么说是为了自卫。他是一个没心没肺的男人——"

"可是她知道,"埃莉哭着说,"她知道,她已经知道了。"

"埃莉诺!"艾琳·索尔比说。

"你知道?"露西叫起来,"你是说,"她对艾琳说,"你知道他是什么人——"她简直不敢相信,"在座的每一个人都知道他是什么人、都干了些什么,可是你们仍然允许……"一时间,她连话都说不出来。"我不相信,"她最后终于说道,"你们竟然如此恬不知耻,自欺欺人,堕落——"

"噢,罗伊,"埃莉说,转向她的表兄,"她疯了。"随即把脸埋在他的胸前哭起来。

罗伊穿着朱利安的格子睡袍,睡袍对他来说太小了。他开始用手轻轻地拍埃莉的后背。

"噢,"露西说着,望着他俩,"是这么回事吗,罗伊,不是你姨父或姨妈疯了——而是我?还有什么来着,罗伊?除了我疯了,还有什么来着?噢,对了,还有爱德华恨我。还有别的什么吗?肯定还有更多!你还发明了什么谎言来为你对我所做的一切辩解?"

"可是他都对你干了什么啊!"埃莉尖叫道,"你疯了,你真的疯了!你神志不清!"

她停下来等着,直到埃莉能够控制住自己,可以听她说下去为止。艾琳·索尔比此刻站在她丈夫身边,以防他朝露西有任何举动,她半边脸埋在他的胸前——埋在那个毫不顾及她颜面的男人的胸前。

露西冲着埃莉诺说:"如果你的意思是,埃莉,我不是吉比·斯凯尔顿,不是你,不是你妈,那就对了。不过我想现在这点已经很清楚了。"

"什么都不清楚!你说的话没有一句是清楚的!"埃莉叫道,不理会她母亲举手示意她安静。

埃莉依然叫起来："我想知道她这话到底是什么意思！"

露西说："我的意思是，埃莉诺，我不滥交，不跟已婚男人勾搭。我的意思是，我不是一个虚荣、愚蠢的小孩子，不会把一半以上醒着的时间花在我的头发、衣服和鞋子上——"

"那你是什么，"埃莉哀嚎着，"圣母马利亚吗？"

朱利安甩开开始哭泣的妻子，走上前来："够了，埃莉诺。"

"爸爸。"埃莉哭着。

"爸爸，"露西重复了一句，"了不起的爸爸。"

"你去拿电话，露西，"朱利安说，喘着粗气，"给你外公打电话，告诉他过来把你接回家……你要是不打，我就打。"

"但是我的家不在那里，朱利安。我的家在基恩堡，那里有我的丈夫和孩子。"她望着她丈夫，"罗伊，我们回家。我要你准备好上路。"

移动的只有他的目光，从一个人到另一个人快速扫视着。

"罗伊，你听见了吗？我们回自己的家。"

他依然不动也不吱声。

"当然，"她说，"选择权在你，罗伊。要么你可以做个男人，跟我和爱德华回家，要么你可以按照他们最有价值的忠告——"

"露西！"罗伊双手抱头，"看在上帝的分上，算了吧！"

"但是我不能，罗伊！"她真该算了！"你也不能！噢，你可以算了，你们都可以，无视这位身为姨父、父亲、丈夫的人是多么禽兽不如这一事实。你可以对此装傻充愣，对自己说我疯了——

哦，跟他住一起，睡一起，我不在乎！但是，算了？噢，不，罗伊，因为有更重要的事得考虑。我要告诉你，为什么你这次恰恰不能听你姨父的劝告，罗伊。我也要告诉你姨父。事情就这么巧，罗伊，还有朱利安，还有埃莉诺，还有艾琳，我已经怀孕了。"

"你已经什么？"朱利安小声说。

罗伊说："露西……你什么意思？"

她没有必要提高嗓门。"我肚子里有了。"

罗伊说："我不明白。"

"你想要的女儿，罗伊，正在我的肚子里呼吸和长大。"

朱利安说："什么女儿？你现在他妈的到底在——"

"罗伊马上要当第二个孩子的爸爸了。我们希望是一个女儿。"

朱利安看着罗伊。

"罗伊，"她说，"说吧。告诉他们。"

"告诉他们什么？"

"你告诉我的那些。罗伊，告诉他们你跟我说你想要的。"

"露西，"他回答道，"我不明白你的意思。"

"罗伊，你现在打算否认——"

"怀孕？"朱利安说，"噢，别玩这种老把戏——"

"哈哈，但是我确实怀孕了，朱利安！我知道你本人当然不喜欢，但是事实就是事实！我正怀着罗伊·巴萨特的孩子。这个孩子是他想要的。这个孩子是他一直梦寐以求的。琳达，罗伊。好吧，告诉他们！"

"噢，不！"

"罗伊，你告诉他们。"

"但是，露西——"

"罗伊·巴萨特，那个下雪的晚上——你到底有还是没有——我不敢相信你现在也会撒这种谎！你到底有还是没有从床上下来？你到底有还是没有告诉我？琳达，罗伊——琳达·苏！"

"但是，露西，噢，我的天——我们只是说说。"

"说说！"

他在楼梯最上面的台阶上慢慢坐下来，他的头埋在手里。"是的。"他咕哝道。

"只是说说！罗伊，难道你真是这么想——"

"爸爸，"埃莉诺叫起来，"做点什么！"

朱利安此刻紧跟在露西后面，她正朝楼梯走过去。

她猛然转身对着他。"你敢对我动一根手指头。你最好识相点，你这个嫖客。"

"你他妈的给我滚下来。"他恶狠狠地说。

"我是女人，索尔比先生。你可能以为我像你女儿一样蠢，但我不是！你敢不把我当回事儿，没有人敢！我是一个孕妇，不管这符不符合你心意。我有一个家庭需要保护，不管这讨不讨你喜欢。现在，罗伊。"她说，再次转身往楼上走去。

"噢，不，"她丈夫说，头依旧埋在手里，"我受不了了。我真的受不了了。"

"噢，但你必须忍受，罗伊。因为你又让我怀孕了，罗伊。"

"罗伊，"当露西冲向楼梯的时候，朱利安喊着，"拦住她！"

"罗伊，"她叫着，"我们带上爱德华！我们走！"

他抬起满是泪水的脸："但是他睡着了。"

"罗伊——快——"随即朱利安的一只手再次落在了她身上。她的脚拼命向后踢但那只手抓住了她的脚踝。与此同时，罗伊的脸凑了上来——挡住了她的去路！她的丈夫，应该保护她，守护她，呵护她，而不是挡在她和她的孩子之间，挡在她和她的家庭之间，挡在她和一个女人的一生之间！

"抓住她！"朱利安说，"罗伊！"

"不！"露西大叫着，她别无选择，手从身后高高扬起，她闭上双眼，用尽全身力气打了过去。

随后那一幕再次浮现。

无罪

当她睁开眼睛时，她看见罗伊迎面站着；他正捂住自己的嘴巴，她自己则横卧在楼梯上。

接着在她上方的楼梯平台上，她发现小爱德华穿着内裤和T恤，一只手拎着一条毯子正往下看。

妈妈手上的血，或者爸爸脸上的血，使他尖叫起来。埃莉诺——当时正守着露西——一下子跨过楼梯，一把抱起尖叫不止的孩子，抱着他离开了。

他们无法让她松开栏杆，朱利安站在她下面一级的台阶上，从后面死死地抓住她的外套，艾琳给威尔老爹打电话，她则自始至终横卧在楼梯上。

他过来了，从楼梯上把她弄下来，然后穿过客厅走出大门。威拉德带她回到停在私家车道的车上，当他驶离利伯蒂园时，索尔比家房子里的每一盏灯都亮着。

达姆罗施神父。

窗户在哪儿？墙在哪儿？她盖着一条毯子。她在黑暗中伸出双手，我只不过是个一年级新生。

她躺在床上。躺在自己的卧室里。她在利伯蒂森特。

她睡了多久？

她让他把她带上楼，给她盖上毯子……她不停地哭……他一直坐在床边的椅子里……接着她一定是睡着了。

但是每度过一分钟，就是输给那些想毁掉她的人一分钟。她必须行动！

达姆罗施神父！

但是他能做什么呢？达姆罗施神父，为什么你不能做点什么？她可以看见他——他那用自己的手指梳理过的黑发，迷人的下巴，还有当姑娘们绕到镇上的角落偷看他时，他那昂首阔步的帅气身影，哪怕身为新教徒也会被迷得当街晕倒。"达姆罗施神父！"其中一个认识他的姑娘喊着。"达姆罗施神父！"他挥挥手——"你好"——然后就消失了，而她们则全都尖叫着倒进彼此的怀抱……

看啊在那儿，蹦蹦跳跳，摇摇晃晃，一下子从座位上弹起来的是露西，她正要出发去她的首次静修。还有达姆罗施神父，他在大巴车巨大的轮子上面也摇摇晃晃的。还有其他女孩子，他们全都从座位上站起来，接着又倒下去，凝视着黑幽幽的林子。那林子就像被押赴刑场的死囚，一个挨一个像被铐在一起。后面有人开始唱"把你的麻烦装进你的旧旅行袋"，但是只有一两个声音跟着唱，随后在那辆开往教区的旧巴士上吵闹声再度响起。它向前颠簸，在寒冷的冬日里痛苦地挪动着。地平线撑起最后一层光亮，车里的氛围像是要共同抵抗一场灾难。一只鸟从窗前飞过，它的腹部明艳鲜亮。它从她的脑后欢快地一掠而过，当她在座位上扭过身体目送它远去的时候，那些话猛然击中了她，出自圣徒德肋撒之口：上帝！羔羊！迷途！

"慢点！"达姆罗施神父大喊着，他的军靴踩在刹车上。"慢点。"一个急转弯，个个人仰马翻，大腿、脑袋撞在一起。"内莉，慢点。"姑娘们咯咯笑起来。

她紧紧抓住姬蒂的大衣腰带，脚上的雨靴没扣紧，拖着步子穿过黑乎乎的过道，仿佛从悬崖坠落那样从开着的车门坠落到女修道院，同时期待着看到燃烧的火焰。

她一个人站在大巴旁等待，怀里紧紧抱着威尔老爹打猎用的背包，听见姬蒂喊她的名字，便赶快躲起来。这里没人可以看见她。她咬下去漆黑冰冷的空气——听到一声像咬下一口硬苹果那样的脆响，牙齿之间一个纯粹坚硬清楚的东西，吞下去……噢，她等不及她的首次圣餐！只是，她一定不能咬下去。不，不，它会融化到她嘴里的每一道沟槽，流进她的身体、他的身体、他的血液……然后一些事情就会发生。

可是假设那就是她私底下祈祷会发生的事呢？"不！"她一个人站在大巴车后面，泪眼蒙眬地看着那些黑乎乎的轮廓和若隐若现的身影——神父们、修女们、女孩们，排着队走进黑暗；皮卡、大巴闪着车灯，轰轰隆隆地开走了……她听见车轮碾压碎石的声音，就好像车轮碾在骨头上面。他们的里面都不过是骨骼，他们的里面全都一样。她在生物课上学过人类骨骼的名称——胫骨、肩胛骨、股骨……噢，为什么人不能更好一点？他们的里面仅仅是骨头、纤维、血液、肾脏、大脑、腺体、牙齿、动脉、静脉。为什么他们就不能更好一点？

"达姆罗施神父！"

"谁在那后面！"

"……露西。"

他沿着大巴的侧面走来。"你还好吧，露西·纳尔逊？"

"我还好。"

"出什么事了？你晕车，露西？你上那边找个位置。嗯，出了什么事？"

她伸出手，摸到一个静止的轮胎。

"达姆罗施神父……"但是她可以告诉他吗？她连姬蒂都没有告诉。她甚至连圣徒德肋撒都没有告诉。没有人知道她真正想要的可怕的事情。"达姆罗施神父……"她的连指手套卡在轮胎隆起的部分之间,旁边是她方格毛呢外套的兜帽,她喃喃地说出了她再也不能保守的秘密——"……去杀了我父亲。"

"大声点,露西,让我听见你。你想要——"

"不!不!我想要耶稣去!一场车祸!摔一跤!当他喝醉,臭气熏天,不省人事的时候!"她哭道,"噢,达姆罗施神父,"她说,"我想我正在犯下可怕的罪行。我知道我在犯罪,但是我控制不住自己。"

她把脸抵着他,她感到他在等着她继续说。"噢,神父,告诉我,告诉我,这是犯罪吗?他太坏了,他太邪恶了。"

"露西,你不懂你的灵魂是什么。"

"……不懂?求求你,那么,求求你——我的灵魂是什么?"

接着她跟修女们在一起。夹在沙沙作响的斗篷之间,进入小教堂。到处都点着蜡烛,蜡烛上方是受苦受难的主,啊,上帝!羔羊!迷途!啊,耶稣,无杀戮的耶稣!他抚慰!他救赎!他拯救我们所有人!啊,圣洁—荣耀—光辉—慈爱—治愈的耶稣,无杀戮的耶稣——使我的父亲成为一个父亲!

到了周日晚上,她因祈祷而疲惫不堪,连说话的气力都没有了。其他姑娘都叽叽喳喳地站在圣马利亚像旁,等着被接回家,而她则紧紧地抓着虔诚的安杰莉卡修女送给她的那条黑面纱。"忍耐。虔诚。受苦。别忘了圣德肋撒的教诲。"安杰莉卡修女说。"我明白,我不会忘的。"露西说。"要毁灭无需忍耐。"安杰莉卡修女说。"我明白,"露西说,"我明白。""任何人都可以造成毁灭,一个流氓也可以。""我明白,我明白。""去拯救——""是的,是的。噢,谢谢你,修女……"

"嘿,露西·纳尔逊。"她爸爸在车里向她招手。她身边的其他女孩都跑着、叫着,车喇叭声此起彼伏,车门打开又砰地关上。每个人好像都那么自豪!那么快乐!那么生气勃勃!天很冷,很黑,清透,星星闪烁。周日的夜晚,他们都奔向温暖的车,温暖的家,温水澡,温牛奶和温暖的床上。"求求你!"她祈祷着。然后她像其他人一样,冲到了她爸爸已经为她打开的车门前。

达姆罗施神父在汽车的前灯灯光中指挥交通,他看上去像一团燃烧的黑色。"晚上好,露西。"

"是啊,晚上好。"

她爸爸向神父脱帽致礼。达姆罗施神父挥挥手。"你好,晚上好。"

露西关上车门。她从窗子往外朝达姆罗施神父喊道。"再见。"然后他们开走了。

"欢迎回到文明世界。"他说。

让他得到救赎!让他弃恶从善!啊,耶稣,他只是误入歧途!仅此而已!

"这不好笑。"她说。

"好吧,我没法立马就变得搞笑。"没有回应。"布道会怎么样?"

"是静修会。"

他们开着车。"你没有着凉吧,但愿没有。听起来像着凉了。"

"她们把我们照顾得很好,爸爸。那是一座女修道院,漂亮极了,暖气很足。谢谢你关心。"

但她不想争吵。啊,耶稣,我甚至不想再冷嘲热讽。救救我!"爸爸——周日,跟我一起。"

"跟你一起去哪儿,小笨妞?"

"求你。你必须来,去做弥撒。"

他控制不住自己,他笑了。

"不要嘲笑我,"她叫起来,"这很严肃。"

"好吧,露西,只是我是传统的路德——"

"可是你不去教堂。"

"嗯,我小时候去的,像你这么大的时候确实去的。"

"爸爸,你不懂你的灵魂是什么!"

他的眼睛从道路上移开。"谁跟你说的这话,小笨妞!你的神父朋友?"

"耶稣!"

"嗯,"他说,耸耸肩膀,"当然了,没有人什么都懂。"可是他又笑了起来。

"可是明天——别跟我开玩笑!别逗我!明天你老毛病又会犯的,我知道你会的。"

"你就让我来为明天担忧吧。"

"你又会烂醉如泥。"

"打住,年轻的女士——"

"可是你得不到拯救,得不到救赎!"

"你给我听着,你在那个教堂里可能是个虔诚的教徒,但对我来说,你知道,你就是你。"

"你是一个罪人!"

"够了!"他说,"你听见了吗!够了。"他把车停进车道,"还有我告诉你,如果这就是你过完所谓的宗教周末后回家的表现,那么我们将不得不重新考虑,是不是同意给你宗教自由。"

"可是,如果你不改邪归正,我向你发誓,我要当修女。"

"是吗,你要当修女吗?"

"是的!"

"好吧,首先我从来没听说过,他们允许刚上高中一年级的人当修女——"

"到我十八岁的时候,就什么都可以做了!而且是合法的!"

"到你十八岁的时候,我的小朋友,如果你还是想穿得像过万圣节,不苟言笑,畏惧正常的生活——修女恰巧就是这副模样,我估计——"

"可是你不懂!安杰莉卡修女并不畏惧正常的生活!没有一个修女畏惧!我要当修女,你怎么也阻止不了我!"

他把钥匙从点火开关里拔出来。"哦,我敢说,他们确实没白费时间把你变成一个真正的天主教徒。区区一个月你就找到了全部答案，对吧？你找到了自己的信仰方式，认为它是世界上可以信仰的唯一方式。这就是你对宗教自由的看法，这就是你说的你有权获得的宗教自由。天啊。"他说着打开了门。

"我要做一个修女，我发誓！"

"好，如果你想逃避生活，那你现在就去。"

她看着他踏过草坪抄小路走上前廊台阶，跺掉靴子上的雪，走进了屋。

"耶稣！圣德肋撒！某个人！"

冬天过去了一个月，接着又过了一个月。她向达姆罗施神父倾诉了一切。"这个世界是不完美的。"他说。"可是为什么？""我们无法期待它是另外的模样。""可是为什么不呢？""因为我们软弱，我们堕落。因为我们是罪人。人性本恶。""每个人？人类中的每一个人？""每个人都会做坏事，是的。""可是达姆罗施神父，你不是的。""我有罪，我当然是有罪的。"他干了什么？她怎么能问呢？"可是何时才能不再有恶呢？"她问，"世界何时才能摆脱邪恶呢？""当我们的主再次降临的时候。""可是到那时……""什么，露西？""嗯，我不想听起来自私，神父……可是，不仅我，还有活着的每一个人……嗯，他们很快都会死去，不是吗？""这不是我们的人生，露西。这只是我们人生的前奏。""我懂，神父，我不是不相信它……"但是她无法继续。她太活在当下了。安杰莉卡修女是对的。那是她的罪过。

一个周日接一个周日地，她跟姬蒂一起做弥撒，一天两次。

祈祷使他成为一个父亲！之后回家看看有无变化。可是过了一个周日又一个周日，等待她的只是羊腿、利马豆、烤土豆、薄荷冻、自制卷饼、馅饼和牛奶。没有任何变化，从来不曾改变。何时，到底何时才会改变？变成什么样子？他的灵魂会开始……可是变成谁？怎么变？

接下来的周五晚上。她在餐桌上做作业；她妈妈在客厅，一边读杂志，一边泡脚。这时门开了。他扯下百叶窗，它从固定装置上脱落。她一下子站起来，但她妈妈依旧坐着没动。她爸爸说的话如此可怕！她该怎么办？她太活在当下，而当下如此。它只是我们人生的前奏。人性本恶。基督会再次降临，就在她这么想着的时候，她爸爸从她妈妈脚底下抽出盆子，把盆里的水泼在了地毯上。人性本恶。基督会再次降临——可是她等不及了！此时此刻这个男人正在毁掉她们的生活！此时此刻她们正在被摧毁！噢，耶稣，来吧！现在就来！你必须来！圣德肋撒！然后她冲向电话。"我要警察。到我家里。"没过几分钟他们来了。我要警察，她说，而他们来了，带着手枪。她目送着他们带他到一个他再也不能够伤害她们的地方。

她往巴萨特家打电话，这时威尔老爹来到厨房。

"露西，"他说，"宝贝，现在是凌晨三点半。你怎么还不睡？你在干什么？"

"别管我。"

"露西,你不能在这个时候给别人打电话——"

"我知道我在做什么。"

电话另一端,她公公说:"喂?"

"劳埃德,我是露西。"

威拉德在餐桌前坐了下来。"露西。"他恳求道。

"劳埃德,你儿子罗伊绑架了爱德华,抛弃了我。他正躲在索尔比家。他拒绝回基恩堡。他把自己交到了朱利安·索尔比的手中,所以必须立即采取行动制止那个男人。他们编造了一整套谎言,并打算把它带上法庭。他们打算到法官那里去,告诉法官我是一个不合格的母亲而罗伊是一个超级棒的父亲——可是你儿子正打算和我离婚,得到我的孩子的监护权。他们已经把一切都说得很透彻了,在他们迈出下一步之前必须制止他们。很显然,他们已经开始对爱德华撒谎——除非有人出面干涉,否则他们马上会对他进行洗脑,对一个毫无防备的三岁半的小孩洗脑,直到他,一个小宝宝,肯站在法官面前,说他恨他自己的妈妈。可是劳埃德,即便他们不知道,你也知道——知道得很清楚,如果不是我,他一开始根本就不被允许来到这个世界上,早就被刮落到下水道或者被送进孤儿院,或者被丢弃,或者被迫流浪。想想看,没有家,没有名字。可是现在,他们要向法院证明,我自己的孩子宁愿和他爸爸而不是我住在一起。这太荒唐、太可笑了,那是不可能的,那不是真的,你必须介入此事,劳埃德,而且必须是马上。你是罗伊的父亲——"

威尔老爹的手放在她的背上。"别管我!"她说,"劳埃德?"

他挂断了。

"求你,"她对她外公说,"求你别来干涉。你没有能力理解所发生的一切。你是个软弱、没用的男人。你以前是,现在依然是。如果不是因为你,这一切可能一开始就不会发生。所以求你,让我来处理!"

她再次拨打巴萨特家的电话,这时她外婆出现在厨房门口。"这孩子在干什么,威拉德?深更半夜的。"

他看着她,说不出话来。

"劳埃德,"露西对着电话里说,"还是露西,刚才掉线了。"

"听着,"她公公说,"去睡吧。"

"我说的话你一个字都没有听见吗?"

"我听见了,露西。你最好去睡觉。"

"别告诉我去睡觉,劳埃德!睡觉不是这种时候要讨论的问题!告诉我你打算拿你儿子怎么办,还有你妹夫朱利安,还有他们的计划!"

"我什么也不会告诉你。"劳埃德·巴萨特说,"我相信到时候会是你要做陈述,露西。我对我所听到的一点也不高兴,露西。"他没好气地说。

"陈述什么?向谁陈述?我怀孕了!你知道吗?那就是我不得不陈述的——我怀孕了!"

"我恐怕不会选择在这种情况下和你谈下去。"

"可是你听见我刚才说的话吗?事实是我正怀着第二个孩子!"

"我说过了,我已经听了无数次,听得够多了。"

"谎话!从他们那里听到的都是谎话!我说的才是真话,劳埃德,是唯一的事实。我怀孕了!他不能在这种时候离开我!"

"晚安,露西。"

"劳埃德,你不能挂断!你那么好,那么诚实,那么值得尊敬!你最好不要挂断我!劳埃德,四年前他想干的和现在完全一样,那时我十八岁,他同样想逃跑。是你阻止了他。劳埃德,现在情况跟那时完全相同!"

"哦,是吗?"他说。

"是的!"

"是的,没错!"说话的是艾丽斯·巴萨特。

"艾丽斯,你走开。"劳埃德说。

"你这个骗子,你这个坏透了的骗子——你设圈套欺骗我们的儿子!现在又来了!"

"艾丽斯,让我来处理。"

"我欺骗他?"露西说。

"用你的诡计骗走了我们的儿子!假小子小姐!爱挖苦小姐!冷笑脸小姐!"

"艾丽斯!"

"是他欺骗了我,艾丽斯!让我误以为他是一个男人,而他实际上是个懦夫,禽兽,蠢货!他是个娘娘腔,你们的儿子,他是

357

史上最糟糕、最软弱的娘娘腔！"

"威拉德！"贝尔塔喊道。

威尔老爹站到电话旁边，紧挨在她身后。"你——"她朝着她的肩膀上方说，"敢——"

但他已经伸手按下电话并按住不放，线断了。

"你以为你在干什么？"她喊道，"天都塌啦！着火啦！"

"宝贝儿，露西，现在是凌晨四点。"

"可是我说的你一个字都没有听见吗？你听见他们要对我干了什么吗？你不明白这些体面的好人的真实面目吗？我怀孕了！这对任何人都毫无意义吗？我怀孕了，可我的丈夫拒绝承担责任！"

"露西，"他温和地说，"等到了早上，宝贝儿，如果真的像你说的——"

"我不会等到什么早上。到了早上——"她试图从他手中夺下电话。

"不行，宝贝儿，不行，现在已经够了。"

"可是谎言每分每秒都在扩散！他们说我骗他结婚，而实际上是他勾引我！是他迫使我在车后座那么干的，他再三坚持，没完没了，最后违背了我的意愿，让我展示给他——让他——我只有十七岁——而现在他们却说我欺骗他！好像是我想要他，想要一个他那样的人，绝不！我宁愿他死，我就是这么想的。我宁愿他根本没来到这世上。"她盯着威拉德，"把电话给我。"

"不行。"

"如果你不给我电话,威尔老爹,那我就采取行动。要么你给我电话,让我打给他爸爸……因为我要告诉那个劳埃德·巴萨特,如果他不制止此事,现在就制止,他就不配当这一家之主。要么给我电话——"

"不行,露西。"

"是他勾引了我!你不明白吗?可是他们却说是我勾引了他!因为他们找不到证据反击我。他们会用尽一切卑鄙手段……毁掉我。朱利安·索尔比会不惜一切代价——你不明白吗?他恨女人!他恨我!他正在摧毁我的生活,因为我知道事实真相!我不会让他得逞!"

"打电话给医生,威拉德。打电话给医生。"贝尔塔说。

"打电话给什么?"露西叫喊着。

"贝尔塔,早上再说。"

"威拉德,就现在。"

"噢是的,噢没错,"露西对她外婆说,"噢,你等不及了?你等了这么多年想害我,因为我也看透了你,你这个自私自利的泼妇。打电话给医生?"她对他俩挥舞着拳头,"我怀孕了,我需要丈夫,不是医生,我需要我自己的丈夫和我孩子的父亲——"

"打电话给医生。"贝尔塔说。

但是他继续握着电话。"露西,"他说,"你就不能上床睡觉吗?"

"你的脑袋就不能开开窍吗——朱利安·索尔比要偷走爱德

华！那个男人是个嫖客！他们每个人都心知肚明，可是他们毫不在乎！他花钱买女人，没人在乎！你明白我在说什么吗？"

"是的，宝贝儿。"

"那么你打算怎么办？世上到处都是恶魔和怪物，而你却袖手旁观，你从来都没有管过！你听她的，"她说着，指着她外婆，"但是我不听，以后也不会听！"

她开始往厨房外面走，但是贝尔塔站在门口。

"让我过去，劳驾。"

她外婆说："你要去哪儿？"

"去警察局。"

"不，"威拉德说，"不行，露西。"

"让我过去，亲爱的外婆。威尔老爹，如果你还管得住你老婆，告诉她让我过去。我要到楼上去拿我的衣服和鞋子，然后我就去警察局。他们不会侥幸逃脱的，一个也别想。如果警察要逮捕罗伊、朱利安和那位有名的大好人劳埃德·巴萨特，那也是他们不得不那么做。因为你们不能偷走一个孩子！你们不能毁掉一个人的一生！让我过去，劳驾，外婆，我要去楼上拿我的衣服。"

"贝尔塔，"威尔老爹说，"让她走。"

"如果我一转身，你就给医生打电话，威尔老爹，那么你就跟他们一样坏。我要你明白这一点。"

"让她走，贝尔塔。"

"威拉德——"

"我会打的。"他说着点点头。

"好啊,"露西说,"真相终会暴露,不是吗,威尔老爹?我总是对你抱有希望,不管你对此是否在意。可是我不幸错了。太让人失望了。"她说着穿过客厅往楼上走去。她妈妈的卧室门关着,不过她肯定醒着,但她和往常一样,太胆小怕事,不愿出来面对自己家里发生的一切。

她穿好了衣服,来到走廊上,在下楼去警察局之前,她停在她妈妈的门前。她该立刻离开,让下午她妈妈说的话成为她们之间最后一句话吗?因为一旦接回爱德华,灾难解除,她就再也不会踏进这座房子一步。

她可以听见她外婆在下面客厅说话,但是听不清他们在说些什么。有什么关系呢?他们选择站在哪一边已经够清楚了。在威尔老爹开车穿过黑乎乎的镇子把她带回这座房子的时候,她已经向他哭诉了一切——他安慰了她。在她筋疲力尽的时候,他帮她躺上床,为她盖好毯子,告诉她现在必须休息,告诉她早晨他会处理一切——就像一个不明白她早就明白的东西的人,像一个傻瓜,像一个三岁孩子,她让他的话和她的绝望将她拖入另一个世界、另一个这里、另一个现在的梦境,拖入耶稣和达姆罗施神父和安杰莉卡修女的梦境。现在她醒来才发现,他同样背叛了她。

噢。这一切是多么可笑!多么没必要!为什么他们非得逼她走向极端?当简单且体面的解决方法就在手边时,他们为什么还要自讨苦吃?只要他们尽到自己的义务!只要他们像个男人!

一个医生。那就是他们在楼下客厅等的人。埃格伦德医生！用一粒药丸，给她一个玫瑰色的早晨！给她一通老掉牙的说教！或许埃格伦德医生是个瞎子？到头来，难道她会掉进堕胎的圈套从而成全那帮人脱离干系？是的，这一切的一切，不管于她而言是怎样的败坏和羞辱，只要可以使那些体面人免遭拖累和颜面扫地就没问题。噢，可是耻辱无疑将落在他们每个人身上，只要大家知道她之所以不得不被警车拉到利伯蒂园，是因为她要追回他们将要偷走、破坏和毁掉的一切。

因为他们让她别无选择。她当然不会独自回基恩堡，让爱德华被谎言围攻，被她的敌人教唆，被当作证人来反击自己的母亲。她当然不会蠢到跟索尔比先生和他的律师走上法庭，去协助他们，也不会拿自己的那点钱对抗朱利安的几百万，拿自己的道德顾虑对抗他的律师那些不讲原则的诉讼技巧，随着案子从一个法庭转到另一个法庭，诉讼费用不断增加，谎言堆积如山。噢，仅仅想象一下他们在法庭上的陈述，她——一个十七岁的高中生，没有任何性经验——引诱和欺骗一个大她三岁的美国退伍军人娶了她。噢，不，她不会坐以待毙，也不会等埃莉·索尔比——那位知名的精神病权威——流着泪在法庭上作证，从专业角度来看露西·巴萨特确实是精神失常，一直都是；也不打算在那个可悲的时刻保持沉默，眼睁睁地看着她外公走上证人席告诉法官，他认为和家庭医生坦诚地聊聊可能对露西才是最好的……噢不，她不打算被他们逼她做出的选择吓倒，她没别的选择，她只能自己救自己,救她已出生和未出生的孩子。

她打开她妈妈的房门。天几乎亮了。

"我要走了,妈。"

毯子底下的身子一动不动。她妈妈躺在床上,在紧靠窗子的一边蜷缩成一团,她的脸埋在一只手里。露西戴上自己的手套。她左手背上有一道划痕,是罗伊的牙齿留下的。

"我知道你醒着,妈。我知道你听见了楼下发生的事。"

她依旧在毯子底下一动不动。

"我来是有话和你说,妈。不管你回不回应,我都要说。如果你能坐起来面向我,那么可能会更容易,也肯定更有尊严,妈。"

但还存在什么尊严,这就是她妈妈的决定,一如既往。她只是把头埋进枕头里,用后脑勺对着她女儿。

"妈,我今天早些时候——哦,是昨天听见的,关于爸爸的事,我很难过。这就是我想跟你说的。我们离开后,我细想过你对我说过的话。你说——如果你还记得的话,妈——他现在就呆在我一直希望他呆的地方。你说你希望我这下高兴了。我回到基恩堡后想:'噢,我是一个多么可怕的人。'我一开始想,如果不是因为我,他可能免遭他现在所遭遇的一切。我想:'从他离开到现在,已经差不多四年了——为什么他一直害怕露脸?他曾通过邮局写信给她——一切都是因为我。'然后,我试着告诉自己,不,不,我不是原因所在……可是你知道吗,妈?我就是!因为他惧怕我，所以他才不敢来这里——这是真的，因为他畏惧我的审判。你明白吗？那个男人唯一有点人性的反应，妈，就是离得远远的——这就是他这辈子唯一做成的事。"

她听见她妈妈哭了起来。这一瞬间，阳光照进了房间，她看见毯子上面有一封信，微微折叠着，一定是从她妈妈的手上滑落到那里的。她带着它上了床。我的上帝，无可救药，没完没了。

当她朝床边走过去的时候，她妈妈转过身来。这个女人眼里充满了恐惧，脸上写满了悲伤——噢，她彻底的无助！"妈，他是毁掉我们生活的人。"她一把抓起床上的信，"是他！"她哭喊着，在头顶上挥动着它，"是这个！"

威尔老爹这时破门而入，他穿着一条长裤和一件T恤。她随即跑开了。

"露西——"他抓住她的衣服，她甩开他朝楼下狂奔，她听见衣服被撕裂的声音。贝尔塔外婆朝她走来，阻止她穿过客厅，但她尖叫着"不！你个自私，自私的——"，趁她外婆往后躲闪时，她猛地打开大门，冲出前廊。

"你站住，"贝尔塔喊道，"拦住她！"

但是街上一个人也没有，在她和镇子之间，空无一人。

接着她的两条腿从身下滑了出去，两只胳膊肘和下巴一前一后撞在了结冰的地面上，一阵恶心涌了上来，但是她立刻站起来，穿过街道，直奔百老汇。清扫过的人行道上新积了一英尺的雪，脚下是一块块结冰的地方，她知道如果她再次摔倒，就会被追上。她穿着外套和雨靴拼命地跑,她得在他们拦住她之前赶到警察局。威尔老爹已经出了前廊;她朝后面瞥了一眼,看见他在那里。接着一辆车开过来停在房前,威尔老爹只穿着衬衫走下台阶。埃格伦德医生!他们会开车追她!车会在几秒钟内赶到她身边!附近的人们会站在他们的窗前,一扇扇门会迅速地打开,人们会跑到他们的房子外面,为两个老男人助威——阻止她去伸张正义!

她迅速转上一条车道,躲在一辆车和一座房子之间,接着又穿过一家后院中一片积雪很厚的雪地。一只狗在叫。她的脚被埋在雪堆里低矮的铁丝网绊到,她平摔在地上。她旋即站起来,接着又跑。周遭的一切都泛着青光,周遭仅有的声音是她的雨靴踩进积雪里发出的咔嚓咔嚓声,她跑了起来,朝溪谷奔去。

可是,等她到警局时,他们可能已经在那里等着了!一旦看不见她的踪影,他们就会直接去警局。这两个老人,他们对所发生的一切稀里糊涂,根本没有意识到一切危在旦夕,他们会告诉警察她正在路上。警察会做什么呢?给罗伊打电话!当她穿过镇子到达溪谷,然后从溪边那条路转上百老汇的时候,她的丈夫已经在警察局坐等她了。还有朱利安,还有劳埃德·巴萨特,而她却是最后一个到达的!她的外套上积满了厚厚的雪,她的脸红通通、湿漉漉的,她上气不接下气,精疲力竭,模样就像一个逃跑的小孩——他们就是这么看待她的。当然!他们会歪曲事实,致使警察不是立即过来援助她,把她交给她外公,交给医生……

可是那些人会善罢甘休吗？像朱利安·索尔比那样的男人只知道一件事——为达目的，不择手段。他是什么货色，他的妻子知道，他的女儿知道，每个人都知道，可是只要他继续买通每一个人，他们又怎么会在乎呢？他的那些谎言，他们所有人的谎言，仿佛就在耳边，承诺这个，保证那个，乞求原谅，然后再重蹈覆辙。因为他们压根儿就不思改进！他们压根儿就不会改变！他们必将愈来愈糟糕！为什么他们要跟一个母亲和一个孩子作对？为什么他们要跟家人、家庭和爱作对？为什么他们要跟美好的生活作对，为了一个丑恶的生活？为什么他们要和她斗、虐待她、否定她，在她所要求的完全是正当的情况下！

可是现在去哪儿？她已经知道继续往警局跑意味着什么，知道朱利安·索尔比会干什么，她知道他会抓住这个机会彻底毁了她。没错，因为她明辨是非，因为她清楚自己的义务并尽到了义务，因为她知道真相并揭露了真相，因为她不坐视、不容忍、不背叛、不出卖，因为她不让他们偷走她年幼的孩子，不让他们溺爱一个已经成年的男人，不让他们打掉她的胎儿——这个正开始生长的新生命。而他们企图制造一种局面，好像她才是有罪的一方，她才是罪犯！

……那么去哪儿呢？回家当然毫无意义，退路是没有的。可是投进敌人的怀抱——投进他们的谎言和背叛又如何！她掉头又冲上刚才走下来的那条车道；她东一头西一头地来回转，冲到百老汇，离开百老汇，之后又回到大街上。她在街角兜兜转转，一次次后退靠在墙上,一次次深深地踩进雪堆里。雪粉散落在她的脸上。她的头抵着冰冻的排水管。她不停地摔倒。她的皮肤灼烧般地疼。一扇窗户突然打开,她抬腿就跑。青光渐渐转灰。她开始碰到自己几分钟前留下的足迹。

然后,她往布兰沙德·穆勒家房子后面的厨房窗户里望了望。她用一边肩膀推开车库的门,溜了进去,随手在身后关上门。她紧紧地撑住自己的一侧,斜靠在汽车后备厢上,低下头,闭上眼睛,感觉颜色在流动。她力图什么也不想。为什么他对我恨之入骨?他不恨我!他不能恨我!那是罗伊的谎言!

她颤颤巍巍地吸入空气,她有种感觉,外面所有的声音都是从她脑袋里挤出去的,它们越来越微弱。她开始一阵阵儿地打寒颤,然后当瞥见车库侧面墙边放着的一堆东西时,她奇怪地平静了下来。里面有一卷给花园浇水的软管,一把铲子,半袋水泥,一个瘪掉的轮胎内胎和一双高至臀部的长统橡胶靴。

她试了试那扇车门,看是否可以打开。要是她能休息片刻,好好想想;不,不去想……

一阵刺耳的哐当声传来。她一下子跳了起来,可是一看并没有什么异常。透过车库的窗户,她可以看见厨房,认出了她妈妈为穆勒先生挑选的壁橱。她再次听见撞击声,这次她看见一块冰从屋檐上掉下来落在院子里。她钻进车里。

现在怎么办?已临近早晨……如果厨房的灯亮起,她能多快逃离车库?假如他已经看见了她,悄悄潜伏在门外怎么办?她怎么向他解释呢？他会相信什么样的故事呢？除了真相，她能告诉他什么呢？

接下来会怎么样？她会告诉他一切，他们已经干过的一切，他们正在计划干的一切。然后呢？他会推开车库的门，把车倒上车道，亲自送她到利伯蒂园。他会按响索尔比家的门铃，在前廊与她并肩等待，然后他会向艾琳·索尔比讲清楚为什么他和露西在那里……可是，如果他意外撞见她跪坐着躲在他的汽车后座——他会武断地认为过错在她！她必须马上绕到后门去——不，前门——按门铃，说她非常抱歉一大早就来打扰他，说她知道这确实非同寻常，但她急需……他会相信她吗？他们所干的一切如此骇人听闻，他会相信这种事有可能发生吗？或许他根本听不进去，而是暗想着，"当然，这只不过是她的一面之词"。或者假设他听进去了，然后打电话向她妈妈确认真伪。不管怎样，露西·巴萨特对他来说是什么，什么都不是！这点她的父母早就认识到了。"抱歉，"他会说，"可我看不出这事与我何干。"当然了！连那些她最亲近的人都反对她，他凭什么会替她解围？绝不会！和以往一样，她可以依靠的人只有一个——救她的只有她自己。

她必须藏起来。她必须在附近找到一个藏身之处，等时机一到，她就突然袭击，带着爱德华逃走，然后他俩将销声匿迹。

到哪儿去呢？噢，到一个他俩永远不会被找到的地方！到一个她可以生下她的第二个孩子，一个他们仨可以开始新生活的地方。她永远也不会再这么愚蠢、轻信和不切实际了,她要把自己和子孙后代的幸福掌握在她自己而不是其他任何人手中。至于两个孩子,她将既当妈又当爹,因此他们三个——她自己、她的儿子和即将出世的女儿——将生活在一起,没有残酷,没有悲哀,没有背叛,是的,也没有男人。

可是如果爱德华不愿回来怎么办?如果她一喊他他就跑开怎么办?"你的脸好凶!走开!"

她的一只手套依然捏着那封从她妈妈的床上抓走的信。她陷进过齐腰深的雪堆,被后院的铁丝网绊倒过,推开车库大门并爬进了汽车的后排座——而自始至终她都一直紧紧地攥着这封写给她妈妈的信。

她应该动身了。时机正好。他们现在全都在警局。很快他们就会分头开始四处搜索。一秒钟都不能浪费,更不能浪费在她爸爸这封荒唐的信上。自从爱德华出生那天起,她就几乎没有允许他进入过她的大脑;她已经把他赶出了他们的生活,继而赶出了她的大脑。毫无疑问,除了毁掉这封信外别无他法。烧掉它,让灰烬随风而去——那是最合适的告别仪式。是的,再见,再见,勇敢坚定的男人们。再见,保护者、守卫者、英雄和救星。你们不再被需要,你们不再被期望——唉,你们已经显露出了本性。别了,别了,色鬼和诈骗犯,懦夫和脓包,骗子和伪君子。父亲们和丈夫们,永别了!

那封信包含一张长长的信纸,最顶上是一大片空白,下面就是他的信。信纸正反两面密密麻麻地写满了字，上面蓝色的分隔线便于囚犯从一端平整地书写到另一端。

她把信硬塞进了信封。布兰沙德·穆勒分分秒秒会起床，走下楼梯，走出房子——她会被发现，会被交回给他们——她的敌人！所以必须赶快离开！

但是去哪儿？到一个没人会想到去看一眼的地方……到一个离索尔比家房子足够近的地方，以便她可以迅速出击……下午，当他在院子里玩耍……不，晚上，当他睡觉的时候……是的，就在晚上，在他们全都睡着的时候，带着他迅速离开——"你的脸好恶心！你的脸好凶！放下我！"

不！不！她此刻不能软弱。面对他们丑恶的谎言，她绝不能软弱。她必须找到她所需要的任何力量。不管需要怎样的勇气，不管需要冒多大的风险……

她把信重新从信封里取了出来。她要读完它，毁掉它——然后就出发。她当然要读读他都写了些什么，然后坚强起来，直面考验……埋伏……解救……逃脱……噢，她不知道会遇到什么，但是她绝不能害怕！在寒冷和黑暗中，她孤身一人，等着从绑架者手中解救她的孩子——"妈妈，你到哪里去了？"——她等着去救他——"噢，妈妈，带我走！"——带他逃到一个好一点的世界，过上一种好一点的生活，支撑她的力量将是她对那些无情地毁掉一个无辜女人和她的孩子生活的魔鬼的仇恨、厌恶和愤怒。噢，没错，读读吧，记住强加于你的恐惧、你自己的恐惧，记住肆意强加于你的无休止的残酷和卑劣。没错，读读他究竟写了些什么，你会获得面对苦难的勇气。不管多不幸、多孤独，你将永不妥协。因为你必须面对！因为这是从那些人手中拯救你的儿子——拯救你的无助无辜的女儿所必——需——的。噢，是的，逐字逐句读完它，把他写的那些话铭刻在心上，然后勇往直前，无所畏惧，露西！尽管困难重重，但要无所畏惧！因为他们是错误的，而你是正确的，情况必将是：美好的事物终将获胜！美好、公正、真理必胜——

  姓名：D.纳尔逊 编号：七〇五六一 日期：二月十四日
  收信人：迈拉·纳尔逊夫人（妻子）

最亲爱的迈拉：

  我猜你的来信我读了超过二十遍。对你所讲的一切，我没有任何疑问。我曾经是那一切，也许比他更多。我说过，我对带给你的种种难堪和巨大痛苦深表歉意，这种歉意将伴随我终生。不过现在，毫无疑问你真的永远摆脱了我带给你的不幸，我想佛罗里达州立监狱会确保这点。我对此已然释怀。我这辈子多多少少一直活在不公平和坎坷中。好像没有任何一个计划，不管它有多好，能够实现。不过，无论如何，也不应该因此而伤害那个在这世上跟你最亲近的人。那是错误的。

  你说我是唯一，我深感欣慰，受宠若惊。我真的不忍心听你这么说。只需铭记一件事，那就是我有过十九年的幸福。美中不足的是，我没能给你那些我想让你拥有的东西。也许等我出去后——如果我能熬到那个时候的话，我能给你一些经济上的帮助，哪怕是离你远远的，只要那依然是你想要的方式。但要想从这里出去，至少需要一个担保人和一份工作，虽然不该打扰你，但我想知道你是否能想到任何人。

当然，这取决于"所谓的正义"的惩罚性如何。惩罚可以是纠正性的，但这有个度，一旦超过这个度，就会变成毁灭性的。我到这里后看过一些案子，正义取决于你怎么拼写它。是由韦伯斯特来拼写和定义它，还是用美元或某种影响力来拼写它。我看过很多案子，其中的正义不是"被伸张"而是"被购买"。我见识到了那些人对有机会获救的人是何等冷酷和愤恨。

但不啰嗦这些了，特别是在今天。迈拉，迈拉，岁月的增长好像把对过去的记忆变得更辛酸，我太想你了，这个比饥饿更难挨。几年前我说过，没有你我会很快坠入深渊。我想这是一个已经兑现的预言。我可以说出很多名字，没有它们我照样可以活，但是，迈拉，迈拉，迈拉，我决不能没有你。

噢，迈拉，我希望此时此刻可以用更实在的方式表达这个愿望，但除非你肯原谅我，否则它只能等到佛罗里达州立监狱的赦令下达。

年复一年——光阴似箭，

我们终于懂得了自己,心之所恋,
唤起了,对生活的渴望,
去拥有和重拾——昨日的辉煌。

我们回想起,我们犯过的那些错,
我们造成的那些伤痛,我担心,
会带给我们与日俱增的苦难,
直到我们全心全意地祝愿——昨日——重现。

这次要做得更好——只为痛苦消失,
从此全都变成美好。
不管怎么说,这了不起的夙愿属于我,
让我再一次——做你的情郎。

           你的忠实的
            杜安

  露西失踪后的第三天晚上,两个高中生开车到"激情天堂"约会。接近午夜,到了每个女孩不得不回家的时候,他们打算返回镇里,却发现汽车轮胎陷进了雪里。一开始男孩试图从后面推,让同伴坐在方向盘后面猛踩油门。接着男孩从后备厢拿出一把铲子,开始摸黑铲路,女孩则用手套捂着耳朵,央求他快点快点。

尸体就是这样被发现的。它穿戴整齐，事实上，内衣被冻在了皮肤上。另外，一张横条信纸冻在了她的脸颊上，她的手则被冻在信纸上。最初的假设是，抬起来的那只手可能是为了挡住某种打击，不过这种假设被推翻了，因为验尸官的报告称，除了右手关节处有一道擦伤外，尸体没有别的伤口、淤青、刺痕，没有任何遭受暴力的迹象。报告没有提到被性侵，也没提到怀孕。要么是尸检人员没有发现任何相关证据，要么是尸检只涉及常规检查。死因是暴露于严寒。

至于她在那里躺了多久才被发现的，尸检人员只能猜测。冰点温度使尸体完好无损，但是从尸体上面和下面的积雪深度判断，推测这个年轻女子可能在被发现三十六小时以前已经死亡。假如情况果真如此，那么她曾花了一天一夜或者更长时间，试图在"激情天堂"寻求活路，试图活到接下来的那个早晨。

葬礼结束几个月之后，在美国中部地区惯有的那样一个寒冷、清新、潮湿的春天，狱中来信开始直接送到了家里。

Philip Roth
WHEN SHE WAS GOOD
Copyright © 1966, 1967, Philip Roth
Simplified Chinese Edition Copyright © 2023
SHANGHAI TRANSLATION PUBLISHING HOUSE (STPH)
All Rights Reserved

图字：09-2018-727号

图书在版编目（CIP）数据

当她是好女人的时候/（美）菲利普·罗斯
（Philip Roth）著；阳红译. — 上海：上海译文出版
社，2023.4
（菲利普·罗斯全集）
书名原文：When She Was Good
ISBN 978-7-5327-9096-8

Ⅰ.①当… Ⅱ.①菲… ②阳… Ⅲ.①长篇小说-美
国-现代 Ⅳ.①I712.45

中国国家版本馆CIP数据核字（2023）第062052号

当她是好女人的时候
［美］菲利普·罗斯　著　阳红　译
出版统筹/赵武平　责任编辑/王源　装帧设计/COMPUS·汐和

上海译文出版社有限公司出版、发行
网址：www.yiwen.com.cn
201101　上海市闵行区号景路159弄B座
杭州宏雅印刷有限公司印刷

开本890×1240　1/32　印张12　插页5　字数183,000
2023年5月第1版　2023年5月第1次印刷
印数：0,001—5,000册

ISBN 978-7-5327-9096-8/I・5651
定价：78.00元

本书中文简体字专有出版权归本社独家所有，非经本社同意不得转载、摘编或复制
如有质量问题，请与承印厂质量科联系。T：0571-88855633